Tote Frauen schweigen nicht

**Bibliografische Information
der Deutschen Nationalbibliothek**
Die Deutsche Nationalbibliothek verzeichnet diese Publikation in der Deutschen Nationalbibliografie; detaillierte bibliografische Daten sind im Internet abrufbar: http://dnb.d-nb.de

1. Auflage 2022

Korrektorat: Theresia Riegler
Umschlaggestaltung: Nele Schütz Design, München
Umschlagfoto: Stephan Leitner
Autorenfoto: Foto-Meyerhenke, Haan
Design & Layout: Athesia-Tappeiner Verlag
Druck: Finidr, Tschechien
Papier: Umschlag Symbol Card, Innenteil Alto Blanc

Gesamtkatalog unter
www.athesia-tappeiner.com

Fragen und Hinweise bitte an
buchverlag@athesia.it

ISBN 978-88-6839-571-1
ISBN 978-88-6839-572-8 (e-Book)

FSC
www.fsc.org
MIX
Aus verantwortungsvollen Quellen
FSC® C014138

Bildbeschreibung Umschlag
Reichhalter am Gries in Lana

Dieses Buch wurde der Umwelt zuliebe nicht mit einer Schutzfolie eingeschweißt.

RALPH NEUBAUER

Tote FRAUEN schweigen NICHT

ATHESIA VERLAG

Lana im Oktober 1915

Als der letzte Stein gesetzt worden war, wurde es dunkel.
Für immer.

Lana im Oktober 2022
Samstagabend

»Nimm du das andere Eisen. Steck es in die rechte Spalte, ich nehm die linke Spalte. Jetzt andrücken und langsam gemeinsam ziehen.« Laurin stöhnte leise und schwitzte vor Anstrengung. Aber er ließ jetzt nicht mehr locker. Er rutschte ab, stieß aber sofort sein Eisen wieder in die Mauerfuge, drückte es an den Stein und zog daran. Leonor betrachtete Laurin neugierig. *Was geht bloß in seinem Kopf vor?,* überlegte sie. Sie machte aber gerne mit. Außerdem war es ihre Idee gewesen, in den alten Keller zu gehen.

Sie hatte nicht das Licht angeknipst, sondern Laurin eine Kerze in die Hand gegeben. Das machte es unheimlich, wenn man in das Kellergewölbe herabstieg. Man musste dann viel vorsichtiger sein. Aber Laurin schien keine Angst zu kennen. Er marschierte in den Keller, sein Gesicht schaurig erleuchtet durch flackerndes Kerzenlicht, als mache er das jeden Tag. Unten angekommen, versuchte er, im spärlichen Licht das Ausmaß des Raumes zu erfassen. »Das ist ja riesig hier!«, stieß er hervor. Leonor kicherte. »Ja, das ist ein Gewölbe. Unheimlich, nicht?«

Laurin lachte. »Nein, das kenne ich von zu Hause. Bei uns haben wir auch so riesig große Keller. Anfangs habe ich mich ein wenig gefürchtet, aber da gewöhnt man sich dran. Wir haben in unserem Keller auch kein richtiges Licht. Noch nicht, aber das wird schon.« Leonor fragte neugierig: »Wo wohnst du denn?« Laurin betrachtete die Wände näher. Dicke Felsbrocken waren übereinandergeschichtet und die Zwischenräume waren mit kleinen Steinen ausgefüllt. »So wie bei uns«, murmelte er. Laut sagte er: »Ich wohne im Ansitz Esser. Das ist ein altes Gebäude oben in Prissian. Kannst mich ja mal besuchen kommen.« Leonor freute sich über diese unerwartete Einladung. »Mach ich bestimmt.« *Schnelle Antwort,* dachte Laurin und freute sich. Vielleicht würde Leonor seine beste Freundin werden.

»Jetzt will ich dir aber noch die ganz tiefen Keller zeigen«, sagte Leonor. »Was? Es geht noch tiefer?«, wunderte sich Laurin.

»Ja, komm!« Sie ging mit ihrer Kerze voran und stand bald vor einem weiteren Treppenabgang. »Hier ist es echt gruselig«, meinte sie. Der tiefe Keller schien im rechten Winkel von dem Hauptgewölbe abzugehen, versuchte sich Laurin zu orientieren. Die Orientierung war nicht leicht, weil das schwache Licht der Kerzen nur kleine Ausschnitte des Raumes beleuchtete und sich der Kopf merken musste, was die Augen nicht mehr sehen konnten, sobald das Kerzenlicht gewandert war. »Vorsichtig!«, mahnte Leonor. »Die Stufen können glitschig sein.« *Steinstufen,* spürte Laurin unter seinen Füßen. Uneben, leicht rutschig. Er machte sich klein, um so den Boden besser ausleuchten zu können. Es erschien ihm wie eine Ewigkeit, bis sie die unterste Stufe erreichten. Sie betrachteten die Wände und leuchteten in Richtung Decke. Hier schien das Gewölbe nicht ganz so hoch zu sein wie im Hauptkeller. Auch waren die Seitenwände nicht weit voneinander entfernt. »Wie weit geht es denn hinein?«, fragte Laurin. »Dieser Keller ist nicht so lang«, antwortete Leonor. »Komm, gib mir deine Hand.« Leonor ging langsam und vorsichtig voran. Laurin kam es jetzt so vor, als mache es Leonor extra spannend. Nach nur wenigen Schritten standen sie bereits am Ende des Kellers. So sah es jedenfalls aus, als ihre Kerzen eine Mauerwand beleuchteten. »Ist hier Schluss?«, fragte Laurin und leuchtete in alle Richtungen. Im milden Schein der Kerze konnte er links und rechts am Boden Erhöhungen ausmachen. »Sind das Treppen?«, fragte er. »Geht das hier weiter?«

»Nein, das sind keine Treppen. Das sind nur Erhöhungen. Ich weiß auch nicht, wozu die da sind.« Laurin leuchtete die linke Erhöhung aus und folgte ihr bis zur Stirnwand. »Das ist interessant«, murmelte er.

»Was meinst du?«

»Na hier. Schau mal! Da ist ein Durchgang. Also früher jedenfalls. Jetzt ist er zugemauert.«

Laurin hielt die Kerze dicht an die Steinwand und ließ ihren Schein der Kontur folgen, die er als einen zugemauerten Gang erkannt zu haben glaubte. In der Tat schien es auch Leonor so, als wäre an dieser Stelle einmal ein Gang gewesen. Und dann sah Laurin am Boden diese zwei Eisen liegen. Spätestens jetzt entdeckte Leonor, dass Laurin im Grunde seiner Seele ein Abenteurer war. Kurze Zeit später waren die beiden damit beschäftigt, einen der Steine unten am Durchgang aus dem Mauerwerk zu lösen. Leonor verdrängte den Gedanken, dass es vielleicht nicht richtig war, was sie hier taten. Aber es kribbelte in ihrem Bauch, bei dem Gedanken im Dunkeln zusammen mit Laurin etwas Abenteuerliches, etwas Unerhörtes, Verbotenes zu tun.

Der Stein wackelte leicht. »Gleich haben wir ihn«, hörte Leonor Laurin mit gepresster Stimme ausstoßen. Gemeinsam ruckelten sie mit vereinten Kräften, bis der Stein ihnen vor die Füße fiel und in der Wand ein kinderkopfgroßes Loch hinterließ. Ein leichter Windhauch kam aus dem Loch. Es roch muffig.

»Gib mir mal die Kerze«, sagte Laurin. Das leicht flackernde Licht erhellte jetzt das Loch. Was die beiden dort sahen, konnten sie nicht einordnen. »Da ist was«, sagte Leonor und Laurin griff mutig hinein. Er konnte es ertasten, aber herausziehen ließ es sich nicht. Daraufhin stocherte er mit dem Eisen in das Loch, es knirschte leise und dann löste sich etwas. Laurin griff erneut hinein. Jetzt konnte er einige kleine Gegenstände fassen und zog sie vorsichtig aus dem Loch.

Im Kerzenschein sahen die beiden, was Laurin aus dem Loch hervorgeholt hatte. Bröseliges Material und kleine Knochen.

*

Als Laurin und Leonor in die Gaststube stürmten, herrschte dort gute Stimmung. Laurins Eltern unterhielten sich mit Leonors Eltern, Martina und Andreas, den Inhabern des Restaurants. Küchenchef Andreas hatte Feierabend, weil die wenigen Nachtische, die spätabends noch bestellt wurden, seine Beiköche leicht bewältigen konnten. Martina hatte den Service ihren Mitarbeiterinnen überlassen, weil sich das Restaurant inzwischen bis auf wenige Gäste geleert hatte. Alle lauschten den Klängen einer Gitarre. Dass Laurin und Leonor mit lautem Gepolter in die Stube gestürmt waren, nahmen die Eltern als nichts Besonderes wahr, denn sie waren es gewohnt, dass ihre Kinder nur den Sturmschritt kannten. Unter dem Tisch spielten Laurins

Schwestern, die Zwillinge Frieda und Paula, mit Leonors Bruder Laurenz, und auch diese drei nahmen kaum Notiz von ihren großen Geschwistern. Laurenz dachte nur: *Können die nicht leiser sein!,* sagte aber nichts. Frida und Paula waren so in ihr Spiel vertieft, dass sie nichts um sie herum wahrnahmen.

Laurin erkannte sofort, dass die Situation wegen der Anwesenheit des Gitarrenspielers nicht ideal war und stoppte Leonor, bevor sie lauthals verkündete, was sie im Keller gefunden hatten. Laurin bedeutete ihr, stehen zu bleiben, ging zu seinem Vater und flüsterte ihm ins Ohr.

Fabio schaute seinen Sohn überrascht an, blickte kurz zu Andreas, nickte ihm auffordernd zu und folgte Laurin und Leonor. Andreas, der verstanden hatte, kam mit.

»Hast du eine Taschenlampe?«, fragte Laurin Andreas, als sie im Flur des Restaurants standen, direkt vor der Tür zum steilen Abgang in den Keller. »Wieso denn?«, sagte Andreas, öffnete die Kellertür und knipste das Licht an. Laurin blickte Leonor an. Leonor grinste und zuckte leicht mit den Schultern. Bei voller Beleuchtung ließ sich die steile Kellertreppe leichter gehen und die große Halle erschien zwar noch groß, aber längst nicht so riesig, wie Laurin sie sich im Schein der flackernden Kerze vorgestellt hatte. Jetzt sah Laurin auch, dass Andreas diesen Keller als Vorratsraum für Weine benutzte. An den Wänden entlang standen Regale, in denen zahllose Flaschen gelagert waren. Alle Stellflächen waren durchnummeriert, sodass man leicht den im Restaurant benötigten Wein finden konnte. Laurin erkannte auch den Zugang in den tiefen Keller. Genau genommen waren es zwei Zugänge. »Welcher war es?«, fragte er Leonor. Sie zeigte auf den linken von den beiden. »Da ist es?«, fragte Fabio. »Dann hole ich doch schnell eine Taschenlampe«, sagte Andreas. »Da drin gibt es kein elektrisches Licht.«

Im hellen Strahl der großen Lampe konnten alle vier deutlich sehen, wie es in diesem Keller aussah. Links und rechts des Gewölbes gab es tatsächlich leichte Absätze und links hinten an der Stirnwand war ein zugemauerter Durchgang zu erkennen. Ein Stein war unten herausgebrochen und auf dem Boden lag das, was Laurin aus dem Loch hervorgeholt hatte. Die Kinder zeigten es ihren Vätern. Fabio nahm die Knochen in die Hand und betrachtete sie.

»Das ist ja ein Ding«, murmelte Fabio. Andreas wusste nicht, wie er das einordnen sollte. Fabio nahm die Taschenlampe und leuchtete in das Loch. Er sagte zunächst nichts, sondern richtete seinen Blick auf die Kinder. »Erzählt mal, ihr beiden.«

Leonor fing an. »Also, als wir gegessen hatten, wollten wir spielen, aber nicht so Kinderspiele wie früher. Das können ja die Kleinen machen. Wir wollten was Cooles machen.« Laurin nickte. »Leonor hat mir von den dunklen Kellern erzählt.«

»Wir haben Kerzen mitgenommen, weil das dann so schön gruselig ist, hier unten.« Leonor schaute Laurin mit einem Blick an, der signalisieren sollte, dass sie ihm etwas hatte bieten wollen. Sie machte eine kurze Pause. »Und dann hat Laurin gemeint, dass wir hinter diese Wand schauen sollten und ob wir nicht einen Stein rausmachen könnten. Da haben diese zwei Eisen gelegen und deshalb haben wir angefangen, rund um diesen Stein alles auszukratzen, bis er sich gelöst hat.«

Laurin fuhr fort: »Wir haben es geschafft. Der Stein kam raus und im Loch haben wir das gefunden.« Er deutete auf das Häuflein Knochen.

Andreas nahm seine Tochter bei den Schultern und schaute ihr tief in die Augen. Sie sagte kleinlaut, was nicht ihre Art war: »Tut mir leid, wir wollten nichts kaputt machen.« Andreas nickte und sah auf Fabio. »Und nun?«

Fabio wusste, was das bedeutete, und er wusste auch, dass sich Andreas noch nicht vorstellen konnte, wie es hier bald aussehen würde, wenn die Spurensicherung diesen Keller auseinandernahm.

»Ich bin kein Anatom, sondern ein Commissario, aber nach meiner Einschätzung sind das Knochen von einem Fuß. Konkret würde ich sie für Zehenknochen halten.« Er atmete schwer, sah auf die Kinder. »Ihr beiden müsst das für euch behalten. Es kann sein, dass ihr etwas gefunden habt, wofür sich die Polizia interessieren muss. Aber ihr müsst mir versprechen, dass ihr mit niemandem außer mit uns darüber sprecht. Habt ihr das verstanden?«

Beide nickten. »Du, Papa, ist hinter der Wand eine Leiche?« Fabio schaute seinen Sohn an, dann Andreas und Leonor. »Das werden wir bald wissen.«

Sonntag

»Wir müssen die Mauer eines zugemauerten Durchgangs einreißen. Direkt hinter der Mauer könnte sich eine Leiche befinden. Wir sollten also vorsichtig Stein für Stein abtragen. Bekommen Sie das hin?«

Der Bereitschaftsdienstleiter der Spurensicherung hatte aufmerksam zugehört. Kein alltäglicher Fall. Auch wenn er sich keine Kritik an einem Einsatz an einem Sonntag erlauben wollte, so verstand er nicht, warum die Sache nicht auch Zeit bis Montag gehabt hätte. Dann wären alle an Bord. Und eine eingemauerte Leiche, vielleicht verwest, würde auch einen Tag länger hinter einer Mauer keine anderen Erkenntnisse liefern als heute. Am Sonntag bekam er nur einen Teil seiner Mannschaft zusammen. Als ob Fabio die Gedanken des Mannes gehört hätte, sagte er: »Ich bin mir bewusst, dass wir das auch auf Montag verschieben könnten, aber es ist so, dass wir heute ganz unbehelligt im Keller arbeiten können. Das Restaurant hat am Sonntag seinen Ruhetag. Und wir sollten den Betrieb nicht mehr als nötig stören.« Fabio hörte ein leichtes Stöhnen. Aber er war der Chef. »Kommen Sie bitte zum Restaurant 1477 Reichhalter in Lana, Metzgergasse 2. Sie wissen, wo das ist?«

Fabio hatte gestern Abend mit Andreas besprochen, dass der Ruhetagssonntag für das mit Lärm verbundene Abstemmen der Wand genutzt werden sollte. Andreas hatte Sorge, dass sein Betrieb unter diesen Arbeiten leiden könnte. Wer hat schon gerne eine Leiche im Keller?

Andreas hatte ihm etwas Interessantes über den Keller erzählt. »Weißt du, ich bin hier seit einigen Jahren Pächter. Und als ich den großen Keller gesehen habe, fand ich ihn ideal als Weinlager. Meine Vorgängerin hat ihn auch so genutzt. Man hat mir erzählt, dass ich die beiden kleineren Keller nicht nutzen solle. Warum das so ist, weiß ich nicht. Bisher hat es mich auch nicht interessiert.«

Fabio unterrichtete Andreas darüber, dass die Spurensicherung gegen Mittag bei ihm sein werde. Er, Fabio, würde ebenfalls dabei sein. Anschließend versuchte er seine beiden Assistenten zu erreichen, Francesca und Eduard. Francesca sagte sofort zu, dass sie kommen werde. Allerdings hörte Fabio auch in ihrer Stimme einen Unwillen, den er noch nie zuvor bei ihr vernommen hatte. Eduard war nicht zu erreichen. *Wahrscheinlich ist er heute in den Bergen im Sarntal,* überlegte Fabio. *Vielleicht kein Handyempfang, aber er wird sich melden.*

Gegen 12 Uhr trafen sie sich alle im 1477 Reichhalter in Lana. Eine kleine Truppe der Spurensicherung, sichtlich schlecht gelaunt, Francesca, ebenfalls sichtlich nicht gut gelaunt, Fabio und Andreas. Als Gastwirt spürte er die merkwürdige Stimmung und bot zur Aufhellung allen zunächst Espressi an.

»Also, wo müssen wir hin?«, fragte der Bereitschaftsdienstleiter, nachdem er seinen Espresso getrunken hatte. Fabio ging voraus und zeigte die Fundstelle. »Mehr Licht«, rief einer sofort, woraufhin ein anderer starke Leuchten auf ein Stativ stellte und sie an den Strom anschloss. Im nächsten Augenblick war der Keller taghell ausgeleuchtet.

Fabio verwies auf die gefundenen Knochen und das zerbröselte Material, das sein Sohn am Vorabend aus der Wand geholt hatte, und zeigte auf das Loch. Die Fachleute der Spurensicherung betrachteten die Gegenstände, machten erste Fotos.

»Fußknochen?« Dieses Wort schwebte im Raum und die Männer schauten auf den zugemauerten Durchgang. »Wenn das Teile eines Fußes sind, dann finden wir dahinter den Rest.« Mit diesen Worten gingen sie an die Arbeit. Es staubte und war laut, als sie ihre Werkzeuge ansetzten, um die Wand abzutragen.

»Lasst uns nach oben gehen«, sagte Fabio zu Andreas und Francesca. Andreas war auf dem Weg zur Treppe, als Fabio merkte, dass Francesca zögerte. »Lass mich hier unten«, war alles, was sie sagte.

Des Menschen Wille ist sein Himmelreich, fiel Fabio dazu ein, während er Andreas folgte.

»War ein netter Abend«, begann Fabio, als Andreas zwei Espressi vor ihnen abstellte. Sie saßen am selben Tisch wie gestern, hinten rechts in der Ecke im Herrgottswinkel. Fabio bemühte sich um ein leichtes Gesprächsthema und lobte die Gemütlichkeit der Stube. »Schön, dass ihr alles so gelassen habt.« Andreas war froh, dass er zu diesem unverfänglichen Thema etwas sagen konnte. »Als die langjährige Wirtin, die Balbina, gestorben war, gab es zunächst niemanden, der sich getraut hätte, das Gasthaus weiterzuführen. Das Haus ist sehr alt und es waren hohe Investitionen nötig, um es auf den Stand der Zeit zu bringen. Aber schließlich hat sich jemand getraut und ein Architekt hat es geschafft, das Alte mit dem Neuen zu vermählen, ohne dass der Charme des alten Gasthauses verloren gegangen ist.« Fabio nickte zustimmend und dachte dabei an seinen Erwerb des Ansitzes Esser vor einigen Jahren. Dem Charme dieses Anwesens war vor allem Elisabeth verfallen und sie hatte ihn überzeugt, das Wagnis einzugehen, ihn zu kaufen. Der Kaufpreis war zu stemmen gewesen, aber die Renovierungskosten machten ihnen zu schaffen. So ging es seit Jahren langsam voran, sie konnten darin wohnen, die Heizung und die Bäder funktionierten, Strom war auch installiert. Aber eine ordentliche Renovierung, die, wie sagte Andreas gleich, den Charme des Alten mit den Erfordernissen des Neuen vermählte, überstieg ihre finanziellen Verhältnisse. Als Commissario verdiente er zwar nicht schlecht und Elisabeths Apotheke erwirtschaftete Gewinn, aber große Sprünge konnten sie nicht machen.

»Wie fandest du deinen Fisch?« Mit dieser Frage holte Andreas Fabio aus seiner Gedankenspirale. »Der Wolfsbarsch? Der war klasse. Vor allem die Kombination mit Fenchel und Kapern. Das habe ich zuvor noch nicht gegessen. Der Sud war fantastisch.«

»Die Venusmuscheln nicht zu vergessen!«

Fabio musste lachen. »Du bist ein sehr guter Koch. Elisabeth fand das auch.«

»Was hatte Elisabeth?«

»Elisabeth hatte deine Kombination von Kalbsbrust und Kalbssteak genommen. Den Lammrücken will sie das nächste Mal probieren. Wenn wir ohne Kinder kommen.«

»Wieso?«

»Laurin hat eine kleine Ziege und seither hält er uns alle für Barbaren, wenn wir kleine Tiere, wie zum Beispiel Lämmer, essen.«

»Aber Kalb geht?«

»Da hat er bisher nicht protestiert.«

Beide mussten lachen.

Fabio wollte ansetzen, das fantastische Schokoladendessert zu loben, als Francesca den Raum betrat. Leicht mit Staub bedeckt, wirkte sie bleich, fand Fabio. *Ob das nur an dem Staub liegt*, fragte er sich.

»Ich kann das nicht fassen«, kam aus ihr heraus und die beiden Männer folgten ihr unverzüglich in den Keller. Dort hing eine Staubwolke in der Luft, hinter der sich die Männer der Spurensicherung in ihren weißen Schutzanzügen wie Wesen aus einer anderen Welt bewegten.

»Wenn sich der Staub gleich legt, können Sie mehr sehen«, rief einer der Männer Fabio zu. »Aber Sie können jetzt schon einiges erkennen. Kommen Sie!«

Das Licht der starken Lampen war im Moment von Nachteil, weil es die Staubwolke gut ausleuchtete und nicht direkt bis zur freigelegten Wand vordrang. Es schien aber in dem Keller ein stetiger Luftzug die Räume zu durchdringen, denn die Staubwolke zwängte sich durch ein Luftloch in der Decke und verschwand allmählich. Fabio sah, was die anderen vor ihm gesehen hatten.

Heilige Scheiße!, schoss es ihm durch den Kopf. *Ein Gekreuzigter!*

*

Der Staub hatte sich gelegt, viele Fotos waren gemacht worden. Fabio und Francesca hatten die Leiche genau betrachtet, die wie ein Gekreuzigter hinter der Wand aufrecht eingemauert worden war. Von wem und wann, das waren jetzt die Fragen. So einen Leichenfund hatten sie noch nie. Die Überreste waren teilweise mumifiziert. Der Mensch war mitsamt seiner Kleidung eingemauert worden. Diese hielten zusammen, was früher Knochen und Fleisch war. Alles wirkte eingetrocknet, geschrumpft. Der Leichnam trug einen Hut auf den Resten seines Kopfes. Mehr Knochen als Haut waren zu erkennen. Die Augenhöhlen waren leer. Alles, was Flüssigkeit im Körper gewesen war, war ausgetreten. In das Mauerwerk. Verblieben war der vertrocknete Rest. Fabio konnte Zähne erkennen und Haare schauten unter der

Kopfbedeckung hervor. *Da wird die Gerichtsmedizin einiges zu tun bekommen,* dachte er.

»Wo sollen wir die Hämmer hintun?«, wurde Fabio gefragt. Die Spurensicherung hatte hinter der Wand auch zwei Hämmer gefunden, die eine besondere Form aufwiesen. Fabio kannte sich mit Hämmern nicht aus, aber sie wären ein Hinweis auf die Identität der Leiche. Fabio bedeutete ihm, sie am Fundort zu belassen.

»Kommt noch jemand von der Gerichtsmedizin?«, fragte der Mitarbeiter der Spurensicherung.

Francesca beantwortete die Frage, denn Fabio hatte sich bisher nicht darum gekümmert.

»Ich habe Paula erreicht. Sie war am Gardasee, kommt aber. Kann sein, dass sie jede Minute hier eintrifft. Dr. Phillipi ist im Ausland.«

Fabio nickte ihr wohlwollend zu. Francesca war umsichtig. Sie erwiderte seine Anerkennung kaum merklich.

»Dann lassen wir euch das Licht hier«, gab es als Antwort von der Spurensicherung, die ansonsten alles zusammenpackte, was sie an Gerätschaften benötigt hatte.

*

»Also, was meinst du? Soll ich es machen?« Anna nickte. Sie hatte im Stillen gehofft, dass er es tun würde. Reinreden wollte sie ihm nicht. *Besser, er entscheidet es selbst,* hatte sie gedacht.

»Dann mache ich es«, brummelte es aus Tommaso heraus. »Gleich morgen. Dann ist in einem halben Jahr Schluss.«

Anna kuschelte sich an ihren großen, schweren Mann. »Das ist das Richtige. Wir haben dann noch einige Jahre nur für uns.« Tommaso nickte. Er freute sich auch, aber die Entscheidung fiel ihm schwer. Er war gerne Carabiniere. Sein Beruf hatte ihn erfüllt, dem Leben Sinn gegeben und ihm Freude gemacht, auch wenn es nicht immer einfach war. Er dachte an die Zeit seiner Ausbildung zurück. Damals galt noch das Gebot, erst mit dreißig heiraten zu dürfen. Und wenn er ein Verhältnis mit einer Ansässigen begonnen hätte, wäre er sofort versetzt worden. Strenge Zeiten damals. Er dachte an die vielen Aufgaben, die er seither erledigt hatte. Manchmal an den Buchstaben des Gesetzes vorbei, aber immer mit einem guten Ergebnis. Er dachte an seine spätere Freundschaft mit Fabio, der von der anderen Truppe war, der Polizia, deren Angehörige so ganz anders ausgebildet waren als die Carabinieri. Und wie es zwischen ihnen jederzeit harmoniert hatte, seit ihrer ersten Begegnung. Das war, er musste kurz überlegen, zwölf Jahre her. *Wie die Zeit doch vergeht.* Aber es gibt für alles ein Ende. *Ich bin jetzt 62, damit soll es gut sein.* Gleich morgen, am Montag, würde er den Antrag auf Pensionierung bei seinem Oberst einreichen. *Was Fabio dazu sagen wird?* Es fiel ihm schon heute schwer, seinem Freund seine Entscheidung gleich morgen mitzuteilen. Denn sie bedeutete, dass ihre gemeinsame Zeit als Polizisten langsam zu Ende ging.

*

Leonor wohnte mit ihrer Familie nicht im Reichhalter. Von zu Hause aus hatte sie gleich nach dem Frühstück mit Laurin telefoniert, weil sie das Erlebte nicht losließ. »Was meinst du, haben wir eine Leiche gefunden?«, flüsterte sie. Laurin wohnte am Berg in Prissian im Ansitz Esser und wäre am liebsten runter nach Lana gefahren, um mit Leonor weiter in dem Fall zu ermitteln. Aber er wusste, dass er dann Ärger mit seinem Papa bekommen würde, dem Commissario. Er flüsterte zurück, denn er wollte nicht, dass seine Mama etwas mitbekam, weil sie es dem Papa sagen würde.

»Klar war das eine Leiche. Eine alte, schätze ich. Sie hat nicht mehr gestunken. Es ist nur die Frage, wie sie hinter die Wand gekommen ist.«

»Das müssen wir noch herausfinden. Was meinst du, wird dein Vater die Leiche ausbuddeln lassen?«

»Ich glaube, die sind schon dabei. Er ist aus dem Haus und hat vorher noch viel telefoniert. Ich kenne das schon, das ist so, wenn er einen neuen Fall hat.«

»Das ist bestimmt spannend bei euch, wenn solche Fälle passieren!«

»Hier ist immer was los. Mein Papa hat täglich mit Mördern zu tun, das ist sein Beruf.« Laurin war sich bewusst, dass er ziemlich dick auftrug, aber unbewusst hoffte er, damit bei Leonor zu punkten. Sie besuchten dieselbe Klasse der Mittelschule in Lana und gestern Abend hatten sie sich das erste Mal außerhalb der Schule getroffen. Laurins Eltern kannten Leonors Eltern, deshalb war die ganze Familie Fameo am Vorabend im Restaurant von Leonors Eltern in Lana essen. Für die Kinder hatte es Spaghetti mit Tomatensoße gegeben und während sich die jüngeren Geschwister Paula und Frieda mit Laurenz, dem dreijährigen Bruder von Leonor, zum Spielen unter dem Tisch trafen, hatten sie ihr erstes gemeinsames Abenteuer erlebt.

Leonor dachte, dass er ganz schön übertrieb, merkte aber, dass er ihr damit imponieren wollte. In der Klasse galt Laurin als schlau, Leonor ebenfalls und es war eine gute Idee, sich zu verbünden.

»Wir könnten eine Detektivbande gründen!«, schlug Leonor vor. »Und wir zwei sind die Anführer!«

Laurin sah sich und Leonor, wie sie diesen Fall und noch viele andere lösen würden.

»Super! Das machen wir.«

*

Paula hatte sich beeilt. Das schien ein spannender Fall zu sein. Eine eingemauerte Leiche hatte sie noch nicht auf dem Tisch. Seit einem Jahr hatte sie eine feste Anstellung im Institut für Rechtsmedizin von Dr. Phillipi. *Und heute kann ich ganz alleine raus*, dachte sie. Ihr Chef war auf einem Seminar in der Schweiz.

Beim Betreten des Kellers leuchten ihre Augen auf, als sie den Leichnam sah. Die Arme waren, wie bei einem Gekreuzigten, leicht schräg nach oben fixiert worden. So passte die Leiche exakt in den Durchgang, füllte ihn von oben bis unten aus.

»Das muss harte Arbeit gewesen sein, diesen Menschen dort einzumauern«, sagte sie in die Stille hinein. Während sie mit Akribie die Leiche betrachtete, waren alle anderen verstummt und beobachteten, wie Paula vorging. »Gehen wir davon aus, dass der Mensch bereits tot war, bevor er eingemauert wurde, dann ist es schwierig, einen Körper ohne jegliche Körperspannung derart aufrecht an die Wand zu stellen, ohne dass der Körper in sich zusammensackt. Man braucht dann andere, die die Leiche festhalten, während sie eingemauert wird, oder«, sie erhob ihre Stimme, »man nagelt die Arme in die Steinwand.« Sie zeigte auf eine Erhebung am linken Arm. »Hier, schaut mal, das sind wahrscheinlich geschmiedete Nägel.« Paula untersuchte den rechten Arm und fand schnell dieselbe Erhebung. »Zwischen Elle und Speiche. Das hält die Arme in dieser Position. So könnte es auch einer alleine geschafft haben, einen leblosen Körper in aufrechter Stellung einzumauern.«

Fabio und den anderen liefen leichte Schauer über den Rücken, als Paula diese Sätze vor sich hinsprach. Sie sprach mehr zu sich selbst, so als spräche sie in ihr Diktiergerät im Institut, wenn sie eine Leiche seziert.

Sie drehte sich um. »Leute, ich hätte zwar gerne die Leiche heute noch auf dem Tisch, aber ich meine, wir sollten zunächst einen Archäologen hinzurufen. Wir sollten nichts zerstören, was für die Altertumsforschung wertvoll sein könnte. Ich schlage vor, dass ich eine Kollegin anrufe, die ich kenne. Sie kann besser als ich einschätzen, ob wir hier einen historisch interessanten Befund haben oder nur eine Leiche, die etwas älter ist.« Zu Fabio gewandt, meinte sie scherzhaft: »Zum Todeszeitpunkt kann ich beim besten Willen nichts sagen. Auch die Todesursache kann ich jetzt noch nicht feststellen.«

*

Elisabeth hatte im Laufe ihrer gemeinsamen Jahre öfter erlebt, dass ihr Mann zu jeder unmöglichen Tages- und Nachtzeit an den Fundort einer Leiche gerufen wurde. Aber heute passte ihr dies überhaupt nicht in ihren Kram. Sie war nachmittags mit Evi im Hofstätterhof verabredet.

Über die alte Handwerkstechnik des Brotbackens – Evis Mann Oskar betrieb am Hof einen Brotbackofen – waren sie vor drei Monaten ins Gespräch gekommen. Elisabeth, Fabio und die Kinder hatten damals an einem freien Wochenende ohne Leichenfund einen Ausflug zum Hofstätterhof gemacht. Der Spaziergang vom Ansitz Esser nach Naraun war angenehm: für die Kinder nicht zu weit und für die Erwachsenen weit genug, um sich Appetit zu holen. An einem der Holztische im Freien vor dem Hof hatten sie Platz genommen und sich auf Pressknödel mit Kraut oder Rippchen gefreut. Außerdem gab es dort herrlichen Apfelstrudel. Die Kinder hatten viel Platz zum Toben und Fabio und Elisabeth fanden Zeit zum Plausch mit dem Wirtsehepaar Oskar und Evi. Man kannte sich ohnehin. Alle kamen sie in Elisabeths Apotheke in Tisens vorbei.

Elisabeth bewunderte den Holzbackofen, berichtete von ihrem eigenen Ofen im Ansitz Esser und so drehte sich das Gespräch schnell um Rezepte, Teigführung und die Kunst des Backens. »Die Steine im Ofen müssen eine bestimmte Farbe haben, dann weiß ich, dass der richtige Zeitpunkt erreicht ist, um mit dem Backen zu beginnen«, hatte ihr Oskar erklärt.

Bei einem späteren Backtag hatte Elisabeth mit eigenen Sinnen wahrnehmen können, was er damit gemeint hatte. Evi hatte sie eingeladen, den alten Hof zu besichtigen. »Den Hof gibt es schon sehr lange. Urkundlich erwähnt wurde er bereits 1357 als Hofstätte der Leonburg, er gehört also zum damaligen Einflussbereich des Geschlechts Brandis.«

»Ach ja, wie die Fahlburg in Prissian. Das sind unsere Nachbarn«, meinte Elisabeth.

»Ja, soviel ich weiß, gehört sowohl die Leonburg als auch die Fahlburg den Grafen von Brandis.«

»Aber jetzt gehört euch der Hofstätterhof?«

»Oskar hatte die Idee, hier einen Buschenschank einzurichten. Wie das damals ausgesehen hat! Überall hat das alte Zeug herumgestanden, das man für die Arbeit auf einer Hofstelle benötigt hatte. Heute sind das Antiquitäten. Wir haben einige ausgestellt.«

Sie betraten die große Gaststube des Hofstätterhofes. Ein tiefer Raum öffnete sich ihrem Blick. Links befand sich die rustikale Theke aus altem Holz, die voller Gebrauchsspuren waren und davor eine gemütliche Sitzbank rund um einen schweren, groben Tisch. Eine Art Rundbogen spannte sich durch den Raum und es schien, als trage er die Decke. Rechts an der Wand war ein gemütlich wirkender Rundofen zu erkennen.

»Schaut, hier geht es zu den Räumen, die im Herbst voller Gäste sind.« Evi führte Fabio und Elisabeth in die Nebenräume. Das wird früher ein Stall gewesen sein«, erläuterte sie. »Und hier, unsere Besonderheit!« Sie wies auf einen Raum hin, der in der Tat eigenartig aussah. »Hier sitzt ihr im Inneren eines Fasses. Das Fass haben wir eingebaut. Es ist riesig und drin sitzt man gemütlich. Und dann muss ich euch noch etwas Besonderes zeigen, kommt mit.« Evi ging voraus an das Ende des Hauptraumes. »Man denkt, hier hört der Raum auf, aber es geht noch weiter. Nicht gleich zu erkennen.« Evi bewegte sich nach rechts und durch einen niedrigen, rund gemauerten, weiß gekalkten Gang gelangte die Gruppe in einen winzigen Vorraum, der sich nach links in einen lang gestreckten Raum öffnete, an dessen Ende der Durchgang zu einem weiteren Raum zu erkennen war.

»Das sind die Räume, in denen zur Faschistenzeit die Katakombenschule untergebracht war. Für den Fall, dass es Kontrollen gab, konnte man noch rechtzeitig alles Unterrichtsmaterial verstecken und das Strickzeug rausholen. Die Lehrerin konnte durchs Fenster entwischen.«

Elisabeth musste Fabio erklären, was eine Katakombenschule war, denn er stammte nicht von hier. »In der Faschistenzeit war in Südtirol die deutsche Sprache verboten. Es gab nur noch Unterricht in Italienisch, egal, ob du als Kind diese Sprache gesprochen hast. Damals sprach hier niemand Italienisch, denn bis zum Ende des Ersten Weltkrieges war dies ein Zipfel von Österreich-Ungarn, dem Vielvölkerstaat, in dem überall die Sprachen gesprochen wurden, die es in diesem riesigen Kaiserreich gab. Als Italien nach Kriegsende Südtirol als Beute zugesprochen wurde, galten ganz plötzlich andere Regeln. Alles Deutsche sollte ausradiert werden. Dagegen formierte sich Widerstand, wie du dir vorstellen kannst. Eine Maßnahme war, dass die Kinder in den sogenannten Katakombenschulen in der deutschen Sprache unterrichtet wurden. Das waren Geheimschulen, die allesamt von der faschistischen Regierung verboten waren. Erwischten sie Lehrerinnen oder Lehrer, drohten ihnen harte Strafen. Wir Südtiroler halten diese Katakombenschulen daher in guter Erinnerung.«

Elisabeth war von dem langen Raum angetan, es war ihr, als wollte ihr der Raum etwas sagen. Fabio wandte sich zum Gehen, während seine Frau noch zögerte, sich nicht lösen konnte. Evi bemerkte Elisabeths Veränderung. »Gell, der Raum hat was. Geht mir auch so.« Elisabeth nickte und folgte dann ihrem Mann zum Ausgang.

Seit diesem Tag hatte sich in Elisabeth ein Gedanke festgesetzt. Sie hatte diese noch nicht ausgereifte Idee seit Jahren, nie war sie ausgesprochen worden, aber sie rumorte in ihrem Kopf, ohne dass sie sich konkretisieren wollte. Ein latenter Gedanke mit einem unförmigen, amorphen Körper, der sich mal in die eine, mal in die andere Richtung streckte, ausdehnte oder zusammenzog. Plötzlich verschwunden, um dann unvermittelt wieder aufzutauchen.

In den Räumen des Hofstätterhofes, die einst als Katakombenschule gedient hatten, formte sich dieser Gedanke schließlich, bekam eine Gestalt und wurde zu einem Plan. Mit Evi hatte sie darüber gesprochen und heute wollten sich die beiden treffen, um gemeinsam zu überlegen, ob und wie sich der Plan in die Tat umsetzen ließ.

Und ausgerechnet jetzt musste Fabio nach Lana, eine Leiche ausgraben, statt, wie verabredet, auf die Kinder aufzupassen. Denn die wollte Elisabeth bei dem Treffen mit Evi nicht dabeihaben. Freie Hände wollte sie haben und nicht im Beaufsichtigungsmodus laufen.

*

»Tja, meine Archäologin kann heute nicht hierherkommen. Erst am Mittwoch hat sie Zeit, freut sich aber über den Fund. Sie sagte, der Stadtteil Gries in Lana habe mittelalterliche Wurzeln. Lana sei aus archäologischer Sicht ohnehin interessant, weil man hier schon einiges gefunden hat, was auf eine frühe Besiedlung schließen lasse. Funde aus der Römerzeit gebe es hier viele. Langer Rede kurzer Sinn: Meine Archäologin freut sich auf den toten Menschen und bittet uns, ja nichts weiter anzufassen, weil sie, ich zitiere wörtlich, ›aus archäologischer Sicht die groben Methoden der Kriminalpolizei in keinster Weise billigen‹ kann.«

Paula schaute in erstaunte Gesichter, als sie ihre Rede beendet hatte.

»Und was bedeutet das jetzt?«, fragte Andreas. »Ich mache morgen wieder auf. Muss ich damit rechnen, dass mein Betrieb gestört wird?«

Fabio griff beruhigend seinen Arm und meinte: »Das bekommen wir schon hin.«

Francesca fragte Paula: »Was ist deine Einschätzung, ist das ein Fall für die Archäologie oder für die Polizei?«

»Wenn ich mir den Zustand des gekreuzigten Kameraden so ansehe, dann schätze ich den Fall so ein, dass die Polizei, sollte es sich hier um einen Kriminalfall handeln, reichlich spät dran ist, einen Täter zu ermitteln. Nennen wir ihn vorerst nicht Täter, sondern den Maurer. Wer auch immer diese Mauer errichtet hat, muss das vor vielen, vielen Jahren getan haben. Dass der Maurer noch unter den Lebenden weilt, bezweifele ich stark. Deshalb bin ich der Meinung, dass wir getrost zuerst die Archäologin ranlassen können. Sie hat an der Leiche vielleicht mehr Freude als die Polizia.«

»Tja, mein Freund«, Fabio wandte sich an Andreas, »dann hast du jetzt eine Ausgrabungsstätte in deinem Keller.«

Alle vier gingen nach oben und Andreas ließ es sich nicht nehmen, sie an die Theke zu einem Glas Wein zu bitten. Fabio hatte noch etwas auf dem Herzen. »Andreas, da war doch gestern Abend ein alter Bekannter von dir gekommen. Er hat mit euch geredet, sich die Gitarre geschnappt und auf ihr gespielt. Hat er was von der Sache mitbekommen?«

»Das war Joschi. Ein Vinschger aus Laas.« Andreas machte eine kurze Pause. »Er wird das schon mitbekommen haben, denke ich.« Er holte Luft. »Den kenne ich seit der Schulzeit, also seit unserer gemeinsamen Zeit in der Hotelfachschule in Meran, wo er seine Hotelfachausbildung gemacht hat. Damals habe ich Koch gelernt. Und wir jungen Leute, die rund um den Tourismus ihre Ausbildung machten, haben uns gerne getroffen. Er ist damals intensiv seinem Hobby nachgegangen, Musik zu machen. In der Gaulschlucht war er öfter bei Festivals und Konzerten und ist auf der Gaulbühne auch selbst aufgetreten. Mit Lana verbindet ihn also einiges. Ich habe mich gefreut, ihn gestern wiederzusehen. Warum fragst du?«

»Wir würden gerne die Deutungshoheit über die Ereignisse behalten. Wenn Joschi jemand ist, der gleich alles rumerzählt, dann hast du morgen hier nicht nur die örtliche Presse auf der Matte stehen. Eine eingemauerte Leiche ist ein Thema für den Boulevard. Und wenn dann noch rauskommt, dass du einen Gekreuzigten in deinem Keller hast, dann werden dir die Leute die Bude einrennen. Die kommen aber nicht alle, um hier zu essen, glaube mir.«

Andreas wurde jetzt erst bewusst, dass die Ereignisse des Samstagabends ohne Weiteres sein Restaurant bekannt machen würden. Lieber wäre es ihm gewesen, es würde ausschließlich wegen seiner Kochkunst bekannter.

*

»Was ist denn so dringend, dass du es heute mit Evi besprechen musstest?«

Als die Kinder im Bett waren, hatte Elisabeth ihrer Enttäuschung Luft gemacht, dass sie das geplante Gespräch mit Evi nicht führen konnte. Fabio hatte das nicht verstanden. Dass sein Beruf ihn auch am Wochenende forderte, war bisher nie ein Streitthema gewesen.

»Ach, was ist schon dringend. Es hätte heute gut gepasst, bei mir und bei Evi. Wer weiß, wann sich das wieder fügt. Evi hat selten Zeit, so wie ich. Ich habe meine Apotheke und Evi hat ihren Betrieb. Heute Nachmittag hätten wir beide Zeit gehabt.« Elisabeth schmollte, das sah Fabio deutlich. Aber er verstand noch nicht.

»Worum geht es denn?«, erkundigte er sich.

Elisabeth holte tief Luft, antwortete aber nicht sofort. Dann setzte sie an. »Ich verfolge seit Jahren einen Gedanken, von dem ich nicht weiß, was er mir sagen will, von dem ich nicht weiß, ob er zu einer guten Idee führt.«

Fabio schaute sie neugierig an. *Davon hatte sie noch nie erzählt. Diese Frau ist immer für eine Überraschung gut,* dachte Fabio. *Es gab Geheimnisse, die sie für sich behielt. Interessant.*

»Ich hatte Glück, wie du weißt.«

Fabio wusste nicht, welches Glück sie meinte. *Wahrscheinlich das Glück, mich kennengelernt zu haben.*

»Meine Eltern haben mich studieren lassen, ich konnte raus aus Südtirol, also hinter die Berge schauen, wenn du so willst.«

Ach, das Glück. Ich bin nicht gemeint. Obwohl! Ich bin schon auch ein Glück für sie. Fabio nickte zustimmend.

»Das konnten damals nicht viele Frauen. Heute geht das eher, auch wenn sich das überkommene Rollenverständnis der Frau in Südtirol hartnäckig hält.«

Oha! Das war also das Thema. Ich wusste nicht, dass sich Elisabeth damit beschäftigt. Fabio nickte aufmunternd.

»Und überhaupt! Jeden dritten Tag wird hier im Land eine Frau ermordet!«, schoss es aus Elisabeth heraus.

Fabio schreckte auf. »In Südtirol? Also nein, das wüsste ich doch.«

»In Italien! Ich finde das erschreckend. Und in Südtirol wird vielleicht nicht gleich gemordet, aber häusliche Gewalt wird es hier genauso geben wie im ganzen Stiefelraum.«

Fabio nickte. Das war ihm bekannt. »Aber das gibt es überall, auch in Deutschland, der Schweiz, in Österreich, um gleich alle Nachbarn zu nennen. Das ist kein spezielles Problem hier in Südtirol.«

»Aber es ist ein Problem. Und ich frage mich, woran es liegt, dass Frauen viel zu häufig Opfer von Gewalt werden, dass Frauen schlechter bezahlt werden als Männer, dass Frauen auf weniger gut bezahlte Berufe zusteuern oder zugesteuert werden, ihnen also Chancen vorenthalten werden?«

Fabio atmete durch. Dass diese Fragen seine Frau umtrieben, war ihm bisher verborgen geblieben. Er schaute sie an und sein Blick sagte ihr, dass sie fortfahren solle.

»Mir geht so vieles gegen den Strich. Und je älter ich werde, umso schlimmer wird es.« Sie machte eine Pause.

»Schau dich um. Es ist überall. Nehmen wir die italienischen

Medien. Was für ein Frauenbild wird dort gepflegt? Wir schauen ja selten in den Fernseher, aber was sehen wir dann, wenn wir es tun? Insbesondere bei italienischen Sendern? Halbnackte Moderatorinnen, nett anzusehen, aber haben sie auch etwas zu sagen? Die Medienwelt ist überwiegend sexualisiert. So empfinde ich das. Und was macht das mit den Konsumenten? Die sehen dort Frauen, die einem ganz bestimmten Rollenbild entsprechen. Es gibt keine Diversität, es gibt eine Idealfigur. Und was machen die Frauen? Sie eifern diesem Idealbild nach.«

Fabio nickte, wusste aber nicht, worauf Elisabeth hinauswollte. *Und was hat das mit Evi zu tun?*

»Auch hier im eher biederen Südtirol schleicht sich das ein. Über Jahre kann man das festhalten. *Die Frau in Südtirol,* du kennst dieses People-Magazin. Allein der Titel. Als müsste die Südtirolerin so sein, wie in der Zeitung dargestellt. Miss Südtirol ist doch ein Abklatsch von Miss Italia oder Miss Irgendwo. Weißt du, wie viele Mädchen bei mir in der Apotheke nach Schlankheitspillen fragen? Die sind doch alle gehirngewaschen! Und gefährden ihre Gesundheit durch Diäten, eifern Idealmaßen nach und werden im schlimmen Fall magersüchtig. Wenn die sich nur dann gut fühlen, wenn die Waage stimmt, dann läuft etwas schief. Ja, ja, ich weiß, das ist kein spezielles Südtiroler Problem, das gibt es überall. Aber deshalb ist es doch nicht gut.«

Elisabeth redete jetzt ohne Pause. Fabio hatte keine Einwände vorgetragen, aber sie nahm mögliche Einwände vorweg und erwiderte sie gleich. Offensichtlich hatte sie sich intensiv mit dem Thema beschäftigt.

»Wir sind in Südtirol gerne in einem Schwarz-Weiß-Denken verhaftet. Das ist viel einfacher, als die Dinge differenziert zu betrachten. Die Frau gehört an den Herd, ist eine gute Mutter, kümmert sich um die Kinder und die Alten. Der Mann geht raus und arbeitet hart, und wenn sein Essen nicht pünktlich auf dem Tisch steht, hat die Frau versagt.«

Fabio zuckte. »Aber ...«

»Bei uns ist das nicht so. Ich weiß. Aber wir sind nicht der Durchschnitt, wir hatten Glück, eine gute Erziehung und es gab ein offenes Feld für uns. Wir durften uns entwickeln und können uns auf Augenhöhe begegnen. Aber das ist eben nicht selbstverständlich.«

Du meine Güte, dachte Fabio. *Da habe ich ein Fass aufgemacht. Und das zu so später Stunde. Ich will nur schlafen.*

»Und ich frage mich, warum das so ist. Welche Einflüsse prägen das Frauenbild in Südtirol?«

»Und hast du eine Erklärung gefunden?«

»Es gibt nicht die eine Erklärung. Es sind vielfältige Einflüsse. Zunächst die Medien, das hatten wir schon. Nach meiner Einschätzung drücken uns die Medienwelt und vor allem die Medien, die über Bilder kommunizieren, also das Fernsehen, die sozialen Medien und die Hochglanzmagazine das Bild der Frau in das Gehirn. So musst du sein, so hast du auszusehen. Die Folge sind Schönheitsoperationen, Diäten, Essstörungen, Magersucht und psychische Störungen. Wenn das Selbstwertgefühl an Messdaten hängt, dann entsteht kein gesundes Selbstbewusstsein. Es entsteht ein Erwartungsdruck. Der wirkt auf die jungen Frauen ein. Und das beginnt früh. Neulich hatte ich eine Achtjährige, die nach Schlankheitspillen fragte. Eine Achtjährige! Stell dir das mal vor! Sie war übrigens nicht dick. Sie war normal. Sah gut aus.«

»Und was hast du gemacht?«

»Ich habe ihr gesagt, dass sie die nicht braucht, dass sie gesund aussieht und dass die Pillen auch gefährlich sind, besonders für junge Menschen im Wachstum.«

»Und dann?«

»Ich weiß nicht, ob ich bis zu ihrem Verstand vorgedrungen bin. Letztlich bekommst du alles auch im Internet.«

»Und was hast du noch als prägend für das Frauenbild ausgemacht?«

»Das sind die Worte aus berufenen Mündern. Nein, besser formuliert, aus Mündern, die sich berufen fühlen. Worte prägen Gedanken, Worte prägen und verdichten Denkweisen, insbesondere wenn sie von Männern kommen, denen man in Südtirol traditionell gerne Glauben schenkt.«

»Du meinst die Priester? Heißes Eisen.«

»Ich meine die Kirche. Lies mal, was Päpste zur Rolle der Frau sagen. Seit Jahrzehnten prägen sie mit ihren Worten das Denken der Gläubigen. Aber es ist nicht nur die Kirche, die ein ganz spezielles Frauenbild pflegt. Es sind auch Politiker, Prominente, Menschen, Männer, die in der Öffentlichkeit stehen, die Formulierungen verwenden, dass es alle Frauen umhauen müsste. Ich denke da an Männer wie Berlusconi. Er besitzt auch noch die Medienmacht, Worte bildhaft werden zu lassen. Nein, es ist ein Konglomerat von verschiedenen Ursachen, die zu unterschiedlichen Zeiten bestimmte Wirkungen erzeugen konnten. Denk an die Zeit des Faschismus in Italien und was er ganz konkret hier in Südtirol ausgelöst hat. Das Frauenbild des Faschismus ist rückschrittlich zu nennen. Frauen, die in diesem Zeitraum erwachsen geworden sind, haben sich mit viel Kraft dagegen auflehnen müssen. Viele hatten die Kraft nicht. Einige jedoch haben pfiffige Wege gefunden, damit umzugehen.«

»Was meinst du konkret?«

»In den Zeiten, als Südtirol italianisiert wurde, also in der Zeit zwischen den Weltkriegen, da sind recht viele Mädchen in Diensten wohlhabender Familien in die Großstädte Italiens gegangen. Dort wurden sie zwar auch streng gehalten, aber sie haben Eindrücke mitgenommen, die sie zu Hause in den Dörfern, aus denen sie gekommen sind, niemals gewonnen hätten. Der Blick über den damals engen Horizont eines Dorfes brachte viel Mut, Unternehmertum und Lebenswitz ein. Ich kenne Frauen, die nach ihrer Rückkehr hier in ihrer Heimat eine Existenz aufgebaut haben, auch ohne Mann, oder, wenn er schon da war, trotz des Mannes. Sie wurden selbstständig, als Vermieterinnen, führten Pensionen oder eine Gaststätte. Heute würde man sie Jungunternehmerinnen nennen und vor ihnen Respekt haben. Da waren die Frauen ihren Männern überlegen. Aber man muss die armen Teufel nicht verdammen. Die haben in den Krieg gemusst oder haben sich auf den armseligen Höfen kaputt gearbeitet.«

Elisabeth hatte sich warmgeredet. »Ich könnte noch ganz viel mehr aufzählen, was mir alles im Kopf herumgeht. Aber du wolltest wissen, warum ich heute mit Evi sprechen wollte.«

»Das war die Ausgangsfrage. Aber alles, was du erzählt hast, ist interessant.«

»Es war der Raum damals. Du erinnerst dich an den Raum, in dem die Katakombenschule untergebracht war?«

Fabio nickte zustimmend.

»Der Raum hat mich nicht losgelassen. Es war ein Gefühl. Ich kann das nicht so recht in Worte fassen. Aber ich glaubte, dass dies der Raum sein müsse, in dem ich mein Netzwerk zusammenführen sollte.«

»Von einem Netzwerk weiß ich nichts.«

»Das gibt es auch noch nicht, aber ich weiß, was ich machen will. Meine Idee ist, jungen Frauen Vorbilder an die Seite zu stellen. Es gibt viele vorbildhafte Frauen, die ihren Weg gefunden haben, die erfolgreich sind, die ähnlich wie die Männer agieren, arbeiten, die Augenhöhe herstellen und wissen, wie Frau das macht. Diesen Spirit gilt es weiterzugeben. Auf dass unsere jungen Frauen in Südtirol mit einem starken Selbstbewusstsein ins Leben starten.«

»Du willst also ein Gegenbild zu den Frauenbildern erzeugen, die durch Medien, Kirche und einflussreiche Männer entstehen?«

»Das ist das Mindeste. Ich habe keine konkreten Pläne. Zunächst will ich ein Netzwerk erfolgreicher, selbstbewusster Frauen gründen und möchte mit Evi besprechen, ob wir uns in der alten Katakombenschule treffen können. Der Raum hat eine schwer zu beschreibende Aura.«

»Jetzt wird mir alles klar. Jetzt verstehe ich. Also, ich finde die Idee gut. Tut mir leid, dass dir unser Leichenfund einen Strich durch die Terminplanung gemacht hat. Aber bedenke, dass es dein Sohn war, der den Stein ins Rollen gebracht hat.« Bei dieser Formulierung musste er schmunzeln. Im Moment danach war er eingeschlafen.

Mein müder Mann, dachte Elisabeth. *Aber er hat mir zugehört.*

Montag

Tommaso schraubte sich in Fabios kleine Fulvia, wie jeden Morgen, wenn sie gemeinsam vom Berg runter nach Bozen fuhren. »Du wirst besser«, ermunterte Fabio seinen Freund. »Bald kannst du als Schlangenmensch im Varieté anfangen.«

Der Umstand, dass es für den Riesen Tommaso nur mit Verrenkungen möglich war, in den kleinen Zweisitzer einzusteigen, war der rote Faden ihres morgendlichen Begrüßungsgeplauders seit zwölf Jahren. Tommaso wollte den Gesprächsfaden gerne aufgreifen und Worte sagen, wie: »Bald wird der kleine Wagen mit leichterer Last ins Tal fahren«, oder: »Jetzt habe ich den Dreh raus, aber bald werde ich hier nicht mehr einsteigen«, oder: »Zwölf Jahre geübt, endlich gelungen und dann hört es auf«, aber Fabio bestürmte ihn mit den Ereignissen vom Wochenende. Und Tommaso hatte ohnehin einen Kloß im Hals.

»Stell dir vor ... unser Sohn und die Tochter von ... nur ein Stein ... vermutlich Zehenknochen ... die Spurensicherung ... Paula ... und jetzt soll am Mittwoch eine Archäologin den Fund untersuchen. Stell dir das mal vor. Ein eingemauerter Gekreuzigter.«

»Heilige Scheiße!«, entfuhr es Tommaso.

»Habe ich auch gedacht. Genau das!«

»Und jetzt? Ich meine, du kannst das nicht einer Archäologin überlassen, oder?«

»Zunächst schon. Ich berichte es gleich dem Vicequestore. Aber es schadet nichts, wenn sich zunächst die Altertumsforschung mit der Leiche befasst. Ich kümmere mich schon noch, aber jemanden zu finden, der für das Einmauern verantwortlich war, dürfte schwierig sein. Der ist wahrscheinlich auch schon Asche oder Staub.«

Tommaso nickte. Seine Gedanken waren aber nicht bei Fabios Leiche. *Wie soll ich es ihm nur sagen? Wie sagt man seinem Freund, dass die gemeinsame Zeit endet? Dass der Freund sich in die Pension verabschiedet.* Tommaso fühlte sich elend. Das Elend breitete sich auf seinem Gesicht aus.

Fabio kannte Tommaso durch und durch. Zwölf Jahre hatten sie Seite an Seite Kriminalfälle gelöst. Dabei war es Tommaso immer mal wieder gelungen, ihn in Erstaunen zu setzten. Jetzt spürte Fabio, dass sein Freund etwas auf dem Herzen hatte.

»Spuck's aus! Du hast was.«

Tommaso holte Luft. »Ja, ich hab was. Es ist so ... also, ich meine ... ach, was soll ich länger schweigen, es muss ja einmal raus: Ich habe beschlossen, dass ich in Pension gehen werde. Das wollte ich dir sagen. Ehrlich, ich wusste nicht, wie ich das am besten machen sollte, aber jetzt ist es ja raus. Heute will ich meinen Antrag beim Oberst einreichen.«

Das saß. Damit hatte Fabio nicht gerechnet. Von ihm aus hätte es ewig so weitergehen können. »Nein, und das gleich am Montagmorgen. Tommaso, also wirklich! Hätte das nicht Zeit gehabt bis Freitag, oder besser, bis zu einem Freitag in drei Jahren?«, sagte Fabio aber er dachte: *Verdammter Mist! So plötzlich! Warum hat er nichts gesagt! Was mache ich nur ohne ihn.* Wir sind ein eingespieltes Team.

Beide mussten – etwas gezwungen – lachen. *Eigentlich ist mir nicht zum Lachen zumute,* dachte Fabio. *Jetzt ist es raus, aber mir dreht es den Magen um,* dachte Tommaso. Er sagte: »Bis zu diesem Freitag in drei Jahren wollte ich nicht warten. Ich habe mir das gründlich überlegt. Mit 62 ist der Gedanke da, dass ich noch einige Jahre in Ruhe mit Anna zusammen verbringen möchte, ohne den Stress des Alltags. Du weißt, was ich meine.«

»Ab wann fahre ich alleine?« Fabios Stimme klang belegt.

»Wenn alles glatt läuft, in sechs Monaten, schätze ich.«

»Dann lass uns diese gemeinsame Zeit genießen und noch drei bis vier harte Mordfälle gemeinsam lösen, was meinst du?«

»Das könnten wir schaffen!« Tommaso freute sich, dass Fabio ihm seine Entscheidung nicht übel nahm.

»Aber du bleibst mir doch als Freund erhalten? Oder hast du Abwanderungsgelüste?« Fabio wusste um die Herkunft seines Freundes. Tommaso und Anna stammten aus Sardinien, und ab und zu hatte Tommaso anklingen lassen, dass ihm seine Heimat fehle.

»Vorerst wollen wir hierbleiben. Anna hängt doch so an euren Kindern. Ihre Betreuung möchte sie so schnell nicht aufgeben. Aber auch das wird ein Ende haben. Kinder werden größer. Anna meinte, dass wir einige Wochen im Jahr auf Sardinen verbringen könnten. Ihre Familie besitzt ein kleines Häuschen, das könnten wir nutzen. Ich weiß noch nicht. Ich war lange nicht mehr zu Hause. Da wird sich alles verändert haben. Ich kenne auch niemanden mehr. Mal sehen, was die Zukunft für uns bereithält. Aber du wirst mich nicht los, als Freund, meine ich.«

*

Im Büro herrschte dicke Luft. Eduard saß an seinem Schreibtisch, Francesca an ihrem. Keiner sagte ein Wort. Fabios Gruß wurde zwar erwidert, aber dann schwiegen beide. *Ungewöhnlich*, dachte Fabio.

Er berichtete Eduard kurz über die Ereignisse des Wochenendes und schloss mit dem Satz: »Ich gehe jetzt zum Vicequestore und erstatte Bericht. Vor allem will ich mir absegnen lassen, dass wir in dem Fall nicht sofort mit allen Kräften Ermittlungen aufnehmen. Am Mittwoch wissen wir mehr, wenn die Archäologin etwas sagen kann. Francesca, du legst bitte einen Vorgang an. Und dann müssten wir wissen, wann der Durchgang zugemauert worden ist. Vielleicht gibt es dazu Hinweise in den Archiven der Verwaltung von Lana. Nimm Kontakt mit dem Büro des Bürgermeisters auf. Dort kann man uns vielleicht helfen. Und wenn ich vom Vice zurück bin, gehe ich kurz in die Bar auf einen Espresso. Sehe ich euch da?«

Von beiden kam ein Gemurmel, das Fabio weder als Zustimmung noch als Ablehnung deuten konnte. *Komisch heute, die beiden.*

Der Vicequestore hörte sich Fabios Bericht in Ruhe an und teilte die Auffassung, dass man den Mittwoch abwarten sollte.

»Es sei denn, die Medien bekommen es mit. Dann müssen wir ran, da hilft nichts. Eine gekreuzigte Leiche, eingemauert, heiliger Bimbam«, entfuhr es ihm.

Fabio schmunzelte der Formulierung wegen. »Sie sollten sich vorsichtshalber einige Sätze überlegen, mit denen wir an die

Öffentlichkeit gehen können. Wenn wir Glück haben und der Fall fällt in die Zuständigkeit der Archäologen, dann können sie sich mit den Medien unterhalten.«

Der Vice machte keine Anstalten, ihn zu entlassen. Wie es schien, hatte er etwas auf dem Herzen. *Dieser Montag ist der Tag der Verkündungen,* dachte Fabio. *Zuerst Tommaso, jetzt der Vice.*

»Sie erinnern sich sicher, dass meine Verlängerung der Dienstzeit bald abläuft. Für mich ist dann endgültig Schluss.« Fabio rutschte unruhig auf seinem Stuhl hin und her. Das hatte er aus den Augen verloren. Vor knapp zwei Jahren hatte der Vice seine Dienstzeit um zwei Jahre verlängert, um zu verhindern, dass ihm eine Frau nachfolgt, die schon einmal seinen Posten innehatte, dann aber gehen musste. Wie es vor zwei Jahren den Anschein hatte, waren die Kräfte ihrer Unterstützer gewachsen, sodass sie beste Aussichten hatte, auf den Chefsessel zurückzukehren. Doch die Verlängerung der Dienstzeit von Silvano Pallua hatte Fabio davor bewahrt, eine unangenehme Vorgesetzte zu bekommen, die ihm zudem den Aufstieg unmöglich gemacht hätte. Der Vice und Fabio hatten das damals abgesprochen, in der Hoffnung, dass Fabio selbst nach diesen zwei Jahren die Nachfolge antreten könnte. *Wie schnell doch zwei Jahre rum sind,* dachte Fabio.

»Ich habe unseren Plan nicht aus den Augen verloren und Gespräche geführt. Sie wissen, wie das funktioniert. Man muss seine Bataillone sammeln und darüber Bescheid wissen, was der Feind vorhat. Es ist wie beim Schach.« Der Vice lehnte sich zurück. »Es kann gut sein, dass die Figuren derzeit günstig stehen. Unsere Dame«, er lächelte, »also quasi die schwarze Dame, wo wir doch die weißen Figuren führen, scheint derzeit andere Sorgen zu haben. Es könnte also ein guter Zeitpunkt sein, um den von uns geplanten Wechsel einzuleiten. Sie machen noch mit, nehme ich an?«

Fabio nickte und wartete ab.

»War auch eine rhetorische Frage. Ich denke da allerdings an eine Paketlösung. An dieser Paketlösung arbeite ich noch. Ist nicht ganz einfach, aber ich habe meine Bauern geschickt ins Feld gesetzt, sodass man mich nicht mehr ausbremsen kann.« Der Vice schmunzelte, vielleicht wegen der bildhaften Formulierung, die ihm selbst gefiel, oder wegen seines Plans. »Es ist noch nichts spruchreif, aber Sie sollten wissen, dass sich im Hintergrund etwas tut. Mein Tipp: Werden Sie nicht krank und schauen Sie zu, dass Ihre Leute keine Dummheiten machen.«

»Wie soll ich das verstehen?«

»Die beiden sollten zum Beispiel derzeit nicht auf die Idee kommen, einen Versetzungsantrag zu stellen. Den halten Sie bitte auf und reden zunächst mit mir.«

»Verstanden.«

Beflügelt verließ Fabio das Büro seines Chefs. *Das hört sich doch gut an. Jetzt einen Espresso.*

In der Bar traf er auf Eduard, der gerade gehen wollte.

»Ist später geworden. Der Vice hatte Redebedarf«, erklärte Fabio seine späte Ankunft.

»Was Wichtiges?«, fragte Eduard.

»Ich glaube, er hatte nur Zeit zum Plaudern. Die Sache mit der alten Leiche sieht er so wie ich. Wenn es bis Mittwoch ruhig bleibt, also niemand eine Nase dran bekommt, dann können wir in Ruhe die Ergebnisse der Archäologin abwarten.«

Fabio nippte an seinem Espresso. »Was anderes. Ist was mit Francesca?«

Eduard blies Luft durch die Lippen. »Wenn ich das wüsste. Sie hat schlechte Laune, würde ich sagen.«

»So kennen wir sie nicht.«

»So war sie noch nie. Sie hat mir nichts erzählt und ist überhaupt sehr schweigsam heute. Sie verströmt eine Stimmung, dass ich sie nicht ansprechen mag. Geht bestimmt vorbei.«

Die Männer schwiegen.

»Wenn du was in Erfahrung bringst …«, Fabio wusste nicht, was er konkret sagen wollte.

Eduard hatte verstanden.

*

»Wichtig zu wissen ist doch, wann der Zugang zugemauert worden ist.« Leonor unterhielt sich in jeder Pause mit Laurin. Klassenkameraden hatten sie heute geneckt. »Leonor und Laurin,

Liebespaar!«, hatten sie gerufen. Die beiden hatten das überhört, aber es war ihnen peinlich. Sie hatten Wichtigeres vor, als sich um Kindergeschrei zu kümmern.

»Wer kann das wissen? Unser Lehrer?«

»Ob der sich mit den alten Häusern auskennt? Ich weiß nicht. Wir können ihn fragen, das schon.«

»Der Professor Spath sagt doch immer, dass wir die Bibliothek nutzen sollen. Vielleicht finden wir da etwas über die Keller?«

Angefeuert von ihrer Idee, sausten sie über den Pausenhof zur Bibliothek.

»Du, Marlene, wir bräuchten bitte ein Buch über die alten Häuser von Lana. Möglichst eines, in dem viel über die Keller drinsteht.«

»So, so. Habt ihr da eine Extraaufgabe vom Professor Spath bekommen?«

Die beiden nickten eifrig und strahlten die Bibliothekarin an. Ihr kam eine Idee. »Schaut mal hier«, sagte sie und ging die Bücherrücken entlang, die Kinder im Gefolge. »Da hat es 2020 eine Publikation gegeben von dem Archivar des Deutschordens-Konvents. Ihr wisst, was ein Archivar ist?«

Die Kinder schüttelten ihre Köpfe.

»Ein studierter Mann, in dem Fall ein Historiker, der sich mit alten Schriften gut auskennt. Ah, hier ist es.« Marlene zog eine Broschüre aus dem Regal: *Downstairs. Das unterirdische Lana.* »Könnt ihr schon ein bisschen Englisch? Downstairs heißt so viel wie ›die Treppen herunter‹, also unten. Ich fand die Broschüre interessant. Auch ich habe nicht gewusst, dass das alte Lana unterirdisch löchrig ist wie ein Schweizer Käse.« Sie lachte über die Formulierung und gab den Kindern die Broschüre. »Da steht viel drin über die Keller unter den alten Häusern.«

Die Kinder bekamen rote Ohren vor Aufregung und fingen sofort an, in der Broschüre zu blättern. Da gongte es zum Beginn der nächsten Schulstunde und sie konnten kaum erwarten, dass die nächste Pause anfing.

*

Auf Francescas Schreibtisch lag ein großer Zettel.

Mir geht es nicht gut. Ich muss mal raus. Die Verwaltung in Lana meldet sich. Da ist gerade niemand. Danke fürs Verständnis, Francesca

Eduard und Fabio lasen den Zettel und schauten sich an. »Sollen wir anrufen?« Eduard schüttelte den Kopf. »Ich würde sagen, das ist zu früh. Sie wird sich schon melden.«

»Mmh. Dann übernimmst du doch bitte das Gespräch mit der Gemeinde Lana. Was wissen die über die Keller? Wann wurde der Keller unter dem Reichhalter zugemauert? Wem gehört das Gebäude aktuell und wem gehörte es früher? Fällt dir noch eine Frage ein?«

Eduard hatte alles notiert. »Ich fahr raus und schaue mir den Keller und die Leiche an, dann habe ich ein Bild, was meinst du?«

»Mach das. Du warst gestern nicht zu erreichen, sonst hätte ich dich da schon dabeigehabt.«

»Ich habe mit Lorena eine alte Freundin in Tramin besucht. Sie hat einen Weinhof und da war es lustig und auch sehr laut. Ich habe das Handy nicht gehört. Dieser Weinkeller dort ist malerisch schön. Ich habe darüber nachgedacht, dass wir dort allemal zusammenkommen sollten, auch mit den Familien.«

»Gute Idee! Behalte das im Auge. Sobald Francesca wieder normal ist, sollten wir darüber sprechen. Was meinst du, sollten wir Tommaso und unsere Freunde von der Gerichtsmedizin nach Tramin mitnehmen?«

»Kein Problem«, freute sich Eduard. »Platz ist genug. Und je mehr Leute, desto mehr Spaß werden wir haben.«

*

»Hier bist du!« Eduard war überrascht, Francesca im Keller des Reichhalter zu treffen. Sie stand vor dem gekreuzigten Leichnam und schien in der Betrachtung versunken. Sie schreckte auf, als Eduard sie von hinten ansprach. Ihm schien es, als hätte sie geweint. Ihr Gesicht war um die Augen leicht verquollen. Es war ihr sichtlich unangenehm, dass er sie so sah.

»Tut mir leid.« Das kam stockend. »Ich musste mal raus aus dem Büro.«

»Aber draußen scheint die Sonne, es ist ein schöner Tag und du besuchst die alte Leiche?«

Francesca nickte. »Ich weiß auch nicht. Ich wusste nicht, wohin, und da dachte ich …«

»… da dachtest du: Geh doch in den Keller, die alte Leiche betrachten«, ergänzte Eduard ihren Satz. Nun musste Francesca doch lachen. Sie schubste Eduard leicht. »Och, du.«

Schweigend standen beide vor der gekreuzigten Leiche und betrachteten sie in all ihren Einzelheiten.

»Was mich wundert, ist, dass sie nicht von der Wand fällt«, bemerkte Eduard.

Francesca ging noch näher heran. »Sie wirkt wie angeklebt. Aber ich fasse jetzt nichts an, sonst bröselt sie uns vor die Füße.«

»Vollständig bekleidet eingemauert. Ob der Mensch noch gelebt hat, als er eingemauert wurde?« Eduard schaute sich um. »Das sieht hier nach Mittelalter aus. Ich kenne solche Keller. Die sind supergut gebaut. Alles massive Steinbrocken, kunstvoll ineinander verkeilt. Damals gab es keinen Mörtel, wie wir ihn heute haben. Und diese Steinwände halten das ganze Haus. Das sind Fundamente, fest wie ein Berg. Die konnten was, damals.«

»Diese Leiche.«

»Ja?«

»Sie zieht mich an.«

»Sie sieht dich an?«

»Nein, ich empfinde es so, dass sie mich anzieht. Im Sinne von Anziehung. Ich kann das nicht besser erklären. Das war gestern auch schon so.«

Eduard schaute skeptisch.

»Hast du das öfter?«

Francesca sah ihn ein bisschen böse an. »Willst du sagen, ich spinne? Nein, ich hatte das noch nie und dabei habe ich schon einige Leichen gesehen. Der Keller ist etwas Besonderes und ziemlich alt. Man sagt, dass Räume die Energien der Menschen speichern.«

»Sagt man das?« Eduard war argwöhnisch, was diese Art von Theorien betraf.

»Du glaubst mir nicht?«

»Ich glaube dir, dass du etwas empfindest. Empfindungen sind individuell und ich halte sie für glaubwürdig. Das mit den Energien im Raum, nun, das muss ich nicht glauben. Ich bin mehr für Fakten, die sich beweisen lassen.«

»Spürst du denn etwas, wenn du vor der Leiche stehst?«

»Ganz ehrlich, nein. Es gruselt mich ein wenig. Ich meine, so eine gekreuzigte Leiche, die hatten wir noch nie. Da hat die Fantasie freien Lauf. Das ist ein Zeichen, könnte man meinen, die Strafe für Gotteslästerung, eine Art Botschaft, oder Rache oder das Ausleben einer Geisteskrankheit. Ich würde das gerne verstehen, aber wenn ich mir den Zustand des Leichnams betrachte, wird es wohl schwierig werden, Zeugen zu finden. Die Leiche dürfte aus einer längst vergangenen Zeit stammen. Und auch die Menschen, die mit ihr zu tun hatten, dürften längst vergangen sein, also zu Asche, zu Staub.« Eduard ging noch näher an die Leiche heran, schnupperte. »Alles trocken, die riecht nicht mal.« Er betrachtete den Schädel, in dessen Unterkieferknochen alle Zähne zu sehen waren. »Hat unsere Paula etwas zum Zahnstatus gesagt? Daran kann sie das ungefähre Alter der Person ablesen.«

»Nein, hat sie nicht. Jedenfalls nicht, als ich dabei war. Sie meinte, dass die Leiche den Altertumsforschern besser dienlich sein wird.«

»Ist auch erst mal egal. Aber mir fällt auf, dass noch alle Zähne vorhanden sind. Wenn ich mal laut denke, dann war es früher, also ganz früher, so, dass Zahnbehandlungen wie sie heute üblich sind nicht bekannt waren. Wenn ein Zahn schmerzte, riss man ihn raus. Wenn also jemand aus den vergangenen Jahrhunderten noch alle Zähne hat, dann ist er entweder ein Glückspilz oder jung.«

»Du bist ein richtiger Sherlock, mein lieber Kollege.« Francesca schmunzelte. *Eduard war gewitzt.*

Eduard war froh darüber, Francesca ein bisschen aufgeheitert zu haben, und meinte: »Willst du noch ein wenig bei der Leiche bleiben oder nimmst du mit mir einen Espresso? Ich habe jetzt genug gesehen, bin also im Bilde und kann nun voll mitarbeiten, wenn es denn ein Fall für uns wird.«

*

»Wir haben den Fall gelöst«, hatte Laurin gerufen, als er zur Tür des Ansitzes Esser hineinstürmte. Er war bitter enttäuscht, als er feststellte, dass sein Papa noch nicht zu Hause war. Darum musste sich Anna alles anhören. Anna hatte die Kinderbetreuung im Hause Fameo übernommen, wenn beide Eltern auf der Arbeit waren. Elisabeth hatte nur einen freien Tag, also war meistens Anna diejenige, die zu Hause war, wenn die Mädchen vom Kindergarten zurückkamen oder Laurin von der Schule. Als Ehefrau eines Carabiniere brachte sie Verständnis für Kriminalfälle mit und Laurin ging davon aus, dass Anna nicht zum Kreis derer gehörte, denen er nichts sagen durfte. Und so lauschte Anna Laurins Worten, erfuhr von dem Fund am Samstagabend und davon, dass Fabio am Sonntag erneut in Lana gewesen war und dass Laurin annahm, dass er dort eine Leiche hinter der Wand gefunden hatte.

»Und da haben Leonor und ich uns überlegt, dass wir doch herausfinden können, wann dieser Durchgang zugemauert worden ist. Wir sind jetzt nämlich eine Detektivbande, aber wir wissen noch nicht, wer alles mitmachen darf, denn das bestimmen nur wir, denn wir sind die Anführer, die Leonor und ich, und überhaupt die anderen sind auch blöd, die haben uns Liebespaar genannt, aber das stimmt nicht, wir sind dicke Freunde, aber das ist auch egal, denn wir haben die Frau Bibliothekarin gefragt und die hat uns ein Heft gegeben und da steht alles drin.« Er reichte Anna das Heft mit dem Titel *Downstairs. Das unterirdische Lana.*

»Hier«, Laurin blätterte darin, »hier ist der Keller abgebildet. Und da steht«, er zeigte mit dem Finger darauf: *vom Oberwirt führt eine heute noch sichtbare Verbindungstür in den ältesten und am tiefsten gelegenen Weinkeller. (Vermauert noch vor dem Ersten Weltkrieg).*

»Das ist ganz sicher die Mauer, die ich gefunden habe und aus der ich den Stein rausgemacht habe. Jetzt wissen wir das schon einmal.« Er machte eine Pause, schaute Anna an. »Was ist der Erste Weltkrieg?«

*

»Sie hat mich verlassen. Am Samstag war sie nicht mehr da. Ich wusste es nicht. Sie hat mir einen Brief dagelassen. Es sei nicht ihr Ding, einen tränenreichen Abschied zu ertragen. Sie hätte den Job als Auslandskorrespondentin nicht ausschlagen können. Syrien, Irak, Libanon, Jordanien, Israel. Das wäre der Hammer. Es täte ihr leid, aber lieber ein kurzes, schmerzhaftes Ende als lange Abschiedsszenen. Das schreibt sie mir und ist weg. Keine Adresse, ihr Handy scheint gesperrt, ich komme nicht mehr durch. Sie ist weg. Scheiße!« Francesca ließ ihrer Wut freien Lauf.

Eduard war überrascht, aber jetzt erklärte sich ihm Francescas schlechte Laune. Er hatte vorgeschlagen, das schöne Wetter zu nutzen und die Promenade der Falschauer entlangzuspazieren. Nach ein paar Schritten löste sich nicht nur Francescas Zunge, sondern die ganze Enttäuschung brach aus ihr heraus.

Eduard kannte Julia, Francescas Freundin, nicht gut. Er hatte von ihr gehört, wusste, dass sie Fabio bei einem kniffeligen Fall mit ihren Kenntnissen über international agierende Bandenkriminelle geholfen hatte. Als investigative Journalistin hatte sie sich einen Namen gemacht. Aber getroffen hatte er Julia nie. Sie war für ihn ein existierendes Phantom.

»Wie lange wart ihr zusammen?«, fragte er.

»Zehn Jahre. Die schmeißt man doch nicht weg. Einfach so. Ohne eine Andeutung. Da wird ihr ein geiler Job angeboten und weg ist sie. Ich kann das nicht verstehen. Ich kann das nicht akzeptieren!«

Sie war außer sich, richtig wütend. Eduard hatte Francesca so noch nie erlebt. Diese kleine, zierliche Frau, attraktiv für Männeraugen, gerne auf hohen Absätzen unterwegs, hübsch, zuweilen sexy angezogen, war gewöhnlich ruhig, überlegt, schlau. Sie konnte auch hart austeilen. Jetzt schossen ihr Tränen aus den Augen, während sie laut schimpfend vorausschritt, in einem Tempo, das Eduard zwar halten konnte, das aber mehr als zügig war. Es musste raus. Eduard nahm Francesca in die Arme. Sie ließ es geschehen. Lange standen sie so beieinander. Ihr Atem beruhigte sich. Francesca schniefte, seufzte und löste sich aus der Umarmung.

»Danke. Du bist ein netter Kerl. Danke. Aber ich fahre jetzt nach Hause. Muss nachdenken.« Mit diesen Worten trennten sie sich.

Eduard kam kurz vor Dienstschluss in die Questura. Er konnte Fabio noch sagen, dass er bisher nicht die Zeit hatte, in der Verwaltung in Lana anzurufen. Auf Fabios fragenden Blick erklärte er: »Ich war in Lana und habe mir die Leiche angesehen. Dort habe ich Francesca getroffen.« Und er berichtete Fabio in kurzen Worten, was sich ereignet hatte. Fabio begriff sofort. »Das ist übel. Hätte ich nicht gedacht. Näher habe ich Julia nicht kennengelernt, aber nach meinem Eindruck haben die zwei gut zusammengepasst. Aber in die Köpfe schaust du nicht rein. Wie lange waren die beiden zusammen, sagst du? Zehn Jahre? Mensch, wie die Zeit rast.«

*

Laurin war nicht zu bremsen, als er Papas Fulvia hörte. Er lief ihm im Flur des Esserhofs entgegen, mit der Broschüre wedelnd. Fabio konnte kaum Elisabeth begrüßen, die Anna inzwischen abgelöst hatte. Da sprudelte es aus Laurin heraus.

»Also vor dem Ersten Weltkrieg haben sie die Wand gemauert, hinter der die Leiche liegt, weil die Leonor und ich haben von der Bibliothekarin ein Buch bekommen, weil wir uns gedacht haben, dass wir rausbekommen müssen, wann man die Mauer gemauert hat, und der Erste Weltkrieg war ganz schlimm, hat die Anna erzählt, aber mehr für die Soldaten in den Felsen, hier hat es weniger zu essen gegeben und dann sind die Faschisten gekommen, hat Anna erzählt, aber ich habe vergessen, was das für welche waren. Also die können nichts mehr mit der Leiche zu tun haben, weil die waren ja später hier.«

»Stopp, Stopp, Stopp, mein Sohn, ich bin deinem Tempo nicht gewachsen. Nicht nach einem Arbeitstag. Erzähl mal der Reihe nach.«

Laurin zeigte Fabio die Broschüre *Downstairs* und blätterte die Seiten auf, die das Haus Reichhalter und seine Keller abbildeten. Dabei plapperte er unaufhörlich. Nicht alles hatte Hand und Fuß, vieles ging wirr durcheinander, aber es fielen häufig der Name Leonor und die Worte Detektivbande und Anführer.

»Hör mal, Laurin«, Fabio blickte seinem Sohn tief in die Augen. »Ich bin stolz auf dich, dass du dir so viel Mühe machst. Und dass du und Leonor mir helfen wollt, finde ich auch klasse. Aber, und das musst du bitte beachten, die Sache ist kein Spaß und ihr beide dürft mit niemandem darüber sprechen. Das habe ich am Samstag schon gesagt und ich wiederhole es heute. So eine Detektivbande ist ja ganz schön. Aber das hier ist Arbeit der Polizia. Man weiß nie, wer dahintersteckt, und deshalb kann das auch gefährlich werden. Bitte haltet euch aus der Sache raus. Du möchtest doch auch nicht, dass ihr in etwas hineingeratet. Wer ist denn alles Mitglied in eurer Bande?«

»Leonor und ich. Wer noch mitmachen darf, wissen wir noch nicht.«

»Gut, dann belasst es vorerst bei euch beiden Detektiven. Und sagt bitte niemanden etwas von dem, was ihr gefunden habt. Versprich es mir, großes Ehrenwort.«

»Großes Ehrenwort, aber jetzt schau doch mal in die Broschüre, da ist der Keller abgebildet und auch die Wand.« Laurin war ganz aufgeregt. Und als Fabio die Fotos von dem Keller, den Grundriss und den Text studiert hatte, pfiff er durch die Zähne. Anerkennend klopfte er seinem Sohn auf die Schulter. »Da hast du, Verzeihung, da habt ihr mir einen guten Dienst getan. Das Heft hilft mir tatsächlich weiter. Vielen Dank. Aber alle weiteren Schritte des Detektivvereins bitte vorher mit mir abstimmen, ja?«

»Wir sind kein Verein! Wir sind eine Bande, eine Detektivbande!«

Dienstag

Das Gespräch mit dem Gemeindesekretär von Lana fand im Keller des 1477 Reichhalter statt. Fabio hatte in Laurins Broschüre gelesen, dass der Keller, in dem die Leiche gefunden worden war, im Eigentum der Gemeinde Lana stand.

»Ich habe nicht schlecht gestaunt, als ich den Grundriss gesehen habe«, meinte Fabio. Der Gemeindesekretär bestätigte, was der Autor der Broschüre beschrieben hatte.

»Da hat der Simon Terzer eine gute Arbeit abgeliefert. Auch ich wusste zuvor nicht, dass das Reichhalter-Haus mit dem Nachbarhaus durch diese Keller in Verbindung stand. Was ich weiß, ist, dass viele der alten Häuser im Ortsteil Gries über Keller verfügen. Einige sind noch viel größer als diese hier. Da gibt es Deckenhöhen von über vier Metern. Die Leute haben in den Kellern alles eingelagert, was es brauchte, Weinfässer, Kraut, Kartoffeln. Hier«, er deutete auf die Absätze links und rechts des Mittelgangs des Kellers, in dem die Leiche gefunden worden war, »hier haben sie die Weinfässer gelagert. Das macht Sinn, denn das Nachbarhaus war früher eine Schankwirtschaft, Oberwirt hieß es. Und wie Terzer schreibt, waren die angrenzenden Gebäude, also auch der heutige Reichhalter und die weiter anschließenden Häuser, eine Einheit.«

»Es war spannend, zu lesen, dass das hier früher eine Metzbank war, was heute eine Metzgerei wäre, richtig?«

»Richtig! Das mittelalterliche Gries muss man sich als ein Zentrum vorstellen, durch das jedermann durch musste, der den steilen Anstieg Richtung Nonsberg oder ins Ultental vor sich hatte. Hier waren Verpflegungsstationen, also Gasthäuser, Bäckereien, Metzgereien, zu finden.«

»Und wieso gehören diese Keller, also die Verbindungskeller, der Gemeinde?«

»Schauen Sie mal auf den Grundriss, den die Broschüre abbildet. Die Keller liegen demnach rechts vom Haus, wenn Sie mit Blickrichtung zum Eingang schauen. Rechts vom Haus ist diese kleine Durchfahrt zwischen dem ehemaligen Oberwirt und dem Reichhalter-Haus. Und diese Durchfahrt ist Gemeindegrund.

Und alles, was darunter ist, auch. So kommt die Gemeinde an zwei kleine Keller, die nur über den Keller des Reichhalter-Hauses zu begehen sind.«

»Verstehe. Über den Kellern fahren Autos?«

»Richtig. Wir haben die Statik berechnen lassen. Die dicken Mauern der Keller halten dem stand. Es kann nichts passieren.«

»Ist ganz Lana, also Gries, unterirdisch so durchlöchert?«

»Das unterirdische Lana ist interessant. Das hat die Broschüre gut dokumentiert. Es gibt noch mehr interessante Keller und Verbindungsgänge. In Gries schichten sich viele Jahre Geschichte aufeinander. Wenn diese Steine erzählen könnten …« Er schaute auf die Leiche, die, angeleuchtet von den Strahlern der Spurensicherung, schaurig schön wie eine Skulptur mit der steinernen Wand verschmolz.

»… dann wüsste ich, wie dieser Mensch zu Tode gekommen ist«, beendete Fabio den Satz des Gemeindesekretärs. »Ich weiß, Sie haben das anders gemeint, aber mich interessiert in erster Linie, ob wir es hier mit einem Fall für die Polizia oder für die Archäologie zu tun haben.« Er berichtete dem Gemeindesekretär, dass morgen eine Archäologin die Leiche untersuchen werde.

Die beiden Männer vereinbarten, dass Fabio den Gemeindesekretär über alles informieren würde, was die Polizia zu veranlassen gedachte. Der Gemeindesekretär hatte noch etwas auf dem Herzen, das spürte Fabio.

»Gibt es noch etwas zu besprechen?«, fragte er.

»Ich muss das dem Bürgermeister berichten. Und dem Gemeinderat auch. Es kommt nicht oft vor, dass in einem Keller der Gemeinde eine Leiche gefunden wird.« Er lachte. »Ich stelle mir die Schlagzeile vor: *Gemeinde Lana hat Leichen im Keller!*, also, Sie verstehen schon. Was ich sagen will: Die Pressearbeit bitte ich mit uns abzustimmen. Und für den Fall, dass wir hier einen zweiten Ötzi haben, würde uns das sehr interessieren. Sie können sich vorstellen, was das für die Gemeinde bedeuten könnte?«

Natürlich wusste Fabio, was ein zweiter Ötzi für Lana bedeuten würde. Die Kasse würde klingeln. Neues Museum, mehr Übernachtungsgäste, mehr Besucher und, und, und. »Ich halte Sie auf dem Laufenden. Versprochen.«

Nachdem der Gemeindesekretär gegangen war, verharrte Fabio vor dem gekreuzigten Leichnam. »Was kannst du mir erzählen?«, fragte er laut in den Raum. Eine Antwort bekam er nicht.

*

Daniel freute sich, als er Joschi sah. »Das ist eine Überraschung! Wir haben uns ja eine Ewigkeit nicht gesehen. Was treibt dich in diese Gegend? Ist im Vinschgau nichts mehr los?« Die Männer fielen sich lachend um den Hals und klopften einander heftig auf die Schulter.

»Schön, dass ich dich gefunden habe. Ich wusste nicht, dass du jetzt in Vilpian bist.« Joschi schaute sich um. »Schön hier. Aber was ganz anderes.«

Daniel strahlte Joschi an. »Das stimmt, was ganz anderes. Wie lange ist das jetzt her, dass wir uns das letzte Mal gesehen haben? Lass mich überlegen, 2014? So rum?«

»Kann sein. Du hast dich kaum verändert. Machst du noch diese geilen Margaritas?«

»Kann ich dir machen. Salzrand am Glas, zwei Teile Tequila, ein Teil Triple-Sec-Orangenlikör und ein Teil Limettensaft. Allerdings habe ich hier nur einen einfachen Tequila. Im Laurin hatte ich einen besseren.«

»Du kannst es also noch, aber nein danke, ich hätte gerne einen Espresso. Alkohol am frühen Tag ist nichts für mich.«

»Und du? Immer noch im Hotelmanagement?«

»Nicht mehr. Ich habe Tourismus in Innsbruck studiert und arbeite jetzt an der Uni in der Tourismusforschung und bin in der Lehre eingesetzt.«

»Wow! Nicht schlecht, Alter. Und die Musik?«

»Mache ich noch. Die Band wird bald ihr erstes Album rausbringen.«

»Das hört sich gut an! Und Familie und so?«

»Alles da, und bei dir?«

»Genauso. Bin vor kurzem erst Vater geworden.«

»Gratuliere!«

Daniel hatte den Espresso gemacht und vor Joschi auf die Theke gestellt. Der schaute sich um.

»Gemütlich bei dir.« Der Raum war mit mahagonifarbenen Möbeln ausgestattet, der Holzboden diagonal verlegt. Die Decken waren mit ihren Gewölbebögen, die auf steinernen Pfeilern ruhten, einem römischen Baustil nachempfunden. Der Gastraum der Pizzeria Central in Vilpian strahlte Behaglichkeit und Gemütlichkeit aus.

»Aber anders hier als im Hotel Laurin«, meinte Daniel.

»Andere Gäste, andere Arbeitszeiten?«

»Richtig. Als Barkeeper im Laurin war es schwer, Familie mit Beruf zu vereinen. Hier ist das ganz leicht. Wir wohnen direkt über dem Lokal.«

Beide dachten kurz über ihren jeweiligen Werdegang im Hotelbusiness nach. Was hatten sie nicht alles erlebt. Die Welt der Gäste und ihre Betreuung war eine Welt für sich. Die Augen überall, der Mund verschlossen. Diskretion war das höchste Gebot.

»Du hast viel erlebt an der Bar?«

Es war, als hätten sie einander ihre Gedanken gelesen.

»Und du in den großen Häusern?«

Beide nickten sich zu. Joschi genoss seinen Espresso.

»Sag mal, was treibt dich hier rein? Zufall?«

»Nein, kein Zufall. Ich habe eine Woche Urlaub und mir gedacht: Besuch einfach die Freunde von früher. Am Samstag war ich bei Andreas. Er hat das Restaurant 1477 Reichhalter gepachtet, drüben in Lana.«

Daniel nickte. »Ja, Lana. Die Gaulschlucht. Wie lang ist das her? Die Konzerte waren klasse. Wir hatten viel Spaß mit all den Wei…« Er schaute kurz auf. »Darf ich dir meine Frau vorstellen?« Eine blonde Frau mit einem Baby auf dem Arm tauchte hinter Joschi auf. Joschi und Daniels Frau begrüßten einander und das Baby schaute ihn mit großen Augen an.

»Von dir hat mir Daniel erzählt. Du bist Musiker?«

»Auch, aber nicht beruflich. Aber ganz gut unterwegs.«

»Seine Band bringt bald ein Album raus«, flocht sich Daniel ein.

»Toll! Dann könntest du doch hier in der Pizzeria auftreten. Besprecht das miteinander, ich muss jetzt weg.«

Daniel schaute Joschi an und fragte: »Ginge das?«

»Gehen tut alles.«

»Also, dann machen wir das?«

»Ich frage die anderen, und dann machen wir das.«

Daniel lachte. »Jetzt doch was anderes als einen Espresso? Geht aufs Haus.«

Bevor Joschi antworten konnte, betrat mit lautem Schnauben ein Mann den Raum, sah Daniel und Joschi und bekam danach sein Grinsen nicht mehr aus dem Gesicht.

»Ja, was sehe ich da? Bist du mal wieder im Lande? Das gibt's doch nicht. Wie lange ist das her? Tausend Jahre, meine ich.«

Sie begrüßten einander, wie es alte Freunde tun, die sich lange nicht mehr gesehen haben. Langes Schulterklopfen, Ruckeln an den Schultern, festes Händeschütteln, so als ob es viel nachzuholen gäbe.

»Mensch, Karli«, sagte Joschi, »ist wie gestern, wenn man dich so sieht. Alles gut bei dir? Was machen die Äpfel?«

Karli machte eine wegwerfende Handbewegung. »Die wachsen und wachsen und wollen jedes Jahr umsorgt werden und dann auch noch geerntet. Das hört niemals auf. Bis ich sterbe, geht das so weiter. Ein ewiger Kreislauf. Nur die Sorten wechseln. War gestern der Braeburn der Renner, soll ich morgen Pink Lady anbauen. Nein, ich sag dir was, die Welt wird immer verrückter. Und bei dir? Lässt du deine Finger noch über die Saiten tanzen? Mensch, war das toll damals in der Gaul. Wahnsinnsstimmung! Wie lange ist das jetzt her?«

»Ich schätze, das war 2007 oder 2008?«, meinte Daniel und schaute dabei Joschi fragend an.

Joschi freute sich, dass die Konzerte allen in guter Erinnerung geblieben waren. »Das erste Konzert war 2005 und dann gab es noch zwei, 2007 und 2008. Ja, ist lange her.«

Karli schaute versonnen, so als schwelge er in guten Erinnerungen. Dann rappelte er sich. »Jungs, ich habe leider nicht viel Zeit zum Plaudern.« Er schaute Daniel an. Der wusste, was Karli wollte.

»Bin schon unterwegs«, rief er und wendete sich Richtung Küche. »Wollt ihr zusammen essen?«, fragte er, Joschi zugewandt.

»Karli hat hier ein Abo auf den Mittagstisch«, fügte er als Erklärung hinzu. »Weil es so toll ist, dich wiederzusehen, seid ihr heute eingeladen!«

*

»Es tut mir leid, dass ich gestern absagen musste. Aber Fabio hatte einen Einsatz und kam erst abends nach Hause. Und ich wollte mit dir sprechen, ohne dass die Kinder zwischen den Füßen herumwuseln. Die Mädchen waren gestern so anhänglich, sie hätten mir keine Ruhe gelassen.«

Evi konnte das verstehen. »Macht nichts, wir finden einen anderen Termin. So wie ich dich verstanden habe, geht es um die Räume der alten Katakombenschule, die du für eine Zusammenkunft nutzen möchtest? Das bekommen wir hin. Nur im Herbst wird das schwierig, weil dann alle Räume fürs Törggelen gebraucht werden. Aber im Sommer sitzen die Gäste lieber draußen und im Winter haben wir ohnehin geschlossen, dann sind die Räume auch frei.«

Elisabeth skizzierte mit wenigen Worten, worum es ihr ging. »Netzwerk, Frauen, Vorbilder« waren die Stichworte.

»Das finde ich klasse! Das machen wir.« Evi freute sich. »Die Räume sind ideal dafür. Und wenn du dort eine bestimmte Atmosphäre verspürt hast, dann um so besser.«

*

»Mein Papa hat sich gefreut, dass wir für ihn die Broschüre gefunden haben. Er hat sie gleich behalten, weil er sie gut gebrauchen kann. Aber wir sollen niemandem davon erzählen.«

Leonor nickte. »Okay. Aber wir können überlegen, wen wir in die Bande aufnehmen wollen.«

Laurin schaute sich in der Klasse um.

*

Daniel brachte den zwei alten Freunden das Tagesgericht, einen Teller Fusilli mit einer leckeren Gemüse-Tomatensoße. Unaufgefordert stellte er eine große Flasche Wasser mit zwei Gläsern dazu.

»Ich habe für euch jetzt leider keine Zeit mehr. Das Mittagsgeschäft läuft gleich an und da habe ich alle Hände voll zu tun«, verabschiedete er sich. Und in der Tat füllten sich jetzt die Tische mit Handwerkern, Bauern und auch mit Touristen. Die Pizzeria Central war eine Art Kantine für alle, die in Vilpian und den umliegenden Feldern ihrer Arbeit nachgingen. Ab und zu sah man auch Feuerwehrleute, die von der nahegelegenen Landesfeuerwehrschule kamen. Pizza und Nudelgerichte mochten alle.

»Du isst jeden Mittag hier?«, fragte Joschi.

»Fast jeden Mittag, ja. Die Plantage ist nah, ich muss nicht lange fahren und das Essen ist gleich fertig, wenn ich komm. Halbe Stunde hier, gleich wieder raus, die Arbeit wartet immer. Was will man machen?«

»Das Essen ist gut?«

»Da gibt es nichts auszusetzen. Die Pizzen sind klasse, die Nudeln auch und die Fleischgerichte ebenfalls. Passt schon.«

Sie schwiegen ein paar Bissen lang, kauten, schmeckten.

»Und du so?«, fragte Karli. »Familie, Beruf?«

Joschi nickte schweigend, kaute fertig. »Verheiratet, eine Tochter, wissenschaftlicher Mitarbeiter an der Uni.«

Karli nickte: »Also hast du noch studiert?«

»Nach der Zeit als Jugendarbeiter im Obervinschgau habe ich mich neu orientiert. Es hat sich alles gut gefügt. 2008 bin ich nach Innsbruck. 2014 habe ich den Master in Touristik gemacht und sie haben mich an der Uni übernommen. Aber ich bin oft in Laas, auf dem Fohlenhof meiner Schwiegereltern.«

»Und heute besuchst du alte Kameraden?«

»Die ganze Woche. Ich wollte euch wiedersehen, schauen, wie es euch geht, was ihr so macht, was aus euch geworden ist.«

Karli schaute ihn mit traurigen Augen an, so kam es Joschi vor.

»Hier hat sich nichts verändert. Jedenfalls bei mir. Äpfel, der Hof, die Eltern. Du kennst das.«

Joschi erinnerte sich gut. Karli war der typische Hoferbe in Wartestand. Die Eltern überschrieben den Hof nicht. *Du bekommst doch ohnehin alles. Bist der einzige Sohn, warum kannst du denn nicht warten* und so weiter und so weiter. Bis er eines fernen Tages selber bestimmen durfte, arbeitete Karli von morgens bis abends an sieben Tagen die Woche, wie das in Familienbetrieben üblich ist. Urlaub gab es selten. Für ein Privatleben war wenig bis keine Zeit. Er hatte sich darüber schon früher bei seinen Freunden ausgeweint, wenn er getrunken hatte und der angestaute Frust übermächtig war.

Joschi fragte daher ganz vorsichtig: »Und du? Familie?«

Karli seufzte. »Familie. Nein, das hat bis heute nicht geklappt. Dabei hätte ich schon eine Familie gründen wollen.«

»Und?«

Karli schnaubte. »Was mir meine Mutter so angeschleppt hat«, er machte eine wegwerfende Handbewegung. »Du kannst dir nicht vorstellen, wie intensiv sich die Frau Mama engagiert hat. Aber ihre Auswahl passte ihr nur in den Kram, wenn Geld zu Geld kommt, du verstehst schon, was ich meine. Herzenswärme, Gefühle, Zuneigung waren nicht so interessant. Vielmehr vor allem, ob der Grund der Familie der Auserwählten den eigenen Grund vermehrt.« Karli blies jetzt laut Luft durch die Backentaschen. Er stocherte lustlos in seinen Nudeln. Joschi tat es leid, dass er ihm mit seiner Frage die Laune verdorben hatte. »Es ist ohnehin schwer für mich. Schau mich doch an. Klein, krumm, Vollglatze, zu dick, der Schönste bin ich nicht. Schwer verkäuflich, würde ich sagen. Ich bin 40, da ist man als Mann aus dem heiratsfähigen Alter fast raus. Geht zwar noch, aber wer will mich wegen meines Wesens? Wegen meines Geldes täte mich die eine oder andere nehmen, da bin ich sicher. Aber das Geld gehört mir nicht. Ich bin nur der Erbe. Und auf dem ganzen Besitz sitzt jetzt die Mutter drauf.«

»Die Mutter? Nicht der Vater?«

»Der Vater, der ist im Altersheim in Lana. Demenz, krass. Er vergisst sofort alles. Ich besuche ihn, wenn ich etwas regeln muss. Es ist schrecklich, seinen Verfall mitansehen zu müssen. »Was steht an? Was machen wir jetzt?« sind die Sätze, die er sofort rauslässt, wenn ich die Tür öffne. Danach sackt er in sich zusammen und schweigt. Manchmal brabbelt er was. Die Heimbewohner sagen mir, er würde viel erzählen. Unverständliches Zeug, aber wenn ich bei ihm bin, schweigt er. Und die Mutter ist genauso, wie sie früher war. Wenn ich es genau betrachte, ist es schlimmer geworden. Sie will alles bestimmen und sie klammert, jetzt, wo der Vater im Heim ist. Kann ich verstehen, aber ist schwer für mich.«

»Seit wann ist dein Vater dement?«

»Das fing schleichend an. Wir haben es zuerst nicht bemerkt. Heute würde ich sagen, dass die ersten Anzeichen um das Jahr 2013 da waren. Fünf Jahre danach ging es leider nicht mehr anders, als ihn vom Hof fernzuhalten. Er hat lauter Unsinn angestellt. Zuerst hatten wir einen Pflegedienst, aber dem ist er oft entwischt. Mit dem Hubschrauber haben sie ihn gesucht. »Weglauftendenzen« hat es geheißen. Wir haben ihn dann eingesperrt, aber du kannst dir nicht vorstellen, was er da angestellt hat. Schließlich haben wir ihn, nach vielen Beratungen mit Ärzten, Spezialisten und der Heimleitung, ins Altersheim gegeben. Dort hat er sich inzwischen eingewöhnt. Am Anfang war es auch dort schwierig und er hat alles zerlegt, was sich zerlegen ließ. Aber die Pflegekräfte wissen damit besser umzugehen wie ich oder die Mutter. Sie war damit ohnehin überfordert. Solange wir alle gespurt haben, war sie friedlich, aber als der Vater gegen sie rebellierte, kam sie selber nicht mehr klar.«

»Und jetzt?«

»Jetzt ist es so, dass der Vater keinen mehr erkennt. Ganz selten hat er noch helle Momente, erzählen sie mir, aber dann war ich nicht in der Nähe.« Er seufzte. »Bin ich zu Hause, steht meine Mutter sofort hinter mir. Darum esse ich mittags hier, da habe ich meine Ruhe.«

»Das hört sich alles nicht schön an. Tut mir leid.«

Karli stand auf, klopfte Joschi zum Abschied auf die Schulter. »Muss dir nicht leidtun. Du kannst nichts dafür. Ich finde es schön, dass du dich mal wieder sehen lässt.« Beim Rausgehen drehte er sich noch einmal um. »Spielt ihr mal wieder ein Konzert? Das fände ich klasse!«

Mittwoch

Als Fabio und Francesca dazustießen, fachsimpelten die Archäologin und Paula bereits miteinander. Sie standen dicht vor der Leiche und betrachteten Details mit der Lupe unter einem eigens installierten hellen Licht. Die Archäologin strich mit einem Pinsel vorsichtig über die linke Hand der Leiche.

»Hallo, ihr zwei!«, begrüßte Paula die beiden. »Darf ich euch Ida vorstellen?« Sie deutete mit einer Handbewegung auf die kleine, zierliche Frau.

Ein lustiges Bild, dachte Fabio. Die sehr große Paula und die kleine Ida, deren Kopf sich auf Höhe des Busens von Paula befand.

Paula hatte Antennen für solche Gedanken, denn sie sagte: »Gell, ist lustig, so ein Größenunterschied?« Sie trat einen Schritt auf Fabio zu, der daraufhin den Kopf heben musste, um ihr ins Gesicht blicken zu können. »Aber glaube mir, in ihrem Fach ist Ida die Größte.«

»Das bezweifelt niemand«, lachte Fabio und sah Ida und Paula abwechselnd an. »Ihr seid schon früh hier gewesen?«

»Ich fand es so spannend, dass ich heute ganz früh aus den Federn bin«, antwortete Ida. »Die Leiche ist interessant. Eingemauert war sie viele Jahre lang, das kann ich jetzt schon sagen.«

»Können Sie einschätzen, wie lange sie eingemauert war?« Francesca blickte wie gebannt auf die gekreuzigte Figur.

»Noch schwer zu sagen, nach dem ersten Augenschein. Wie alt ist denn das Haus?«

»Es gibt eine Broschüre über die Keller in Lana. Auch dieser Keller wird darin beschrieben. Der Autor schreibt, dass dieses Haus bereits 1477 erwähnt worden sei. Damals war es eine Metzbank, also eine Metzgerei. Weiter steht, dass der Verbindungsgang«, Fabio zeigte auf die Fundstelle der Leiche, »zum Nachbarhaus kurz vor dem Ersten Weltkrieg zugemauert worden ist.«

Ida hatte gut zugehört. »Wer ist denn der Autor der Broschüre?«, fragte sie.

»Simon Terzer heißt er.«

»Ach, der Simon. Dann wird das stimmen. Simon kenne ich gut. Er ist Historiker und ab und zu habe ich mit ihm zu tun. Er ist sehr präzise.« Sie schaute sich im Raum um.

»Das passt auch alles zusammen. Keller in dieser Bauweise gibt es seit dem späten Mittelalter. Ich würde meinen, dass dieses Haus zu Beginn des 16. Jahrhunderts errichtet worden ist. Plus minus 100 Jahre. Sollte die Person zu dieser Zeit hier eingemauert worden sein, wäre sie für die Archäologie interessant.« Sie machte eine kleine Pause und bat Paula um Fotos. »Diese Fotos hat mir Paula gezeigt. Darauf ist die Wand zu sehen, hinter der die Leiche eingemauert war, bevor die Spurensicherung die Mauer abgetragen hat.« Ida wies auf den Steinhaufen, der von der Wand übriggeblieben war. »Diese Steine sind nach meiner Einschätzung nicht so alt wie das Haus. Das sehe ich an der Art, wie sie behauen sind, an ihrer Größe, aber auch hieran«, sie nahm zwei der Steine in die Hand und präsentierte sie Fabio und Francesca. »Da sehen Sie eine Art Mörtel an den Rändern, wie er von Farbe und Härte her sonst nicht in diesem Keller zu sehen ist. Das Mauerwerk ist von jüngerer Art als der gesamte Keller. Anfang des Ersten Weltkriegs, meint Simon? Das könnte gut sein.«

Fabio nahm einen der Steine und besah ihn sich genau. »Dann ist es kein Fall für die Archäologie?«

»Wenn ich in Betracht ziehe, dass Simons Aufzeichnungen stimmen, der Mensch also kurz vor dem Ersten Weltkrieg eingemauert worden ist, dann ist die Leiche eher kein Fall, für den sich die Archäologie besonders interessiert. Und die Steine und der verwendete Mörtel passen in das Bild.«

»Verstehe.« Fabio sah Paula an. »Die Fundstelle ist hinreichend dokumentiert. Deshalb schlage ich vor, dass wir die Leiche jetzt in die Gerichtsmedizin bringen lassen. Und dann das Übliche. Todesursache, weitere Erkenntnisse aus den Untersuchungen. Du weißt, was ich meine. Hier werden wir den Todeszeitpunkt nicht feststellen können.«

Ida meldete sich. »Ich muss noch einen Bericht für das Denkmalamt schreiben. Wenn es Ihnen eilig ist, telefoniere ich kurz mit meiner Chefin. Lassen Sie mich rasch abklären, dass wir den Fund freigeben, bevor Sie die Leiche fortschaffen.«

Sie telefonierte und nickte während des Gesprächs den Anwesenden zu. »Alles gut, Sie können die Leiche mitnehmen«, sagte sie, nachdem sie mit der Leiterin des Denkmalamtes gesprochen hatte. »Keine Bedenken seitens des Amtes. Aber das ist noch interessant für Sie. Ich traue mir zu, eine erste Einschätzung zum Alter der Person zu geben.« Ida ging ganz nah mit ihrem Gesicht an den Schädel der Leiche. Sie zeigte auf die Zähne, die gut zu erkennen waren. »Schauen Sie hier«, und alle traten nahe an die Leiche heran. »Die Zähne sind alle noch da und sehen perfekt aus, keine Schäden, die Kauflächen noch nicht abgenutzt. Das deutet auf einen gesunden und jungen Menschen hin. Meiner Erfahrung nach dürfte dieser Mensch also recht jung gewesen sein, als man ihn eingemauert hat.«

In diesem Moment hörten sie, wie jemand die obere Treppe in den ersten Keller herunterpolterte. Ihre Blicke gingen zum Treppenabgang zu ihrem Keller und konnten zunächst nicht erkennen, wer es war, der zu ihnen gelangen wollte. Denn die von der Spurensicherung installierte Beleuchtung war auf die Leiche gerichtet und so kam der Neuankömmling aus dem Dunkeln auf sie zu.

Fabio erkannte ihn an seiner Stimme. »Hallo Commissario! Das ist ein Ding, nicht wahr? Ein richtig dickes Ding! Ein Gekreuzigter! Das glaubt doch niemand. Eine Leiche im Keller, haha, und dann noch eine gekreuzigte Leiche. Was können Sie mir jetzt schon sagen?«

Der Mann kam näher und trat damit in den ausgeleuchteten Bereich. Er hielt ein Notizbuch in der Hand und eine Kamera baumelte an der Hüfte.

»Darf ich vorstellen«, sagte Fabio. »Hier kommt ein geschätzter Nachbar, den ich außerordentlich dafür bewundere, dass er schon zur Stelle ist, bevor die Polizia auch nur einen Pieps zu einem Leichenfund nach außen gegeben hat.«

»Florian Maier«, stellte sich der Mann den anderen vor. »Ich bin Reporter für *24DerTag24*, Lokalreporter, und wir sind Nachbarn.« Damit zeigte er auf Fabio. »Jedenfalls beinahe, ich komme aus Tisens, Fabio aus Prissian. Dorfnachbarn halt.«

»Und wie gesagt, er taucht auf, wenn man nicht mit ihm rechnet«, ergänzte Fabio. »Unglaublich ist das!«

»Nicht unglaublich, Fabio! Ist halt Dorf. Man kennt sich, man hört was, man fragt nach und dann hat man nach kurzer Zeit das Wichtigste zusammen.« Er schaute Fabio vergnügt an. »Wie lange wolltet ihr denn die Sache für euch behalten?« Dabei zückte er einen Stift und klappte sein Notizbüchlein auf.

»Florian, wir wissen noch nicht viel. Hier ist eine Leiche gefunden worden. Alles Weitere werden die Untersuchungen ergeben.«

»Eine sehr alte Leiche, wie man sieht«, bemerkte Florian. Er blickte genau hin. »Mumifiziert? So eine Art Ötzi? Ein Ötzi hinter der Kellerwand des Reichhalter?«

Fabio blickte genervt. »Florian, keine Ahnung, wie du das spitzbekommen hast, aber wenn man so früh dran ist wie du, dann muss man akzeptieren, dass ich noch nicht viel weiß und folglich auch noch nicht viel sagen kann.« Er holte Luft. »Diese Dame hier«, er zeigte auf Ida, »ist Archäologin vom Denkmalamt. Sie meint, wie es aktuell aussieht, ist es eher ein Fall für die Polizia als für die Altertumsforschung. Die Untersuchungen brauchen ihre Zeit. Darum kann ich heute nicht mehr sagen und ich betone, dass ich auch jetzt noch nicht mit Sicherheit sagen kann, ob letztendlich die Polizia oder die Archäologie oder die Marktgemeinde Auskunft geben wird. Also wenn es geht, dann gedulde dich bitte.«

Florian legte den Kopf schief und allen war klar, dass dies bedeutete, dass er sich nicht gedulden würde. »Wieso die Marktgemeinde?«, fragte er.

Fabio seufzte. »Der Keller gehört der Marktgemeinde.«

»Mir ist es ganz egal, wer was sagt. Aber berichten werde ich müssen. Kennst das ja. So eine Geschichte kann ich nicht für mich behalten. Es liegt an euch, was heute im Internet steht und morgen in der Zeitung. Also inhaltlich, meine ich. Das Faktum kenne ich. Das allein reicht für Schlagzeile und Bericht. Eine gekreuzigte Leiche im Keller gefunden, das kann ich unmöglich verschweigen.«

»Kannst du das Bild weglassen?«, fragte Fabio und sah am leichten Grinsen in Florians Gesicht, dass er das Foto längst hatte. *Wie zum Teufel ist er bloß hier reingekommen? Wer hat ihn informiert?*

Fabio sammelte sich. Atmete tief durch. »Schreib«, sagte er und Florian setzte den Bleistift auf den Block. Fabio diktierte einige Sätze. Knapp, kurz, mit Bedacht.

»Gut, danke«, sagte Florian. »Morgen gibt es mehr? Wann ist die Pressekonferenz?«

»Das wirst du erfahren. Ich muss das abstimmen.«

In dem Moment hörten alle, dass eine weitere Person die steile Treppe in den Keller nahm. Auch diese Person kam zu ihnen in den tiefen Keller. Florian erkannte ihn, noch bevor er in den Lichtkegel trat. »Der Herr Gemeindesekretär. Guten Morgen«, begrüßte er ihn.

Fabio war irritiert. *Hatten sich die beiden hier verabredet?* Aber es war vielleicht auch Zufall, dass beide zur gleichen Zeit im Keller aufkreuzten.

»Ich wollte mich nur nach dem Stand der Dinge erkundigen«, sprach der Gemeindesekretär, »aber wo du gerade da bist«, er blickte Florian an, »du weißt, dass dieser Keller der Gemeinde gehört, dass die Fundstelle also Gemeindegrund ist?«

Florian zückte wieder Notizbüchlein und Stift. »Schön, dass du das bestätigst, dann muss ich nicht mehr nachfragen.«

»Also, wenn der Fund eine historische Bedeutung hat, dann müssen wir uns darüber ausführlich unterhalten«, sagte der Gemeindesekretär zu Florian, der schnell verstanden hatte.

»Wir bleiben im Gespräch«, meinte Florian, schaute in die Runde, nickte jedem Einzelnen zu, stockte bei Ida und sagte: »Von Ihnen hätte ich noch gerne den Namen.«

*

»Ja, die Medien, sie sind ein Segen – oder die Pest.« Der Gemeindesekretär meinte das lustig. Fabio schaute ihn misstrauisch an. *Ob er Florian informiert hatte? Wieso taucht der Sekretär zufällig leicht zeitversetzt hier auf?*

»Aber jetzt«, fuhr der Gemeindesekretär fort, »bleibt uns keine andere Wahl, als morgen zu einer Pressekonferenz einzuladen. Ich schlage vor und biete an, dass wir als Gemeinde dazu einladen. Damit übernehme ich gerne die Arbeit für Sie«, sagte er zu Fabio gewandt. »Die Fundstelle ist Gemeindegrund und unser Rathaus ist nicht weit, dort habe ich alle Möglichkeiten. Säle und so weiter. Wann meinen Sie, 11 Uhr? Passt das?«

Fabio nickte.

Der Gemeindesekretär wendete sich an Ida: »Ich nehme an, dass Sie …«

Ida reichte ihm die Hand. »Ida Pallhuber, Archäologin, Denkmalamt.«

Der Gemeindesekretär war hocherfreut, wie es schien. »Oh, ja, toll. Vielleicht haben wir es hier mit einem Fund aus alter Zeit zu tun? Was meinen Sie? Für uns als Gemeinde wäre das sehr interessant.«

Ida versicherte ihm, dass die Leiche nach der ersten Betrachtung kein zweiter Ötzi war. Der Gemeindesekretär gab sich mit der Auskunft vorerst zufrieden und verabschiedete sich.

Fabio und Francesca schauten sich an. »Was war das jetzt?«, meinte Francesca. »Wir wissen doch noch nicht viel und der Herr Gemeindesekretär bestimmt jetzt das Tempo? Willst du da tatsächlich mitmachen?«

Fabio nickte. »Mir gefällt das zwar auch nicht, aber was soll ich tun? Ich fühle mich noch nicht als Herr des Verfahrens. Vielleicht ist es auch kein Fall für uns, sondern doch ein archäologischer Fall, der später touristisch ausgeschlachtet wird. Also kann ich schlecht der Gemeinde in die Parade fahren. Und da die Medien ohnehin dran sind«, er schaute nach oben und faltete die Hände, so als wolle er ein Stoßgebet in die Kellerdecke schicken, »wird die Geschichte ihren Lauf nehmen und auch an Fahrt gewinnen. Warte mal zwei, drei Stunden, dann ist sie online verfügbar. Und morgen gibt es dann einen fetten Aufmacher in der Zeitung. Und danach, wir kennen das, rappelt es im Karton.« Er schmunzelte. »Soll doch die Gemeinde den Karton bereitstellen. Das erspart uns viel Arbeit.«

»Und jetzt?«, fragte Francesca.

»Wir gehen ins Büro, ich unterrichte den Vice. Und dann warten wir auf die Ergebnisse eurer Untersuchungen«, sagte Fabio zu Paula und Ida.

*

Während in der Questura der Tag seinen Lauf nahm, Fabio den Vice über die anstehende Pressekonferenz der Marktgemeinde Lana im Rathaus unterrichtet hatte und wenige Stunden später die Online-Meldung der Zeitung mit einem Foto, das nur das Gesicht der Kellerleiche zeigte, titelte: *Lana hat eine Leiche im Keller*, gefolgt von zwei kurzen Zeilen, wobei die zweite Zeile auf die Donnerstagsausgabe von *24DerTag24* hinwies, und Fabio deshalb erneut zum Chef musste, um die Notiz zu diskutieren, waren die beiden Frauen im Keller in ihre Arbeit vertieft. Sie arbeiteten Hand in Hand und merkten von all dem nichts.

»Ich glaube immer mehr, dass es kein Fall für die Archäologie ist«, sagte Ida. »Sieh dir das mal an«, sie deutete auf die Reste der Hose, in der die Leiche steckte. »Schnitt, aber auch Materialbeschaffenheit deuten darauf hin, dass wir es mit der Neuzeit zu tun haben. Schau mal, da ist ein Druckknopf an der Unterbekleidung. Druckknöpfe gab es um die Jahrhundertwende, vor allem bei Unterbekleidung für Männer. Druckknöpfe sind, warte mal«, Ida dehnte ihren Kopf nach hinten, so als ob sie in dieser Haltung besser nachdenken konnte, »von einem deutschen Erfinder so gegen 1880 entwickelt worden. Daraus schließe ich messerscharf …«

»… dass dieser Mensch nach 1880 gelebt haben muss«, beendete Paula Idas Satz.

»Also definitiv eine Leiche aus der Neuzeit.«

»Dann sind wir fertig? Die Spurensicherung hat genügend Fotos gemacht. Lass uns die Leiche ins Institut bringen. Dann kannst du gerne zuschauen, wie ich arbeite.«

Ida nickte begeistert. »Das ist für mich auch mal spannend, dich zu beobachten. Ich kann mir vorstellen, dass wir Archäologen noch einiges von euch lernen können.«

»Und umgekehrt, meine Liebe, auch umgekehrt.«

»Dann also ran an die Arbeit.« Mit diesen Worten begannen Ida und Paula, die Leiche vorsichtig aus der Wand frei zu klopfen. »Das ist derselbe Mörtel wie zwischen den Steinen«, meinte Ida nach einer Weile. »Der Maurer hat zuerst den Mörtel auf die erste Trennwand aufgebracht, dann die Arme der Leiche in die Trennwand genagelt. Anschließend konnte er die zweite Wand hochziehen und weg war die Leiche, für immer. Jedenfalls bis heute.«

*

Es war Abend, als die beiden Frauen die Leiche endlich vom Mauerwerk gelöst hatten. Die Leiche war steif wie ein Baumstamm, sie brach nicht auseinander und lag längs im Keller. Sie hatte ein geringes Gewicht. Paula hatte einen Zinksarg aus der Gerichtsmedizin kommen lassen, den die beiden Männer, die den Sarg gebracht haben, mitsamt Inhalt mitnahmen. Dabei ragten die nach oben abgespreizten Arme unter dem Sargdeckel hervor. Ein makaberes Bild.

Idas Neugierde ließ sie zum Schluss die Fundstelle erneut absuchen. Dabei kam ihr vor allem eine Stelle interessant vor.

»Schau mal hier«, Ida deutete auf einen kleinen Bereich, wo kurz zuvor noch die linke Hand der Leiche gewesen war. Paula trat näher.

»Was siehst du?«

Paula ging noch näher heran, sah und staunte.

»Denkst du auch, es ist …?«

Paula schluckte. »Das wäre ein Ding. Ein Megading. Ich kann es nicht glauben. Der sechste Finger.« Paula schluckte erneut.

»Das könnte der Titel zu einem Agatha-Christie-Krimi sein«, meinte Ida.

»Oder ein Finger von der Hand einer zweiten Leiche«, fügte Paula hinzu und überlegte.

»Ich rufe Fabio an. Er wohnt nicht weit von hier. In einer Viertelstunde ist er hier. Und wir beiden gehen in der Zwischenzeit nach oben und essen einen Teller Nudeln. Ich habe einen Riesenhunger.«

*

Fabio hatte gerade zu Ende gegessen, als sein Handy klingelte und ihm Paula von dem neuen Fund berichtete. Die Blicke seiner Familie waren auf ihn gerichtet.

»Musst du noch mal weg?«, fragte Elisabeth. »Gibt es was Neues?«, wollte Laurin wissen, der das ganze Abendessen hindurch von der Bande erzählt hatte, die er gründen wollte, und was Leonor dazu gesagt hatte. Die beiden Schwestern waren hellhörig geworden, hatten gefragt, was eine Bande sei, und beschlossen dann spontan, ebenfalls eine Bande zu gründen. Sie zählten die Namen aller Kinder auf, die sie aus dem Kindergarten kannten, und Frieda hatte auch einen Namen für die Bande. »Wir nennen uns die *Unheimlich geheimen Detektive*«, krähte sie heraus und Paula stimmte mit ein. »Unheimlich geheim, unheimlich geheim«, riefen sie, sprangen von ihren Stühlen und tobten durchs Haus. Laurin schaute zerknirscht, leicht wütend. Seine Schwestern sollten ihm nicht die Ideen klauen, das gehörte sich nicht. Er wusste aber, dass sie ihm vorerst nicht in die Quere kommen würden. Ihr Kindergarten war hier oben am Berg, seine Schule unten im Tal. Sie hatten also keine Chance. Sollten die Kleinen doch hier oben Detektiv spielen. Er hatte schließlich zur Aufklärung des Falles beigetragen. Die Kleinen noch nichts.

Fabio schaute seine kleine Familie an. »Sieht so aus, dass ich noch einmal nach Lana muss.«

»So spät noch?«, fragte Elisabeth und Laurin rief: »Kann ich mitkommen?«

»Ja und Nein.«

»Wie jetzt?«, fragte Laurin.

»Ja, ich muss zu so später Stunde noch einmal runter und nein, du kannst nicht mitkommen. Du gehörst ins Bett.«

Bei der Verabschiedung an der Tür raunte Fabio Elisabeth ins Ohr: »Paula und Ida haben vielleicht noch eine Leiche gefunden.«

Donnerstag

Drei Stunden vor Beginn der Pressekonferenz im Rathaus von Lana berichtete Fabio Eduard und Francesca, was er gestern Abend erlebt hatte.

»Ich habe dann angeordnet, dass dieser Finger freigeschlagen wird. Ihr müsst euch das so vorstellen, dass sich hinter der linken Hand der ersten Leiche dieser Finger gezeigt hat. Wie sich herausstellt hat, war es nicht nur ein Finger, sondern eine ganze Hand. Eine Leiche mit drei Händen gibt es nicht. Wir gehen also von einer zweiten Leiche aus. Wir kommen aber nicht von unten an sie heran. Das liegt an der Bauweise dieses Kellers.«

Fabio nahm einen Stift und malte auf, was ihm Ida am Vorabend erklärt hatte.

»Der Keller hat eine Gewölbedecke.« Er zeichnete mit dicken Strichen, was wie ein Gewölbe aussah. »Über dem Gewölbe liegt Material von unbekannter Beschaffenheit. Ida nimmt an, dass es Kies, Erde und Sand ist, also Material, das man zum Straßenbau benutzt. Wie ihr wisst, führt über dem Keller eine kleine Zufahrt in den hinteren Bereich des Reichhalter-Hauses und des Nachbargebäudes. Die zweite Leiche müsste in dieser Schicht aus unbekanntem Material liegen. Dass Teile der Hand in den Keller hinunterreichen, liegt, so vermutet Ida, daran, dass ein Stein des Gewölbes herausgebrochen sein könnte, weil Autos über diesen kleinen Weg gefahren sind und durch ihr Gewicht den Stein gelöst haben.«

Francesca fragte: »Das heißt, dass wir oben nach der Leiche graben müssen? Also die Pflastersteine abheben, tief graben, bis zur Gewölbedecke?«

»Genau das heißt es. Wobei wir davon ausgehen, dass die zweite Leiche dicht an der Außenwand des Nachbargebäudes vom Reichhalter-Haus liegen muss. Wir fanden die Hand am Ende des Kellers an dem zugemauerten Zugang, der direkt in das Nachbargebäude führt. Also muss die Leiche unmittelbar an der Hauswand liegen.«

»Sollen wir veranlassen, dass gegraben wird?«, fragte Eduard.

»Ja. Nehmt die Spurensicherung mit, sperrt das Areal ab, beantwortet keine Fragen. Ich nehme an, dass spätestens nach der Pressekonferenz der ein oder andere Fotojournalist auftaucht.«

»Wir könnten auch bis Nachmittag warten«, schlug Eduard vor. »Dann sind die Journalisten alle weg.«

»Wir warten nicht. Paula hat gemeint, dass der Finger, den sie gefunden hat, definitiv nicht so alt ist wie die erste Leiche. Wir haben also einen aktuelleren Fall. Kein Fall für die Archäologie.«

»Wirst du in der Pressekonferenz davon berichten?«

»Ich gehe gleich zum Vice und stimme das mit ihm ab. Es macht keinen Sinn, diese neue Entwicklung zurückzuhalten. Spätestens morgen steht Florian erneut auf der Matte.« Fabio und auch Francesca mussten grinsen, Francesca ergänzte: »Und kennt Namen und Anschrift der Leiche, noch bevor wir sie ausgegraben haben.«

»Zuzutrauen wäre es ihm«, meinte Fabio. »Es wird uns nicht gelingen, mit dem neuen Fund hinterm Berg zu halten. Es ist unser Fall. Also schlage ich dem Vice vor, dass ich den neuen Fund auf der Pressekonferenz bekannt gebe.«

Als alle schwiegen, holte Eduard die neueste Ausgabe von *24DerTag24* hervor und präsentierte die Titelseite. »Schaut mal hier.« Prominent prangte dort ein beeindruckend gutes Foto von der gekreuzigten Kellerleiche in ihrer vollen Größe.

»Da muss der Kerl noch vor Ida und Paula im Keller gewesen sein. Und die beiden waren früh da unten zugange. Woher wusste Florian davon? Ich tippe auf den Gemeindesekretär. Mir scheint, der hat ein großes Interesse an einer historischen Leiche und formuliert bereits die Anträge für die Zuschüsse zu einem Museumsneubau«, sagte Fabio. »Aber ist auch egal, woher Florian seine Informationen hat. Sagt er uns ohnehin nicht. Es wissen auch andere Leute davon und sie erzählen es weiter.«

Der Text des Zeitungsberichtes lehnte sich an die Formulierungen an, die Fabio Florian mit auf den Weg gegeben hatte. Keine Spekulationen, keine falschen Informationen. »Damit kann ich leben«, sagte er noch, bevor er zum Vice ging. »Die Zeitung nehme ich mit.«

*

Die Pressekonferenz verlief wie erwartet. Die Fragen, die im Raume standen, konnten nicht beantwortet werden. Noch wusste man nichts über die Identität der Leiche im Keller und wann sie eingemauert wurde. Es war zu spüren, dass die anwesenden Medienvertreter mit den Antworten nicht zufrieden waren. Da zum jetzigen Zeitpunkt nicht viel Konkretes zu berichten sein würde, hofften sie alle, dass sich die Berichterstattung im gewöhnlich ereignisarmen Südtirol noch viele Wochen, vielleicht Monate hinziehen ließe.

Zum Schluss der Fragerunde zur Kellerleiche bat Fabio erneut um das Wort. Damit hatte er sofort die Aufmerksamkeit aller auf sich gerichtet. *Was hatte der Polizist noch zu sagen, wo doch alles gesagt worden war?*

Fabio berichtete in kurzen Sätzen von der Vermutung, dass sich oberhalb des Kellerraums, in dem man die alte, eingemauerte Leiche gefunden hatte, noch eine zweite Leiche befinde und dass just in diesen Stunden damit begonnen werde, den Straßenbelag oberhalb des vermuteten Leichenstandortes abzutragen.

»Meine Leute sind angewiesen, an einer Stelle nach unten graben zu lassen, an der wir eine zweite Leiche vermuten. Noch haben wir lediglich Teile einer Hand freilegen können. Der Zugang zu dieser vermuteten zweiten Leiche kann nur von oben erfolgen. Ich kann derzeit noch keine näheren Angaben dazu machen. Ich möchte Sie aber einladen, den Grabungsort zusammen mit mir direkt im Anschluss an diese Pressekonferenz zu besuchen. Dabei bitte ich, Disziplin walten zu lassen. Meine Leute werden die Grabungsstelle mit Flatterband abgesperrt haben. Niemand tritt bitte näher an die Grabungsstelle heran. Es handelt sich um Polizeiarbeit und ich weise darauf hin, dass Sie nur aufgrund meiner Erlaubnis daran teilhaben dürfen – und das nur so lange, wie ich es für nötig oder sachgerecht halte. Warum erlaube ich Ihnen das? Nun, meine sehr geehrten Damen und Herren, es ist so, dass jeder und jede von Ihnen mir morgen Vorwürfe machen würde, warum ich nicht heute etwas dazu gesagt habe. Eine Grabung mitten in der Fußgängerzone bleibt ohnehin nicht unbemerkt. Also habe ich mich dazu entschlossen, Ihnen die Gelegenheit einzuräumen, live an der Polizeiarbeit teilzunehmen. Ich bitte aber darum, meinen Anweisungen Folge zu leisten, wenn Sie mir zur Grabungsstelle folgen. Die Kameras dürfen eingeschaltet bleiben. Den Fotojournalisten gewähre ich ebenfalls das Recht, Fotos zu machen. Ich werde Ihnen Plätze zuweisen, von denen aus Sie einen guten Blick auf das Geschehen haben. Und noch etwas. Die Kellerleiche ist bereits im gerichtsmedizinischen Institut und kann nicht fotografiert werden. Der Fundort ist nur durch private Räumlichkeiten zu erreichen und kann daher ebenfalls heute nicht fotografiert werden.«

Dieses Vorgehen hatte Fabio mit seinen Leuten abgestimmt. Zusätzlich hatte er angeordnet, dass weitere Kollegen dafür sorgen sollten, dass der Pressetross außerhalb der Absperrung blieb. Fabio hatte Paula kurz vor der Pressekonferenz in Kenntnis gesetzt. Nur der Gemeindesekretär war überrascht.

»Na, damit haben Sie mir ordentlich die Schau gestohlen«, wisperte er Fabio ins Ohr, als sie vom Podium aufstanden.

»Das tut mir leid, aber ich kann nichts dafür, dass Lana überall Leichen im Keller hat. Ich mache nur meine Arbeit«, wisperte Fabio zurück und schaute in ein verblüfftes Gesicht, das sich aber schnell fing und ein Lächeln hervorzauberte.

»Teufel noch eins.«

*

Eduard und Francesca hatten in der Zeit der Pressekonferenz zusammen mit den Männern der Spurensicherung den Weg zwischen dem Reichhalter-Gebäude und dem benachbarten Gebäude mit Flatterband abgesperrt. Die Kopfsteinpflasterung nah an der Wand des Nachbarhauses wurde entfernt und dann der Untergrund vorsichtig abgetragen. Fabios Einschätzung zur Lage der zweiten Leiche stimmte. Nahe an der Hauswand, an der Stelle, an der der unterirdische Kellerdurchgang zwischen den Häusern vermutet wurde, wurden sie in zwei Metern Tiefe fündig. Als der Pressetross, angeführt von Fabio, gegen 12:30 Uhr eintraf, konnten die versammelten Fotojournalisten und Kameraleute in der Tiefe des Lochs einen in ein Tuch gewickelten Gegenstand oder Körper sehen und auf ihren digitalen Speichern mit nach

Hause nehmen. Allerdings verschwammen die Umrisse durch die Anhaftungen von Erdreich. Der eingewickelte Körper war als solcher schwer zu erkennen. Da aber das Tuch wie auch der Körper dem Zerfallsprozess in erdiger Tiefe ausgesetzt war, war man versucht, an eine amorphe Masse zu denken. Staub zu Staub – die Beerdigungsworte drängten sich förmlich auf.

Paula ließ sich sofort in die Grube hinab und nahm die Leiche in Augenschein. Sie versuchte den Teil des Tuches zu lockern, der das Gesicht verbarg, war damit aber nicht erfolgreich. Sie signalisierte Fabio, dass eine eingehendere Untersuchung in der Grube keinen Sinn mache.

Daraufhin bot Fabio den Vertreterinnen und Vertretern der Medien an, Fotos zu machen und Videos zu drehen. Er gab kurze Statements vor der Kamera, in denen er auf die kommenden Tage verwies. »Wir werden diese Leiche jetzt bergen und sie von der Gerichtsmedizin untersuchen lassen. Sobald Erkenntnisse vorliegen, werden wir die Öffentlichkeit unterrichten.«

Um 13 Uhr waren sie allein. Bis auf Schaulustige blieb niemand stehen. Die Einheimischen hatten mit ihrem Alltag zu tun, die Touristen machten Fotos von der Grabungsstelle.

»Heute noch auf meinen Tisch«, meinte Paula und die Spurensicherung sorgte dafür, dass es so geschah, nachdem genügend Fotos von der Fundsituation gemacht worden waren.

»Und was macht die Arbeit an der alten Leiche?«, fragte Fabio Ida, die hinzugekommen war, um sich nach dem Stand der Grabung zu erkundigen.

»Sie liegt noch in der Gerichtsmedizin. Gestern Nacht haben wir nichts mehr gemacht. Und ich könnte mir vorstellen, dass Paula heute zuerst die neue Leiche untersucht.«

*

Paula arbeitete ohne Pause. Ida unterstützte sie, wo sie konnte. Sie reichte Werkzeuge, half beim Protokollieren und lernte das ein oder andere, was sie bei ihren Ausgrabungen nicht brauchte.

»Für mich ist das richtig interessant, mal an Frischem zu arbeiten«, meinte sie. Paula schaute sie an. »Na, jedenfalls frischer als die alten Leichname, um die ich mich gewöhnlich kümmere.« Paula verstand und bat um die kleine Kreissäge. Dabei diktierte sie in das Aufnahmegerät: »Fraktur am hinteren Schädel. Knochenplatte stark beschädigt, eindeutige Lochbildung. Verletzung könnte von einem Schlag mit einem spitzen Gegenstand oder von einem Sturz auf den Hinterkopf herrühren. In dem Fall wäre ein Sturz auf einen spitzen Gegenstand, zum Beispiel einen Stein, denkbar.«

»Du meinst, das war die Todesursache?«

»Diese Verletzung reicht aus, um zu sterben. Je nachdem, wie das Gehirn verletzt ist geht das ganz schnell.« Paula richtete sich auf und streckte ihren Rücken. »Eine andere Verletzung kann ich nicht feststellen. Aber der Leichnam erzählt ansonsten recht viel.«

Ida schaute Paula erwartungsvoll an. Sie hatte das ein oder andere aus dem Diktat entnommen. Aber da Paula viel Fachsprache verwendete, um ihre Untersuchungen zu dokumentieren, hatte Ida nicht alles verstanden.

»Wir haben hier eine junge Frau, ich schätze sie auf ungefähr 25 Jahre. Perfekter Zahnstatus. Genauso wie bei der Leiche im unteren Keller. Die würde ich ähnlich alt einschätzen, den Zähnen nach. Dass wir es mit einer Frau zu tun haben, kann ich eindeutig an den Knochen ersehen. Auch ihre Beckenform ist typisch.« Paula dachte kurz nach. »Ich habe das noch nicht laut gesagt, aber ich habe dasselbe sofort bei der ersten Leiche gedacht. Die Beckenform lässt auf eine Frau schließen. Sobald ich den Leichnam auf dem Tisch habe, weiß ich es mit Sicherheit. Aber jetzt weiter mit dieser jungen Frau. Sie war zum Zeitpunkt ihres Todes schwanger. Ich würde sagen, sie war im dritten oder vierten Monat. Die Gebärmutter ist zwar kaum noch nachzuweisen, aber sie war entsprechend den angenommenen Schwangerschaftsmonaten vergrößert. Die Leiche war in ein Tuch eingewickelt, das uns noch mehr erzählt. Denn durch das Einwickeln ist vieles besser konserviert, als wenn sie ohne dieses Tuch beerdigt worden wäre. Das Tuch ist eher eine Plane, besteht aus starkem Gewebe. Es ist wichtig, herauszufinden, wo ein solches Tuch zum Einsatz kommt. Das könnte uns die Richtung weisen, in der die Polizia suchen muss.«

»Du gehst von einem Mord aus?«

»Das wird die Polizia einschätzen. Ich kann sagen, dass die Todesursache mit hoher Wahrscheinlichkeit der zerplatzte Schädel ist und die dadurch verursachten Verletzungen des Gehirns. Wichtig ist auch, dass die Leiche vollständig bekleidet war. Reste der Kleidung sind wegen des starken Tuchs, in das man den Leichnam eingewickelt hat, in Teilen erhalten. Die junge Dame trug eine Jeans, eine Bluse und eine Jeansjacke, also die Kleidung junger Leute ab den 70er-, 80er-Jahren bis heute. Und hier habe ich noch etwas Besonderes gefunden.« Sie hielt einen kleinen goldfarbenen Ring in die Höhe. »Den hat sie an einer dünnen Kette um den Hals getragen.« Sie hielt den Ring unter eine starke Lampe. »Schau dir das mal an, das ist ein besonderer Ring. Vielleicht hilft er zur Identifizierung. Es scheint, als habe der Goldschmied kleine Apfelkerne als Negativabdruck eingearbeitet. Das gibt es nicht überall. So etwas hilft der Polizia bestimmt weiter.«

Freitag

Eduards und Francescas Schreibtische lagen voller aufgeschlagener Zeitungen, als Fabio am Freitagmorgen sein Büro betrat. *Im Blätterwald hat es ordentlich gerauscht,* dachte er, als er die Szenerie sah. Schon gestern Abend hatte er sich im Fernsehen in den Abendnachrichten sehen können. Das Internet war voll mit Meldungen über die gekreuzigte Leiche in einem Keller in Lana. Und dann gab es die Bilder von der Bergung einer zweiten Leiche am selben Standort.

»Unsere Freunde von den Medien werden jetzt viele Wochen zu berichten haben, fürchte ich«, brummelte Fabio zur Begrüßung. Eduard und Francesca nickten stumm. Alle drei wussten, was nun auf sie zukommen würde. Täglich würde der Sachstand abgefragt, viele Stunden würden dazu verwendet werden, immerzu dasselbe zu sagen. »Ich gehe gleich zum Vice und werde vorschlagen, dass nur unser Presseoffizier Auskunft gibt, dann haben wir Ruhe.«

»Aber die Statements müssen wir vorbereiten, das bleibt uns nicht erspart«, maulte Eduard.

»Nein, die bleiben uns nicht erspart, aber das Telefon bleibt ruhig. Das ist doch schon mal was.« Fabio schaute Eduard und Francesca an. Eduard war offensichtlich müde und Francesca wirkte schlecht gelaunt.

»Was habt ihr heute vor?«, fragte er in die Runde, um das Schweigen zu brechen.

Eduard räusperte sich. »Ich spreche gleich mit Paula und höre dann, ob es von ihrer Seite Neues zur zweiten Leiche gibt. Und Francesca wollte sich um die Vermisstenfälle der letzten Jahre kümmern. Also reine Routine.«

»Und ich rede heute mit dem Gemeindesekretär und frage ihn, wie man einen Menschen unter das Kopfsteinpflaster der Grieser Fußgängerzone bringt, ohne dass es jemand bemerkt. Er müsste zumindest wissen, wann es an dieser Stelle Bauarbeiten gegeben hat.«

Mit einem Blick auf seine Kollegen und mit Rücksicht auf deren Stimmung fügte er hinzu: »Und dann treffen wir uns zum Mittagessen, schlage ich vor.«

*

»Die zweite Leiche ist eine junge Frau von zirka 25 Jahren. Bekleidet mit modischer Kleidung, Jeanshose, Jeansjacke und einer Bluse, weiß, Baumwollstoff. Sie hat einen Freizeitschuh oder Turnschuh getragen. Nichts Besonderes ansonsten. Auffallend war ein Schmuckstück, das wir bei ihr gefunden haben. Das könnte euch interessieren, denn es scheint von Hand gefertigt zu sein. Es ist ein Ring mit einer aufgesetzten, reliefartigen Platte. In die Platte sind kleine Vertiefungen eingearbeitet, die mich an den Negativabdruck von Apfelkernen erinnern. Das könnte für die Identifizierung nützlich sein. Vielleicht ist der Schmuck hier aus der Umgebung und ein Goldschmied erinnert sich an den Ring? Er hat einen Prägestempel, 585er Gold. Und noch etwas ist interessant. Ich vermute, dass diese junge Frau schwanger gewesen war. Dritter oder vierter Monat meiner Einschätzung nach.«

Eduard hatte mitgeschrieben, was Paula ihm am Telefon erzählte. »Das sind einige gute Fakten. Wir gleichen alle Daten mit unserer Vermisstenliste ab. Und der Ring ist ein wertvoller Anhaltspunkt. Kann ich vorab ein Foto haben?«

»Ist unterwegs. Kommt alles mit meinem Bericht. Ich drücke gleich mal auf ›Senden‹, so, ab damit. Müsste gleich da sein.«

»Und gibt es auch etwas zur ersten Leiche?«

»Ich habe eine erste Einschätzung, aber die ist für den Hinterkopf. Es gilt, was ich später zu Papier bringe, in Ordnung?«

»Verstehe. Na klar. Nur für den Hinterkopf. Ich höre.«

»Ich gehe davon aus, dass es sich bei der ersten Leiche ebenfalls um eine eher jüngere Frau handelt. Ihr Zahnstatus weist darauf hin. Aber sie verrät uns sicher noch mehr, sobald ich sie auf dem Tisch habe.«

»Was meinst du, wie lange diese Leiche im Keller hinter der Wand war?«

»Wenn die Eintragung in der Broschüre stimmt, die mir der Commissario gezeigt hat, dann wird sie um 1914 eingemauert worden sein. Das könnte stimmen. Ich habe zuvor auch geschätzt, dass die Leiche zirka 100 Jahre hinter der Mauer verbrachte. Besser kann ich es nicht bestimmen, aber die Leiche ist gut mumifiziert. Das funktioniert bei günstigen Umweltbedingungen, wie sie anscheinend in diesem Keller bestehen. Wenn du das ganz exakt wissen willst, dann empfehle ich, Kontakt mit dem Institut für Mumienforschung an der EURAC in Bozen aufzunehmen. Das Institut ist eine weltweit führende Forschungseinrichtung für Mumien.«

»Danke für diesen Hinweis. Ich bespreche es mit dem Commissario, aber ich glaube, dass wir das nicht machen werden. Dennoch danke für den Tipp.«

*

Auch der Tisch des Gemeindesekretärs quoll über von den aktuellen Tageszeitungen, als Fabio dessen Büro betrat. Es schien, als freue er sich, Fabio zu sehen.

»Commissario! Schön, dass Sie vorbeischauen. Das war der Knaller gestern, also das mit der zweiten Leiche. Und ganz schön cool, wie Sie das gemanagt haben mit den ganzen Medienleuten. Respekt. Die sind Ihnen nicht in die Grube gesprungen, sondern haben alle schön gewartet, bis Sie ihnen eine Position zugewiesen haben, von der aus sie Bilder machen konnten. Und wenn das auch so eine Altertumsleiche ist, das wäre, ach, herrlich wäre das.«

Fabio musste schmunzeln. »Noch wissen wir nicht, wie alt die Leichen sind. Wir wissen überhaupt nicht viel.«

»Das wäre zu schade, wenn die Leichen neueren Datums wären. Mordfälle in Lana sind keine guten Nachrichten. Archäologische Funde schon.«

»Ich kann Sie beruhigen, denn niemand weiß bislang, ob es Mordfälle sind. Alles noch offen, alles Spekulation.«

»Commissario, Sie wären doch nicht hier, wenn Sie nicht etwas auf dem Herzen hätten. Womit kann ich helfen?«

»Ganz richtig. Mich treibt eine Frage um. Wie kann ich es anstellen, eine Leiche unter das Kopfsteinpflaster zu bekommen, ohne dass jemand etwas davon mitkriegt? Ich meine, wir sind in einem Dorf. Da kann man nicht unerkannt einen Toten mit sich herumtragen, ein Loch in der Fußgängerzone buddeln und dann wieder zuschaufeln. Haben Sie eine Idee?«

»Interessante Frage. Ja, das stimmt, was Sie sagen. Ich bin gestern noch von einer historischen Leiche ausgegangen, also einer Leiche, die Hunderte Jahre in der Erde war, es also niemand mitbekommen musste, wie sie in die Erde gekommen ist. Aber wenn wir davon ausgehen, dass dies nicht der Fall ist, kann ich mir nur eine Erklärung vorstellen.«

»Und die wäre?«

»Diese Fußgängerzone im Ortsteil Gries hat es nicht schon von alters her gegeben. Gries ist im Jahr 2005 neu gestaltet worden. Da gab es überall Baustellen. Alle Wege, die heute Fußgängerzone sind, waren aufgerissen, das Alte kam weg und die heutige Fußgängerzone wurde gebaut. Das war die Idee des damaligen Bürgermeisters Christoph Gufler. Er hat das durchgesetzt. Und der Charme von Gries blieb damit erhalten. Keine Autos mehr, nur noch Flaneure. Geschäfte haben sich angesiedelt, Restaurants und Gasthäuser gab es schon früher. Gries war und ist ein Dreh- und Angelpunkt.«

»Früher?«

»Ganz früher, also seit dem auslaufenden Mittelalter bis zur Jahrhundertwende.«

»Die von 2000?«

»Früher, die um 1900.«

»Und meinen Sie, dass im Rahmen der Umbaumaßnahmen im Jahr 2005 jemand unbemerkt eine Leiche hätte ablegen können?«

Der Gemeindevorsteher zuckte mit den Schultern. »Ich war damals nicht dabei. Fragen Sie doch Herrn Gufler oder jemanden, der es erlebt hat. Ich kenne das nur aus Erzählungen. Es soll hier alles wie eine einzige Baustelle ausgesehen haben, hat man mir berichtet. Ich habe damals noch nicht in Lana gewohnt.«

»Und was halten Sie von der Einschätzung des Autors der Broschüre *Downstairs*, dass der Durchgang im Keller kurz vor dem Ersten Weltkrieg zugemauert worden ist?«

»Da fragen Sie besser den Autor selbst. Simon Terzer ist Archivar im Deutschordenskonvent. Moment, ich glaube, ich habe seine Handynummer.«

Als Fabio das Rathaus verließ, schien die Sonne und die Luft roch gut. *Keine Lust auf Büro*, dachte er. Er zückte sein Handy und rief Eduard an. Eduard informierte ihn über die neuesten Erkenntnisse der Gerichtsmedizinerin und der Archäologin. »Spannend. Hast du ein Foto von dem Ring?«

»Ja, und der Bericht über die Frau unter dem Pflaster ist auch hier. Ging sehr flott. Ich nehme an, Paula und Ida haben durchgearbeitet.«

Eduard fragte, ob Fabio noch in Lana sei.

»Ich komme gerade aus dem Rathaus. Was haltet ihr davon, wenn ich euch zu einem Eisbecher einlade? Ihr bringt mir bitte den Bericht und das Foto des Rings mit. Dann können wir gleich den Juwelier in Lana aufsuchen. Vielleicht haben wir Glück und der Ring stammt von dort.«

»Das ist eine prima Idee. Ich frage gleich Francesca. Sie ist ins Archiv, die Vermisstenfälle mit den Daten aus der Gerichtsmedizin abgleichen. Eis wäre toll. Wohin?«

»Eisdiele Sader in Lana. Das liegt direkt neben dem Deutschordenskonvent. Mit Glück können wir dort den Autor der Broschüre befragen. Ich rufe ihn an.«

Als Fabio auflegte, schaute er kurz zum Rathaus hinauf. Er überlegte. Dann ging er noch einmal hinein, um dem Gemeindesekretär mitzuteilen, dass die Leiche aus dem Keller der Gemeinde kein archäologischer Fund war.

*

Ein Archiv ist ein Archiv und es ist immer im Keller, dachte Eduard, als er auf der Suche nach Francesca die Kellergänge der Questura entlanglief. *In einem der Keller muss sie doch sein.* Aber egal in welchen Keller er auch blickte, er fand sie nicht. *Ist auch riesig hier unten,* dachte er, als er sie plötzlich hörte. Zumindest nahm er an, dass sie es war, die diese Geräusche von sich gab. *Ein Weinen vielleicht? Ein leises Schluchzen?* Er ging den Tönen nach. Außer Francesca war offensichtlich niemand hier.

Er fand sie in einem der letzten Kellerräume. Francesca saß an einem kleinen quadratischen Tisch und hatte mehrere dünne Akten vor sich. Alle zugeklappt. Ihre Schultern bebten leicht, sie wurde durchgeschüttelt. Eduard wusste, warum.

»So schlimm?«, fragte er und erntete einen giftigen Blick.

Francesca wischte sich mit dem Handrücken über die Augen, richtete ihren Oberkörper auf und blickte Eduard stumm an. Keine Antwort.

Sie schniefte. Eduard griff in seine Jackentasche und holte ein Päckchen Papiertaschentücher hervor. »Nimm«, sagte er und Francesca griff zu. Sie schnäuzte ihre Nase, nahm noch eines und wischte sich damit über die Augen.

»Danke.« Mehr kam nicht. Sie saß vor ihren Akten, betrachtete die Aktendeckel und sagte nichts. Eduard kam es vor, als sei alle Energie aus ihr entwichen. Francesca, das Quecksilber, das Bewegungstalent, ein Mensch mit hoher Körperspannung, sah aus wie der berühmte Schluck Wasser in der Kurve.

Eduard fand einen zweiten Stuhl, holte ihn heran und setzte sich rittlings darauf, die Arme über die Rückenlehne gekreuzt. Er schaute Francesca an.

»Noch nichts gehört?«, fragte er zaghaft. Francesca verneinte mit langsamer Kopfbewegung. »Und erreichbar ist sie auch nicht?« Francesca blickte jetzt auf, sah Eduard an. Ihre Augen funkelten. *Da ist eine große Wut*, konnte Eduard sehen. Er sah aber auch, dass sich Francescas Körper streckte.

»Ich verstehe das nicht. Ich akzeptiere das nicht. Zehn Jahre einfach so wegzuwerfen, ohne mit mir darüber zu reden. Es war in letzter Zeit zwar nicht mehr so toll mit uns. Das kommt vor, denke ich. Aber das ist kein Grund, sich ohne ein Wort auf und davon zu machen.« Ihre Stimme wurde jetzt lauter. »Und sie ist so feige! Alle Kommunikationsmittel abschalten. Neues Handy, neue Nummer, ich weiß nicht einmal, wo sie angeheuert hat. Bei einer großen deutschen Sendeanstalt oder einer aus Italien? Oder bei einer Zeitung? Ich weiß nicht, ob das stimmt, dass sie Korrespondentin in Purkmenistan ist, oder wie diese Länder alle heißen. Syrien, Libanon, Israel, was weiß ich?«

Eduard begriff, dass es sich so ähnlich anfühlen musste wie bei dem plötzlichen und unerwarteten Verlust eines geliebten Menschen. Unfalltod, von heute auf morgen weg. So in etwa. *Wut und Trauer, das wird jetzt ihr Zustand sein*, überlegte er. »Sollen wir nach ihr fahnden lassen?«, fragte er leise.

»Kommt nicht infrage«, schoss die Antwort auf ihn zu. »Niemals!«

Francesca stand auf, nahm noch eines der Taschentücher und schnäuzte heftig hinein. »Damit muss ich alleine fertig werden. Ist ohnehin immer kompliziert gewesen.«

»Was war kompliziert?« Diese naive Frage brachte ihm Blicke wie Wurfpfeile ein. Aber Francesca beruhigte sich. *Eduard ist ein feiner Kerl, ein guter Kollege, ein Freund. Er kann ja nichts für meine Situation,* dachte sie.

»Ach, Eduard. Du hast eben keine Ahnung, wie es ist, als Frau Frauen zu begehren. In Italien. In diesem tief katholischen Italien, in Sardinien, wo die Uhren anders gehen als in den Metropolen dieser Welt, in Südtirol, wo in jedem Dorf jeder alles über dich weiß. Hier in Bozen ging es noch. Zumal sie keine Einheimische war. Aber was mache ich jetzt?«

Eduard dachte darüber nach. »Ich habe mir bis heute keine Gedanken darüber gemacht, wie das ist.«

»So als Lesbe?«

»Ja. Keine Ahnung, wie das als Lesbe ist.«

»Du kannst auch keine sein.« Sie knuffte ihn in die Seite.

»Wie hast du gemerkt, dass du lesbisch bist?«

»Willst du das wirklich wissen?« Francesca schaute Eduard von der Seite an.

»Ja, es interessiert mich. Wann hast du es gemerkt? In der Pubertät? Später? Ich habe keine Ahnung, wie man merkt, dass man schwul oder lesbisch ist.«

Francesca nahm wieder Platz.

»Es war mir lange Zeit nicht klar, dass ich lesbisch bin. In dem Dorf auf Sardinen, aus dem ich stamme, gab es keine Lesben. Jedenfalls bin ich heute davon überzeugt. Es gab die katholische Schule, die katholische Kirche, die Familienehre und sehr, sehr viele Ziegen und überall wurde Pecorino gemacht. Ich spielte mit Jungs und mit Mädchen und alle waren mir gleich lieb. In der Pubertät gab es die ersten schüchternen Versuche der Jungs, uns Mädchen zu verführen. Ich fand die Jungs damals alle ganz nett, aber ihre Versuche, uns zu imponieren, fand ich unbeholfen. Mir gefiel auch keiner. Als ich dann älter wurde hatte Mama einen Kandidaten für mich ausgesucht. ›Der würde doch passen‹, hatte sie gemeint. Nun, ich habe ihn, wie soll ich das sagen, ich habe ihn ausprobiert. Er war ungeschickt. Ich mochte ihn nicht. Das hat den jungen Mann in seiner Ehre verletzt und er hat Gerüchte über mich verbreitet, was in einem sardischen Dorf keine gute Idee ist. Als Schlampe willst du da nicht gelten. Darum bin ich zur Polizia. Die Ausbildung war nicht auf der Insel. Und als man meine sportlichen Fähigkeiten bemerkte, konnte ich zu den Spezialeinheiten. Da war ich gut aufgehoben. Es gab dort lauter stramme Kerle, aber Sex war verboten. Bei Strafe verboten. Das machte es umso interessanter. Einige der Jungs wussten ganz gut, wie das mit dem Sex geht. Die, die am meisten hermachten, waren aber oft eine Enttäuschung.« In Francescas Gesicht trat ein Grinsen, als sie sich erinnerte. »Da war so ein Held, ein Adonis, eine griechische Skulptur, den wollten alle Frauen haben und er konnte alle Frauen haben. Im Bett war er nicht einmal Mittelklasse. Kaum war er fertig, was schnell der Fall war, konnte er mit letzter Kraft noch fragen: ›War ich gut?‹, bevor er auf der Stelle einschlief. Ich hatte nichts gemerkt, wenn du verstehst. Die anderen waren hier manchmal besser.« Sie stockte. »Spaß, also so richtig Spaß hat es nicht gemacht. Es war nett, mehr war es nicht.« Francesca machte eine Pause.

»Wie gesagt, Sex untereinander war verboten. Aber die Vorgesetzten schauten lieber weg. Bis etwas passierte, was mein Leben verändern sollte.« Sie biss sich auf die Lippen. »Da gab es eine Vorgesetzte, eine schöne Frau, herb, sie war streng zu uns und wir hatten nichts zu lachen. Sie hat mich eines Tages verführt. Nach allen Regeln der Kunst.« Francescas Augen sprühten. »So etwas habe ich nie zuvor erlebt. Es war gigantisch. Keiner der Jungs konnte das, wusste, wie es funktionierte, wusste, wie eine Frau funktioniert.« Sie atmete schwer. »Du merkst, es treibt mich heute noch um. Jedenfalls: Es war toll, der Himmel auf Erden. Ich fühlte mich verstanden, geliebt und körperlich war das Verhältnis die Erfüllung schlechthin. Aber unser Techtelmechtel blieb nicht unentdeckt und bei einem Verhältnis zwischen einer Vorgesetzten und einer Polizeianwärterin schauten sie nicht weg. Sie wurde in den Süden, ich in den Norden versetzt. Uns wurde angedroht, dass wir sofort entlassen würden, wenn wir erneut gegen das Gebot, keinen Sex unter Hierarchien zu haben, verstoßen. Ich habe sie nie wiedergesehen.«

»So bist du nach Südtirol gekommen?«

»So bin ich nach Südtirol gekommen.«

Eduard nickte, weil er jetzt Francescas Geschichte und die Zusammenhänge verstand.

Er schaute sich im Archiv um. »Ich meine, wir sollten an die Sonne gehen. Fabio will uns zu einem Eis einladen. In Lana beim Sader. Wir sollen den Bericht aus der Gerichtsmedizin mitnehmen. Und das Foto von dem Ring. Es gibt in Lana einen Juwelier, den wollen wir fragen, ob er den Ring vielleicht wiedererkennt.«

Francesca lächelte wieder. Eduard war ein netter Kerl. Sie wusste, dass er vor allem versucht hatte, sie aus ihren trüben Gedanken zu reißen. *Für jetzt hat es geklappt,* dachte sie. *Aber was mache ich heute Abend, wenn ich in die leere Wohnung komme?*

*

»Ich nehm den Nussbecher, den mag ich.« Fabio schien zufrieden. Sie hatten einen schönen Platz draußen auf der Terrasse eingenommen.

»Und ich nehme den Sader-Becher«, entschied sich Francesca. Eduard stellte sich einen Becher aus fünf Kugeln verschiedener Sorten selber zusammen. »Mit Sahne bitte.«

»Lasst mal sehen«, sagte Fabio und griff nach dem Bericht der Gerichtsmedizin. »Na, das ist doch was. Junge Frauen allesamt, jedenfalls die Nummer 2, und wenn Paula sich heute die Nummer 1 anschaut, dann könnte sich ihre Vermutung bestätigen, dass wir es mit zwei jungen Frauen zu tun haben. Der Ring ist klasse. Den bringen wir in die Zeitung. Vielleicht erinnert sich jemand an ihn. Wir gehen aber gleich zum Juwelier in Lana. Sollte er ihn wiedererkennen, dann sind wir ein ordentliches Stück weiter.« Er las von der Kopfwunde. »Da werden wir ermitteln. Auch wenn es ein Unfall gewesen sein sollte, darf man nicht straflos eine Leiche verschwinden lassen. Das müssen wir untersuchen.«

Fabio berichtete von seinem Gespräch mit dem Gemeindesekretär und dessen Einschätzung, dass im Rahmen der Umbaumaßnahmen am Gries die Erde an vielen Stellen offen gewesen war.

»2005, sagst du? Dann wäre die zweite Leiche, wenn sie 25 Jahre alt gewesen sein sollte, im Jahr 1980 geboren worden. Wir sollten alle weiblichen Vermisstenfälle der Geburtsjahrgänge rund um 1980 raussuchen. Prima Anhaltspunkt«, sinnierte Eduard.

»Die Leiche Nummer 1 soll zirka 100 Jahre hinter der Wand gewesen sein, meinten Ida und Paula.« Fabio sprach mehr für sich. Äußerte seine Gedanken laut. »Dann wäre sie 1922 eingemauert worden und wenn sie zu diesem Zeitpunkt ebenfalls 25 Jahre alt gewesen ist, läge ihr Geburtsdatum bei 1897. Oh Mann, das hatten wir auch noch nie.« Fabio überlegte weiter. »In der Broschüre steht, dass der Verbindungskeller vor dem Ersten Weltkrieg zugemauert worden sei. Der Erste Weltkrieg hat im Sommer 1914 begonnen. Also liegen diese Daten, 1922 und 1914, nicht so weit auseinander. Die Einschätzung unserer Spezialistinnen für das Leichenwesen passt gut zu der angenommenen Zumauerung des Durchgangskellers.«

In diesem Moment kam ein schlanker junger Mann an ihren Tisch. »Sie sind Commissario Fameo? Simon Terzer mein Name.«

»Kommen Sie, nehmen Sie sich einen Stuhl«, begrüßte Fabio ihn. »Sehr freundlich, dass Sie sich die Zeit nehmen. Wozu darf ich Sie einladen? Wir haben uns alle Eisbecher bestellt.«

»Danke, mir reicht ein Espresso. Ich habe leider nicht so viel Zeit. Ich muss gleich wieder rüber in den Konvent«, er deutete auf die Pfarrkirche zum Heiligen Kreuz von Lana. »Gleich hinter der Kirche«, ergänzte er. »Ich bin dort der Archivar und neben meiner normalen Tätigkeit gibt es regelmäßige Besprechungen. Ich habe genau 30 Minuten, bis ich dort sein muss. Ein anderes Mal habe ich sicher mehr Zeit.«

»Dann will ich es kurz machen.« Fabio holte die Broschüre hervor. »Diese Broschüre haben Sie verfasst. Mich interessiert darin vor allem ein Eintrag.« Fabio schlug die Seite auf, die er meinte, und zeigte auf die Textpassage.

»Ich habe mir gedacht, dass Sie das interessieren könnte«, meinte Simon Terzer. Ich habe die Zeitung gelesen. Ist ein Ding, dass Sie hinter dem zugemauerten Durchgang eine Leiche gefunden haben.«

»Und wir interessieren uns für Ihre Einschätzung, dass dieser Durchgang vor dem Ersten Weltkrieg zugemauert worden ist. Wie sicher ist das?«

Simon Terzer lehnte sich zurück, legte den Kopf in den Nacken, dachte kurz nach. »Die Quelle für diesen Eintrag ist etwas wackelig und erfüllt keine wissenschaftlichen Kriterien. Wir Historiker nutzen sie dennoch, wenn es nichts Besseres gibt. Oft sind sie auch von Wert. Es gibt einen Brief, den ich gefunden habe, in dem wird beschrieben, dass der Reichhalter-Keller endgültig vom Keller des Oberwirts getrennt werden sollte. Es gab zwischen den Eigentümern eine entsprechende Vereinbarung, die durch den Brief belegt wird. Im Archiv der Gemeindeverwaltung habe ich einen zeitlich und inhaltlich passenden Erlass aus dem Jahr 1913 gefunden. In dem Erlass ordnet die Gemeinde an, dass Eigentümer von Gebäuden dafür zu sorgen hätten, dass vorhandene Zugänge zu den Grundstücken, die aus der Vorzeit stammten, wie zum Beispiel unterirdische Kellergänge, dann zu verschließen seien, wenn sich die Eigentumslage verändert habe. Das passt also in unserem Fall ganz gut zusammen. Oberwirt und Reichhalter waren lange Zeit unter einem Eigentümer eingetragen. Irgendwann nicht mehr und der Erlass von 1913 sollte Rechtsklarheit gewährleisten. Und dazu hat der eine Eigentümer dem anderen in dem Brief vom 14. Jänner 1915 geschrieben. Die Arbeiten sollten alsbald ausgeführt werden. Zum Verständnis meiner Formulierung, dass die Vermauerung vor dem Ersten Weltkrieg erfolgte, sollten Sie wissen, dass Italien am 23. Mai 1915 Österreich-Ungarn den Krieg erklärt hat. Südtirol gehörte damals zum Kaiserreich und hatte plötzlich den Nachbarn zum Feind. Viele Männer, vor allem die Standschützen, wurden dann an die Dolomitenfront einberufen. Südtirols Bevölkerung musste in den Kriegsjahren Mangel leiden. Daran erinnern sich heute noch viele. Das gehört ins kollektive Gedächtnis. Auch deshalb ist die Formulierung, dass vor dem Ersten Weltkrieg etwas geschehen ist, wie hier die Vermauerung des Durchgangs, sofort begreifbar. Ich fasse kurz zusammen. Es gab diese Korrespondenz zwischen zwei Hauseigentümern. Sie ist auf den 14. Januar 1915 datiert und beruht wahrscheinlich auf dem Bemühen der beiden Eigentümer, dem Erlass der Gemeinde aus dem Jahr 1913 zu folgen. Ob und wann die darin verabredete Unternehmung stattgefunden hat, kann nicht nachgewiesen werden.«

»Das hilft uns sehr, vielen Dank«, verabschiedete Fabio Simon Terzer, der schnell den letzten Schluck Espresso nahm. Er winkte zum Abschied, nahm den Weg über den Zebrastreifen und verschwand hinter der imposanten Fassade der Pfarrkirche zum Heiligen Kreuz von Lana.

»Also 1915. Das könnte passen. Wenn die Leiche 25 Jahre jung gewesen ist, liegt ihr Geburtsdatum im Jahr 1890 und sie war nicht 100 Jahre, sondern 107 Jahre eingemauert. Das kommt den Einschätzungen von Ida und Paula doch recht nahe. Damit haben wir annähernd sichere Fakten. Wir können ausschließen, dass sich die Damen gekannt haben.« Francesca und Eduard sahen Fabio an. »Habt ihr nicht auch sofort daran gedacht, dass dies möglich gewesen wäre? Also, ich dachte sofort an einen Zwillingsmord. Zuerst hat es die Falsche erwischt und als das bemerkt wurde, kurz hinterher die Richtige. Lest ihr denn keine Krimis?« Alle drei mussten lachen. Fabio freute sich, dass er auch Francesca zum Lachen gebracht hatte. Um das zu toppen, ging er ins Café und kam mit drei kleinen Schachteln wieder. »Hier, für dich, Francesca«, sagte er und gab ihr eine davon. »Und die ist für Lorena, deine liebe Frau«, sagte er zu Eduard. »Und die dritte ist für meine liebe Frau. Kompensation für den Sonntag, an dem wir uns in einem Keller voller Leichen rumgetrieben haben«, erklärte er. »Und wenn ihr euch fragt, was darin ist, dann sei euch verraten, dass es sich um kleine Köstlichkeiten aus dem Hause Sader handelt. Lecker, sag ich euch. Aufpassen, die haben Suchtcharakter.«

*

Im Juweliergeschäft in Lana konnte sich niemand an einen Ring erinnern, der dem ähnelte, den sie auf dem Foto präsentierten.

»Das ist ganz bestimmt eine Anfertigung«, meinte die Juwelierin. »Ich bin erst seit drei Jahren hier. Und Sie sagten, dass er vor dem Jahr 2005 gefertigt sein soll.« Sie überlegte. »Damals soll es hier einen Goldschmied gegeben haben, der gerne eigene Entwürfe fertigte. Das macht man heute auch noch, aber nicht mehr so häufig wie früher. Die Kollektionen sind heute auch ausgefallen. Ich meine, den Mann könnte man vielleicht noch fragen. Ich habe gehört, dass er noch lebt. In einem Altersheim vielleicht. Wenn ich mich recht erinnere, soll er Eugen Hutmacher heißen.«

Samstag

Auch an diesem Morgen wollten die alten Knochen, Bänder und Sehnen erst ein wenig Zusprache, bevor sie gängig wurden. Alles war über Nacht steif geworden und musste morgens mit Mühe gestreckt, gedehnt und massiert werden. Mit 93 Jahren fiel ihr das Körperliche schwer, aber der Geist war wach. Stolz war sie darauf, ohne Hilfsmittel wie Stock oder Rollator auszukommen. Sie führte es auf ihre eiserne Kondition und ihre jahrzehntelange Yoga-Praxis zurück. Auch heute noch, im hochbetagten Alter, übte sie täglich einige Asanas, die ihr guttaten.

Maria übte auch diesen Samstag zuerst eine halbe Stunde vor dem offenen Fenster. Danach nahm sie eine Dusche und bereitete sich ihr Frühstück. Am Samstag gehörte ein Hörnchen dazu, das ihr der freundliche junge Mann aus der ersten Etage zusammen mit einer frischen Ausgabe von *24DerTag24* auf die Stiege legte. Er ging samstags für seine Familie Brötchen holen und brachte ihr ein Hörnchen mit.

Mal sehen, was sie heute über die Leiche im Reichhalter-Keller schreiben, dachte sie und blätterte durch die Zeitung. *Wann hat es das hier gegeben? Endlich ist mal was los.*

Maria lebte seit ihrer Kindheit in Lana. Geboren war sie im Mai 1929, hatte die Zeit zwischen den Kriegen erlebt, war noch ein Kind, als 1943 die Deutschen einmarschierten, und immer noch ein Kind, als der Krieg aus war. Sie hatte die Zeit der Entbehrung erlebt, den Hass zwischen den Dableibern und den Optanten, hatte erlebt, wie die Rückoptanten auch von ihren eigenen Familien oft schlecht behandelt wurden, wie sich in der Nachkriegszeit alles wandelte, wie der Wirtschaftsaufschwung Lana zu einer eher wohlhabenden Gemeinde machte, was sich änderte, als bald jeder einen Fernseher zu Hause hatte, wie sich der Tourismus auf das Leben in der Dorfgemeinschaft ausgewirkt hatte, und sie beobachtete auch die aktuellen Veränderungen durch Internet, Social Media und was das mit den jungen Leuten machte. Geschichtslehrerin war sie, Deutschlehrerin war sie und Musik hatte sie auch unterrichtet. Ihr Mann war bereits lange tot. Unfall. Schrecklich. Noch einmal heiraten wollte sie nicht. Wäre gegangen, das wusste sie, aber sie fühlte sich nicht allein, hatte zwar keine Kinder, aber viele Freunde. Die waren nach und nach abgetreten. Jetzt blieb ihr noch ihre alte Jugendfreundin Luisa. Ebenfalls 93, ebenfalls in Lana geboren. Sie war in jungen Jahren munterer gewesen. Hatte sich getraut, auswärts zu studieren. War Psychiaterin in Österreich und als sie alt war und pflegebedürftig, hatte sie sich einen Platz in einem der Pflegeheime in Lana gesucht. So hatten sie zusammengefunden. Luisa konnte nicht mehr so gut auf ihren Beinen stehen, aber im Kopf war sie hellwach.

Maria blätterte aufmerksam die Zeitung durch. »Interessant«, murmelte sie. »100 Jahre alt, das heißt«, sie rechnete kurz, »sie wäre dann um 1922 geboren. Also kaum älter als ich.« Sie musste jetzt schmunzeln. *Sieben Jahre älter als ich*, dachte sie. *Dann könnte ich sie gekannt haben.* »Aber vielleicht war sie auch älter. Egal. Da habe ich ein Thema, über das ich mit Luisa sprechen kann. Ich nehme ihr die Zeitung mit. Morgen besuche ich sie«, beschloss Maria.

Sonntag

»Sollen wir heute deinen Ausflug zum Hofstätterhof nachholen?«, fragte Fabio beim Frühstück. »Ich passe auf unsere Detektivbande auf«, ergänzte er. Elisabeth freute sich. Das Wetter spielte mit. Auch den Kindern gefiel die Idee. Laurin raunte seinen Schwestern zu: »Die haben da einen Keller, das habe ich gesehen.« Und die kleinen Mädchen bekamen vor Aufregung rote Ohren. Sie bewunderten ihren großen Bruder. Dafür, dass er in der Mittelschule war, dafür, dass er Papa bei seinem Beruf geholfen hatte, und dafür, dass er sich in unheimliche Keller traute. Wobei sie selbst hin und wieder in den alten Kellern unter dem Ansitz spielten, ohne sich je zu gruseln.

»Ich habe da noch einen Gedanken«, richtete sich Fabio an Elisabeth. Er erzählte davon, dass Francesca unglücklich sei, weil sie von ihrer Freundin Knall auf Fall verlassen worden war. »Was meinst du, kann ich sie einladen, mitzukommen? Sie sitzt alleine in Bozen und ich habe dabei kein gutes Gefühl.«

»Meinst du, sie tut sich was an?«

»Nein, das nicht. Aber sie ist wirklich schlecht drauf. Ein wenig Ablenkung tut dann gut, nehme ich an.«

»Ich habe nichts dagegen. Ruf sie an.«

*

Den Weg zum Altenstift schaffte Maria noch zu Fuß. Darauf war sie stolz. Das unterschied sie von ihrer Altersgenossin. Die Samstagszeitung und die Freitagsausgabe hatte sie eingepackt und in dem Beutel, den sie mitgenommen hatte, war außerdem ein kleiner Kuchen. Gestern Nachmittag gebacken. Sie war guter Laune. Gesprächsstoff hatten Maria und Luisa immer genug. Aber mit den Zeitungen ausgestattet, wollte Maria heute für ein besonders spannendes Thema sorgen.

Auf dem Weg zum Altenstift kam Maria an der Villa Leopold vorbei. Sie stand gegenüber der Pfarrkirche zum Heiligen Kreuz, hinter den Parkplätzen vor der Mauer. Sie blieb einen Moment stehen und betrachtete das heruntergekommene Gebäude. Auch das Gesindehaus, in dem Luisa mit ihren Geschwistern und den Eltern gewohnt hatte, war in einem erbärmlichen Zustand. *Dass sich niemand kümmert, ist eine Schande,* überlegte sie und erinnerte sich an die unbekümmerte Zeit, die sie hier zusammen mit Luisa verbracht hatte. Das war lange her.

*

Der Hofstätterhof lag besonnt und idyllisch vor ihnen. Licht und Luft tanzten einen Wohlfühlreigen für die Menschen. Es duftete herrlich, nicht nur von den Wiesen her, sondern auch aus der Küche. Es war früher Mittag und viele der Tische vor dem Hof waren mit gut gelaunten Menschen besetzt. Evi lief rein und raus, trug volle Tabletts nach draußen und leer gegessene Teller und leer getrunkene Gläser hinein. Sie spiegelte die gute Laune ihrer Gäste, oder es funktionierte andersherum. Fabios kleine Truppe, einschließlich Francesca, hatte durch den Fußmarsch den kleinen Appetit bekommen, den es für einen Aperitivo brauchte.

Fabio fand, dass es eine gute Idee gewesen war, Francesca einzuladen. Sie hatte sich offensichtlich über die Ablenkung gefreut. Elisabeth und Francesca waren den ganzen Weg über in ein Gespräch vertieft, dem Fabio nicht folgen konnte, weil seine Detektivbande ihn mit Fragen löcherte. »Was ist das für ein Käfer? Warum ist der Baum so krumm?« Fragen, die Kinder interessieren, weil sie die Welt so wahrnehmen, wie sie ist und sie nicht durch die Filterblasen Erwachsener betrachten.

Elisabeth hatte Francesca von ihrer Idee erzählt, dass sie ein Netzwerk berufstätiger Frauen aufbauen wollte, die sich als Vorbilder für Mädchen zur Verfügung stellen. »Der Gedanke dahinter ist, dass vor allem Vorbilder jungen Frauen eine Verortung im Leben ermöglichen. Wenn ich nur eine Hausfrau und Mutter als Vorbild habe, die keinerlei Ausbildung genossen hat, dann kann das für junge Mädchen ein Leitbild formen, das nicht mehr zeitgemäß ist, sondern auch sie in die Abhängigkeit vom Ehemann führt. Die Folgen kennen wir alle. Besser wäre es, wenn junge Frauen ihr eigenes Geld verdienen, selbstbewusst neben dem Mann stehen, ihm auf Augenhöhe begegnen und im Fall einer Trennung nicht auf Unterhaltszahlungen angewiesen sind.«

Francesca hatte aufmerksam zugehört. »Das sind interessante Gedanken. Aber ich glaube, dass auch Mädchen etwas aus sich machen können, die eine Hausfrau als Mutter zum Vorbild hatten. Bei mir in der Familie war es so, dass der Vater Arbeit hatte und die Mutter sich zu Hause um uns Kinder kümmerte. Sie hatte in der Familie, wie sagt man, die Hosen an. Sie war mächtiger als der Vater. Das hat gut funktioniert. Und ich bin auch nicht Hausfrau und Mutter geworden.«

»Du hast recht, wenn du sagst, dass nicht jede junge Frau zwangsläufig in eine problematische Situation gerät, wenn sie nur ihre eigene Mutter als Vorbild erlebt, die ihr möglicherweise ein traditionelles Rollenbild vorlebt. Auch die Schulen haben Einfluss auf die Willensbildung der Mädchen. Dort erleben sie berufstätige Frauen, die als Lehrerinnen, Bibliothekarinnen und Schulleiterinnen arbeiten. Aber ich glaube, dass es einen Effekt hat, wenn sich erfolgreich im Beruf stehende Frauen als Vorbilder, oder nennen wir sie Patinnen, anbieten. Das kann ergänzend zu all dem geschehen, was es schon gibt. Wenn ein junger Mensch einem Vorbild nacheifert, entwickelt er sich besser und schneller. Das ist meine Überzeugung.«

»Und wie stellst du dir das konkret vor? Sollen die jungen Mädchen so eine Art Praktikum machen? In deiner Apotheke zum Beispiel? Oder willst du dich regelmäßig mit ihnen treffen? So wie eine Patin? Und was ist, wenn die Eltern nicht mitspielen? Ich kann mir vorstellen, dass sie das letzte Wort haben.«

»Diese Fragen sind wichtig. Hierüber würde ich gerne mit den Frauen sprechen, die sich für eine Mitarbeit im Netzwerk interessieren. Als Erstes stelle ich mir eine Kooperation mit den Schulen vor. In der Art, dass wir, also die Frauen aus dem Netzwerk, in die Schulen gehen und unsere Berufe vorstellen. Wie das vor sich gehen kann, müsste man mit den Schulen besprechen. Denkbar wären besondere Stunden oder eine Berufsmesse für junge Mädchen an einem Wochenende in der Schule, an dem die Mädchen im Gespräch mit den Frauen verschiedene Berufe kennenlernen könnten.«

Francesca stimmte Elisabeth zu. »Das könnte etwas bewirken. Aber ich glaube auch, dass die ohnehin starken Charaktere ihren Weg finden. Niemand ist heute von Informationen abgeschnitten. Wer lesen kann und lesen will, findet alles im Internet. Wenn ich an die Zeit denke, in der ich aufgebrochen bin …« Sie lachte hart auf. »Internet gab es nicht für mich. Informationen bekamst du über den Dorfklatsch oder sonntags nach der Messe. Die Familie war alles, der Kern. Meine Mutter sorgte sich sogar um meine Eheschließung. Sie suchte mir den Passenden aus. Kannst du dir heute nicht mehr vorstellen, aber bei mir im Dorf war das völlig in Ordnung. Das wurde da so gehandhabt. Die Kirche hat das alles unterstützt. Kein Sex vor der Ehe, Unbeflecktheit war wichtig, alles was Spaß machte, war Sünde. Sardinien war damals sehr, sehr konservativ.«

»Du bist aber doch Polizistin geworden?«, frage Elisabeth vorsichtig nach.

Francesca schnaubte. »Weil ich wegwollte. Mir war das zu eng, ich hielt es dort nicht aus. Es war mir nicht in die Wiege gelegt worden, Polizistin zu werden. Es gab damals eine Werbekampagne. Ach was, Kampagne ist zu hoch gegriffen. An der Gemeindetafel hing ein Plakat, auf dem junge Männer und eine junge Frau abgebildet waren in den Uniformen der Polizia. Die Männer posierten vor einem Alfa in den Farben der Polizia und die Frau trug eine Maschinenpistole in den Händen. Das fand ich cool. Also habe ich mir die Telefonnummer aufgeschrieben, bei der man anrufen konnte, wenn man Interesse hatte.«

»Das war der Auslöser? Ein Bild?«

»Das Bild und mein fester Entschluss, nicht im Dorf zu bleiben, sondern etwas außerhalb des Dorfes zu machen. Die Grundausbildung fand auf Sardinien statt. Aber weit weg von zu Hause. Später kam ich dann aufs Festland zu den Spezialeinheiten. Das hat mir richtig gut gefallen. Das war hart und ich fand es toll. Jeden Tag kaputt ins Bett. Jeden Tag Höchstleistung. Ich konnte alles körperlich abarbeiten, was mich damals belastet hat.« Sie lachte erneut hart auf. »Das Kampftraining hat mir am besten gefallen. Ran an den Feind, keine Gnade, immer mitten rein. Meine Trainingskameraden haben meinen ganzen Frust abbekommen.«

Sie verstummte. »Das war mir damals nicht bewusst. Es war eine Art Selbsttherapie.«

»Wie bist du nach Südtirol gekommen? War es, weil du möglichst weit weg wolltest?«

Francesca schaute Elisabeth skeptisch an. Ein leichtes Flackern um ihre Augen verriet Elisabeth, dass es hier einen wunden Punkt geben könnte. Deshalb schob sie nach: »Fabio ist total glücklich, dich in seiner Einheit zu haben. Er sagt immer, mit dir und mit Eduard hätte er einen Glücksgriff getan.«

Ein leichtes Lächeln erschien auf Francescas Lippen. »Na ja, er hat mich nicht gegriffen, ich bin ihm aufs Auge gedrückt worden. Aber ja, wir verstehen uns alle sehr gut. Das war für mich damals das Richtige.« Sie stockte kurz. »Und ist es heute noch.« Bei dem letzten Satz konnte Elisabeth heraushören, dass es an dieser Stelle hakte. Etwas ging in Francescas Kopf vor, was sie nicht aussprechen wollte. Elisabeth führte das auf Francescas aktuelle Situation zurück. Verlassen von der langjährigen Freundin. Trauer, Wut und Ungewissheit machten was mit einem Menschen.

»Hättest du Interesse, bei dem Netzwerk mitzumachen?«, fragte Elisabeth.

Francesca antwortete nicht sofort. »Wie viele seid ihr schon?«

»Du wärest die Erste«, lachte Elisabeth. »Bis eben war es nur die Idee und ein Versammlungsraum, oben im Hofstätterhof. Evi, die Wirtin dort, macht bestimmt auch mit, dann wären wir schon drei.«

*

Luisa hatte Maria erwartet. Ihre regelmäßigen Verabredungen wurden über die Jahre umso wertvoller, weil in jedem Jahr alte Freunde, alte Freundinnen verstarben. »Bald sind wir dran«, war daher ein lange eingeübter Satz, den sie nicht mit Bedauern aussprachen. Sie hatten beide ein langes Leben gelebt, hatten viel erlebt, nicht alles war schön. Sie erinnerten einander aber nur an die schönen Erlebnisse - und davon gab es einige.

Dass Luisa für ihr Studium der Medizin nach Österreich ging, war damals in Lana sensationell. Für die Tochter eines

Handwerkers mit vier Kindern gab es damals, man schrieb das Jahr 1949 und Luisa war gerade 20 geworden, keine Aussichten auf eine akademische Ausbildung. Aber sie hatte Glück gehabt, weil die Lehrer der Schulen, die sie besucht hatte, darauf gedrängt hatten, das begabte Kind weiter zu fördern. Ihre Eltern waren nicht wohlhabend, aber sie hatten es geschafft, die Schulgelder und die Studiengebühren aufzutreiben. Woher sie das Geld hatten, wusste Luisa nicht. Es war wie ein Wunder, so kam es ihr vor. Ihre beiden Brüder gingen Handwerksberufen nach. Der eine wurde Fassmacher, der andere Schreiner. Ihre Schwester heiratete und bekam fünf Kinder. Alle sind bereits verstorben, Luisa ist übrig geblieben. Sie wurde Fachärztin für Psychiatrie und leitete in einer großen psychiatrischen Klinik in Wien die Abteilung für besondere autistische Auffälligkeiten und beteiligte sich auch an Forschungen zu diesem Feld. Jahre nach ihrer Pensionierung zog sie nach Lana zurück und nahm Kontakt zu ihrem alten Umfeld auf, zu dem ihre Klassenkameradin Maria gehörte.

»Jetzt sind wir bald die Letzten aus unserem Jahrgang«, hatten sie einander zugeraunt, als sie im vergangenen Jahr einen alten Klassenkameraden zu Grabe getragen hatten.

»Das schon, aber wenn du mich nicht beim Sterben überholst, ist doch alles gut«, hatten sie sich gleich danach mit einem Lächeln einander versichert.

»Ich bin an der Villa Leopold vorbeigekommen«, begann Maria das heutige Sonntagsgespräch. »Das Haus, in dem ihr gewohnt habt, ist noch da.«

Luisa schaute nachdenklich. »Als ich nach Lana zurück bin, habe ich es gesehen. Es war aber sehr heruntergekommen und ich glaubte gehört zu haben, es sei zwei Jahre später abgerissen worden. Ich komme ja nur noch schlecht vor die Tür und bin deshalb auf das angewiesen, was man mir erzählt.«

»Nein, nein, es steht noch da. Aber es kümmert sich niemand.« Sie seufzte leise. »Es war immer so gemütlich bei euch.«

»Ja, das war es. Das lag an der Mutter, sie schaffte diese Atmosphäre. Der Vater war zu den Mahlzeiten im Haus, ansonsten hatte er viel auf dem Grundstück und an der Villa zu arbeiten.«

»Er war ein begabter Handwerker.«

»Das war er. Es gab keine Arbeit, an die er sich nicht herantraute, außer an Schmiedearbeiten.«

»Und die Herrschaften waren sehr nett.«

Luisa seufzte erneut. »Da hast du recht.«

Sie dachte an die Arbeitgeber ihres Vaters zurück. Vornehme Leute waren das. Der Herr war Ingenieur und hatte viele Aufträge, vor allem im Ausland. Er muss von Hause aus vermögend gewesen sein. Die Villa, die er hatte errichten lassen, gehörte damals, das war 1909, zu den größten und schönsten Villen Lanas, von denen es nicht viele gab. Ihr Vater wurde von den Herrschaften im Jahre 1912 angestellt, als die junge Familie noch kinderlos war. Es kamen dann in rascher Folge die ersten zwei Kinder der Familie, Luisas Brüder, dann drei Jahre später ihre Schwester und Luisa selbst war ein Nachzügler, nicht eingeplant, aber dennoch willkommen geheißen. Und dann gab es noch Willi, einen Neffen des Vaters. Seine Eltern waren arme Bergbauern, die Willi nicht ernähren konnten. Willi war keine Hilfe für sie, denn Willi war anders. Ganz anders als alle anderen. Luisas Familie behandelte ihn wie ihr fünftes Kind und auch die Herrschaften gingen mit ihm fürsorglich, vorsichtig um. Er war viele Jahre älter als Luisa, aber wie alt, wusste sie nicht. Über Willi wurde nicht viel geredet und er selbst redete nicht.

»Aber lass uns über was anderes reden. Sonst komme ich aus meinen Gedanken nicht mehr raus. Da ist zu viel alter Mist im Kopf. Es hat kaum noch Platz für Neues«, lachte Luisa. »Aber ich kann selber keinen Platz schaffen, fürchte ich. Das Hirn ist ein tolles Ding. Wer sich das ausgedacht hat, war ein großer Geist.«

»Evolution?«, flocht sich Maria ein. Sie war schließlich Lehrerin gewesen.

Luisa schaute sie amüsiert an. »Evolution? Da ist was dran. Aber wie fing es an? Was war zuerst da? Ein Haufen Zellen allein wird dieses Wunderwerk nicht erschaffen haben können.«

»Du meinst, es hat den göttlichen Hauch gebraucht?«

Luisa kam Maria ganz nahe. »Ja, der Hauch war es. Du hast recht. Da hat jemand mächtig gehaucht.« Nach einer kurzen Pause fügte sie hinzu: »Und jetzt haben wir den Salat. Das Hirn, ich sage dir, ist noch immer nicht ergründet. Niemand weiß alles darüber. Es macht Dinge, die kannst du kaum glauben. Aber glaube mir, ich habe viele dieser Dinge erlebt.«

Maria wusste, was Luisa meinte. Ihre Forschungsarbeiten hatten sich mit speziellen Störungen der Hirnleistung beschäftigt, oder, wie es Luisa lieber ausdrückte, mit Sonderleistungen des Gehirns.

»Dein Kuchen ist köstlich, meine Liebe. Ich bin so froh, dass wir uns noch haben. Es gibt im Stift auch nette Menschen, einige der Kerle sind auch noch frisch im Kopf, aber es ist auch viel Gemüse dabei.«

»Wir werden hoffentlich kein Gemüse!«

»Glaub ich nicht. Wer 93 Jahre alt ist und das Glück hat, dass sein Hirn noch funktioniert, wird kein Gemüse mehr. Dafür ist die Restlaufzeit zu kurz.« Luisa musste lachen.

»Na dann, iss auf. Wir wissen nicht, wie lange die Restlaufzeit noch andauert. Und hungrig wollen wir unserem Schöpfer nicht entgegentreten. Was das für einen Eindruck hinterlassen würde, mit einem knurrenden Magen vor dem Allmächtigen zu stehen! Er könnte dann meinen, wir hätten im Leben nicht genug zu essen bekommen.«

Die beiden Frauen amüsierten sich über ihre Lebensendzeitgespräche, wie sie diese Gespräche gerne nannten.

»Aber schau mal hier. Ich habe dir die Zeitungen mitgebracht. Du kennst doch den Reichhalter. Das war der Ausschank, in dem deine Mutter gekellnert hat.«

»Ja, was ist damit?«

»Da hat man eine Leiche gefunden. Im Keller, hinter einer Mauer.«

»Gib mal her. Eine Leiche, sagst du?«

»Eine alte Leiche, haben sie geschrieben. Hundert Jahre alt, oder älter. «

»Ach, das ist ja nur ein bisschen älter als wir. Die könnten meine Geschwister noch gekannt haben.« Nach einem Schulterzucken ergänzte sie: »Die kann ich nicht mehr fragen.«

»Wenn die Leiche länger als 100 Jahre alt ist, dann hätten meine Eltern sie vielleicht gekannt. Aber die können wir auch nicht mehr fragen. Zu schade, sonst hätten wir einen Tipp für die Polizia.« Die beiden lachten. »Das wäre doch toll. Ich mein, zwei alte Schachteln lösen die Fragen um einen Leichenfund. Miss Marple und Miss Marple aus Lana. Uns fehlt nur noch der richtige Mister Stinger, so hieß er doch, oder? Damit kämen wir ins Fernsehen.«

»Lass mal. Das wäre lustig, mir aber lästig. So viel Berühmtheit auf den letzten Metern will ich nicht mehr.«

*

Der Hofstätterhof bot ihnen einen freien Tisch, als sie ihn erreicht hatten. Die Kinder blieben nicht lange sitzen. Sie schrien ihre Wünsche in die Luft. »Cola! Limo! Kaiserschmarren!« Sie hörten nicht, als Fabio sagte: »Gibt es hier nicht. Ihr könnt Apfelsaft haben«, denn sie waren schon unterwegs, angeführt von Laurin, der wusste, wo der Kellereingang war. Evi freute sich, Elisabeth mit Familie zu sehen. »Kommt ihr jetzt öfter? Schön!«, rief sie aus. Und zu Elisabeth meinte sie: »Den Saal kannst du gerne haben für ein Zusammenkommen. Da finden wir einen passenden Termin. Wie sieht es aus? Hast du schon ein paar Mitstreiterinnen zusammen?«

Elisabeth stellte Francesca vor. »Hier das erste Mitglied. Commissaria Giardi, also Francesca.« Evi lachte. »Dann seid ihr ja schon zwei.«

»Nicht, wenn du auch mitmachst, dann wären wir schon drei.«

»Klar mache ich mit. Ehrensache. So eine Wirtin, die schafft was weg, kann ich dir sagen. Ein Betrieb wie dieser ist nicht nur Laufen und Servieren. Das ist Planung, Vorratshaltung, unternehmerisches Denken und vor allem Arbeit, Arbeit, Arbeit. Das erzähl ich den Mädels gerne. Kann nur sein, dass niemand sich das antun will.« Sie lachte. »Wenn es mir keine Freude machen würde, täte ich es nicht. Und was kann ich euch bringen?«

Sie ging, mit den Bestellungen im Kopf.

»Geht es dir nur um die berufliche Ausrichtung?«, fragte Francesca.

Elisabeth schaute ihrem Mann hinterher, der sich an die Kinder von hinten anpirschte, um sie zu erschrecken. *Gleich werden sie Fangen spielen*, mutmaßte sie.

»Es treibt mich noch mehr um. Mich stören bestimmte Bilder im Fernsehen und in den Printmedien, die den Frauen vorgeben, wie sie auszusehen haben, wie sie sich geben sollen. Ich meine, das macht auch etwas mit den Köpfen, von Männern wie von Frauen.«

»Meinst du sexy Kleidung zum Beispiel? Dann wäre ich aus deiner Sicht eher ein ungünstiges Vorbild. Ich liebe es, mich sexy anzuziehen.« Francesca schmunzelte. »Ich könnte sagen, dass ich mit hohen Absätzen geboren worden bin. Allerdings konnte ich meine Vorliebe erst ausleben, als ich Sardinien verlassen habe. Im Dorf mit hohen Absätzen auszugehen, hätten Mama und erst der Papa niemals erlaubt.« Nachdenklich fügte sie hinzu: »Vielleicht haben mich die Bilder dazu beeinflusst. Wie dem auch sei. Ich trage gerne diese sexy Outfits, die die Männer verrückt machen, und genieße durchaus meine Wirkung. Aber du weißt, dass ich den Jungs nicht gefährlich werde. Und kritisiert werde ich deswegen von Frauen. Das finde ich bezeichnend.«

Elisabeth musste jetzt auch schmunzeln. »Zuerst hatte ich ein bisschen Angst, dass du meinem Fabio gefallen könntest, aber dann ...«

»... hast du meine Natur erkannt und warst beruhigt.«

»Ja! Lustig war, dass Fabio es zuerst nicht geblickt hat.«

»Männer blicken das selten. Du kannst dir nicht vorstellen, wie oft ich angemacht werde, oder nennen wir es ›angesprochen werde‹. Ich könnte täglich Strichlisten führen, wenn ich daran Spaß hätte.«

»Und wie ist das mit Frauen?« Elisabeth fragte das aus echtem Interesse.

Da wurde Francescas Stirn düster, legte sich in Falten und ein Schatten huschte über ihr Gesicht. *Eine dramatische Veränderung*, stellte Elisabeth fest.

Francesca schaute zunächst nach links, dann nach unten, räusperte sich und ließ sich Zeit mit der Antwort.

»Frauen, die Frauen lieben, erkennen einander. Auch wenn du es nicht glaubst, ich habe darin keine große Erfahrung. Es war aber jedes Mal so. Wir schauen uns an und wissen Bescheid. So hat es funktioniert. Ich will hoffen, dass es immer so ist. Fabio hat dir erzählt, dass mich Julia verlassen hat?«

Elisabeth nickte.

»Jetzt stehe ich vor der Frage, ob sie zurückkommt, und wenn nicht, was ich dann mache.«

Elisabeth spürte, wie es Francesca schwerfiel, darüber zu reden. Sie legte tröstend ihren Arm um die zierliche Frau, die es sich gefallen ließ.

»Es ist nicht nur so, dass ich nicht verstehe, was Julia getrieben hat, ich weiß auch nicht, warum sie mit mir nicht darüber gesprochen hat. So was macht man doch fairerweise. Wenn sie von hier wegwollte wegen dieser tollen beruflichen Möglichkeit, dann hätte sie mir das doch sagen können. Vielleicht wäre ich mitgekommen.«

»Was macht sie denn?«

»Das kann ich nur vermuten. Julia liebt die Gefahr. Sie geht gerne in Krisengebiete, um

von dort live zu berichten. Solche Geschichten kenne ich reichlich von ihr. Da wo es knallt, da wo die Bomben fallen, da fühlt sie sich am richtigen Platz. Ich habe gemerkt, dass es ihr hier zu ruhig war. Aber dann redet man doch mit seiner Partnerin und haut nicht einfach ab.«

»Du wärst mitgegangen?«

Francesca schniefte, zuckte mit den Schultern. »Ich weiß nicht. Hier ist es doch schwierig.«

Elisabeth verstand nicht. »Was ist hier schwierig?«

Francesca schaute Elisabeth tief in die Augen. »Als normale Heterofrau ist hier nichts schwierig, aber als Lesbe wirst du hier nicht so schnell fündig. Das hier«, sie machte eine weit ausholende Bewegung, »sind alles Dörfer. Und in den Dörfern gibt es keine Lesben.«

»Gibt es nicht?«

Francesca schaute Elisabeth entgeistert an. »Natürlich gibt es welche, aber sie sind nicht erkennbar, du siehst sie nicht, du triffst sie nicht, sie sind unsichtbar. Wenn du eine Lesbe treffen willst, dann in Bozen, da fallen sie nicht so auf. Weißt du, das ist in Italien, besonders im ländlichen Italien, ein Problem. Aber auch in manchen Städten, glaube mir. In manchen großen italienischen Städten laufen mehr Priester und Ordensfrauen rum als normale Menschen. Das prägt das Stadtbild. Gehe mal händchenhaltend als Frau mit einer Frau durch die Straßen. Gott sei Dank ist die Steinigung abgeschafft, aber mit ihren Blicken steinigen sie dich heute noch.«

»Da stimme ich dir zu. Auch als Heterofrau sehe ich das wie du. Italien ist ein zutiefst katholisches Land.« Sie lachte. »Liegt an der Papstnähe, schätze ich. Nee, war Quatsch, aber Italien ist traditionell eher konservativ und die katholische Kirche spielt da eine bedeutende Rolle, dass es so bleibt. Da gibt es viel Verstörendes und da sind die Vertuschungen, die seit Jahren ans Licht kommen, noch nicht das Schlimmste. So denke ich mir das.«

»Aber das kannst du alleine nicht verändern. Mit der Kirche leg dich besser nicht an. Die ist mächtig bis in die kleinsten Winkel.«

»Schon, allerdings sollte man für die absolute Gleichheit zwischen den Geschlechtern eintreten, auch wenn es einen langen Atem braucht. Ich bin bekanntlich nicht die Erste, die das tun will. Überall stehen sie auf. In Südtirol ist das auch möglich, davon bin ich überzeugt.«

*

»Eduard? Was machst du schon wieder hier? Du warst doch erst am letzten Wochenende hier? Hallo Lorena! Ich freue mich, euch zu sehen. Hat der Wein so gut geschmeckt?«

»Hallo Margit!« Eduard, Lorena und Margit umarmten einander. »Es war sehr nett bei dir und der Wein ist mir gut bekommen«, sagte Eduard.

»Da kann man geteilter Meinung sein«, meinte Eduards Frau Lorena. Sie verstrubbelte seinen Schopf. »Aber er hat sich wacker gehalten, mein tapferer Polizist.«

Die beiden Frauen lachten. Eduard machte ein Gesicht, als wollte er fragen: *»Verbündet ihr euch jetzt?«*

Margit knuffte Eduard in die Seite. »Ich fand es auch gemütlich mit euch. Gell, unser Weinkeller hat was. Und jetzt ist auch die schönste Zeit im Jahr.«

»Können wir bei dir auch törggelen? Ich hätte die Idee, dir die Polizia auf den Hals zu hetzen, meine Liebe. Was meinst du?«

Margit schaute in Eduards vergnügtes Gesicht. »Da schau her. Die Polizia im Dorf, da werden die Leute reden. ›Was die wohl verbrochen hat, die Margit?‹, werden sie sich fragen. Kommt ihr mit Blaulicht und Horn?«

Lorena meinte: »Das ist eine gute Idee! Und die Gerichtsmedizinerin trägt einen dieser komischen weißen Anzüge, wie man sie in den Filmen sieht.«

»Wie sie es im echten Leben nicht macht«, ergänzte Eduard. »Aber nein, wir wollen nicht als Kostümverein hier auftreten. Ich hatte die Idee, mit der ganzen Mannschaft vorbeizukommen, und mit Partnern, so als eine Art Teamveranstaltung außerhalb des normalen Dienstes.«

Margit freute sich sichtlich. »Den Platz habe ich, und der Suser gärt frisch vor sich hin. Ihr könnt ihn hören, wenn ihr in den Keller geht. Das Essen lasse ich mir liefern. Meine Küche ist nicht für große Portionen eingerichtet. Ich bin keine Gaststätte, sondern eine einfache Winzerin, zudem ganz allein, ohne Unterstützung in Keller, Küche und Weinberg.« Den letzten Satz sprach sie in übertrieben leidendem Tonfall, sichtlich darum bemüht, das Scherzhafte hervorzuheben. Eduard wusste, dass es so war. Als einzige Tochter hatte sie das Weingut übernommen. Margits Eltern halfen, wo sie konnten, aber sie schafften nicht mehr viel.

»Hast du zur Ernte keine Hilfe?«, fragte Eduard, der die Weinhänge von Margits Weinhof kannte. Er hatte Margit vor Jahren, damals war er noch nicht verheiratet, auf einem Weinfest in Tramin kennengelernt. Sie waren sich nähergekommen, aber Eduard hatte bald das Weite gesucht. Margit grollte ihm deswegen nicht.

»Ich habe dieselben Erntehelfer, die schon meine Eltern hatten. Verlässliche Männer aus Rumänien. Solange keiner von denen ausfällt, schaffen wir das. Die Trauben gehen zu 90 Prozent in die Genossenschaft. Ich keltere zehn Prozent der Ernte selbst. Das hat der Vater so gemacht, so mache ich es auch.« Sie legte den Kopf schräg. »Gerne würde ich selbst Wein machen, also eine eigene Marke aufbauen, aber dazu bräuchte es einen zweiten Menschen«, sagte sie mit Blick auf Eduard. Eduard verstand. Seit seiner Trennung von Margit hatte sich niemand gefunden, der an ihrer Seite Platz hatte. Es war auch kompliziert.

»Wann wollt ihr denn kommen?«, fragte Margit und zückte ihr Terminbuch. »An einem Wochenende? Und wollt ihr in Tramin auch übernachten oder habt ihr Fahrgelegenheiten, um nach Hause zu kommen? Wer in meinem Keller einkehrt, kommt selten nüchtern raus«, sagte sie vergnügt. »Wir wollen doch Spaß haben!«

*

Nach der Zeitungslektüre diskutierten Luisa und Maria über denkbare Szenarien, wie es zur eingemauerten Leiche im Reichhalter gekommen sein könnte.

»Das Foto war gruselig. Alles so vertrocknet«, sagte Maria. Luisa nickte und meinte: »Ja, aber wenn ich mir so den ein oder anderen Kandidaten hier im Stift ansehe, dann ist der Unterschied gar nicht so groß.«

»Luisa!«, rief Maria entrüstet. »Das sind deine Mitbewohner! Wie redest du über sie?«

Luisa lächelte sanft. »Wenn es doch wahr ist.« Sie hob ihre Schultern und auch ein wenig ihre Arme. »Was soll man denn sagen? Schau dich hier um. Mit vielen kann ich nicht mehr reden, die sind schon auf der anderen Seite. Wissen tun sie es nur nicht.«

Luisa rückte näher an Maria heran. »Eugen, der ist noch fit im Kopf. Er ist 97 Jahre alt, aber noch gut beisammen.« Sie kicherte. »Das wäre der richtige Mister Stinger.«

Die beiden lachten, wurden dann ernst. »Der Eugen hat es dir also angetan?«

Luisa lächelte fein. »Hier ist die Auswahl nicht so groß, weißt du. Und es muss auch nicht ein Mann sein. Ein Mensch muss es sein. Ein Mensch, mit dem ich reden kann, so wie mit dir. Ein Mensch, der noch Verstand hat. Gebrechlich sind wir hier alle, jedenfalls die, die noch bei Verstand sind. Die ohne Verstand, also das Gemüse, die sind oft erstaunlich rüstig. Aber davon haben sie nichts. Ach, wenn man das doch kombinieren könnt: Ich gebe denen etwas von meinem Verstand, dafür bekomme ich etwas von ihrer körperlichen Fitness.« Sie schwieg. Beide dachten sie nach.

»Der Karl zum Beispiel, ein Bauer, ist stark wie ein Pferd. Brabbelt aber den ganzen Tag unverständliches Zeug. Er redet immerzu von der Stiege. ›Die Stiege, die Stiege‹. Oder er redet von ›der Treppe‹. Dem gehen immerzu Bilder durch den Kopf in einer Art Endlosschleife. Sein Gehirn dreht rund, wie ich gerne dazu sage. Der kreiselt nur noch. Starke Demenz, aber Restaktivitäten im Hirn. Geschichten von früher. Irgendwann kommt er in seiner Kindheit an. Dann spielt er Ball auf dem heimischen Hof oder wird vom Vater durchgeprügelt oder was auch immer er erlebt hat. Ich sag ja, das Hirn ist eine Wunderkiste. Da ist alles drin, was wir jemals erlebt haben. Auch alles, was wir verdrängt oder abgespalten haben. In einer Gedächtniskammer wird es aufbewahrt. In der Demenz öffnen sich diese Kammern manchmal. Und das ist oft schrecklich. Denk an all die traumatisierten Menschen, zum Beispiel die jungen Männer, die schreckliche Erlebnisse aus dem Krieg mitgebracht haben. Oder die Opfer, über die Soldaten hergefallen sind.«

»Du meinst Vergewaltigungen?«

»Ja, zum Beispiel. Vergewaltigung von Frauen wird als Kriegswaffe eingesetzt. Das wissen wir spätestens seit dem Krieg in Bosnien und den anderen Staaten des ehemaligen Jugoslawien. Aber das gab es immer. Frauen waren und sind leichte Opfer für Soldaten.«

Sie schwiegen.

»Lass uns von etwas anderem reden. Sonst bekomme ich schlechte Laune«, brummte Luisa.

Maria nahm ihre Hand und drückte sie. »Du hast recht.« Sie atmete durch. Dann hatte sie eine Idee, wie sie Luisa auf andere Gedanken bringen konnte. »Wie ist das mit dem Eugen und der Luisa?«, fragte sie spitzbübisch.

Luisa schaute Maria tief in die Augen. »Wir beide sind uralt, meine Liebe, und der Eugen ist sogar vier Jahre älter. Wir sind alte Schildkröten. Wir sind weise und es gibt es noch Restaktivitäten.« Sie kicherte wie ein junges Mädchen. »Also bei den Männern glaube ich das nicht. Aber wer weiß?« Sie schaute jetzt amüsiert. »Kuscheln wollen sie alle.« Sie lachte laut auf. »Neulich haben sie zwei in einem Bett gefunden. Beide aus der Kategorie Gemüse. Sie wussten nicht, wer der andere war, was sie im fremden Bett wollten, aber sie schienen die Wärme genossen zu haben. Der Mensch ist halt auch nur ein Kuscheltier.«

Luisa wurde nachdenklich. Dann sagte sie unvermittelt: »Männer haben mich nie interessiert.«

Maria horchte auf. Das war für sie neu. Sie kannte Luisa aus der Schulzeit. Sie waren damals dicke Freundinnen, wie man sagt. Als Luisa die Schule fertig hatte, ging sie nach Wien zum Medizinstudium. Danach ließ ihr Kontakt nach, versiegte schließlich und wurde neu begründet, als sich Luisa vor fünf Jahren entschloss, ihren Lebensabend in Lana zu verbringen.

Luisas Bekenntnis lies Maria fragen: »Wir haben nie ausführlich über deine Zeit in Wien gesprochen. Ich weiß, dass du beruflich stark engagiert warst, und du hast mir auch einiges über deine Forschungen erzählt. Aber ansonsten? Ich weiß nichts.«

Luisa schaute Maria an, blickte dann auf ihre Hände, die gefaltet auf ihrem Schoß lagen. Sie atmete schwer.

»Ach, weißt du, es war nicht leicht für mich. Aber ich war froh, dass ich von hier wegkam. Du warst meine beste Freundin und ich bin dir dankbar, dass wir heute wieder zusammen sind.«

»Du machst es aber spannend.«

»Lass mal, ich weiß nicht, wie ich es ausdrücken soll. Aber ich finde schon die Worte. Nur nicht auf Druck.«

Maria schwieg.

»Hast du dich nicht gefragt, warum ich nicht geheiratet habe?«

Maria gestand sich ein, dass sie sich diese Frage nicht gestellt hatte. Doch sie musste die Frage auch nicht beantworten, denn sie war nicht als Frage gemeint gewesen. Luisa redete sofort weiter.

»Ich konnte mit Männern nicht. Das habe ich erst spät bemerkt. Zunächst habe ich mich auf das Studium gestürzt. Tag und Nacht habe ich gelernt, gute Examen abgelegt, bin sofort in einer Klinik übernommen worden. Auch dort habe ich Tag und

Nacht gearbeitet. Alle waren zufrieden und ich war auch zufrieden. Schließlich entdeckte ich meine Berufung, die Psychiatrie. Die Ausbildung zur Fachärztin schloss sich an, die berühmte biologische Uhr war bei mir abgelaufen, also eine Familienplanung stand nicht mehr an, sodass ich im Fachgebiet richtig loslegen konnte, ohne Hindernisse, ohne Doppelbelastung. Mir hat es nicht gefehlt, dass ich keinen Partner hatte. Bis ich dann einen Professor kennenlernte, der sich in mich verliebt hatte. Das ist allen aufgefallen, mir als Letzte. Es kam, wie soll ich das ausdrücken ... für mich kam das überraschend. Und der nicht mehr so junge Mann war auch eher ein Unerfahrener. Er hatte, wie ich, bisher nur gearbeitet, geforscht, gelehrt. Da kamen zwei Unerfahrene zusammen, im fortgeschrittenen Alter.« Luisa schaute an die Decke, ihre Augen drückten ein wenig Feuchtigkeit heraus. Für eine Träne reichte es nicht.

»Es war fürchterlich. Ein Gemurkse, kann ich dir sagen.« Jetzt lachte sie heiser. »Also, wir haben uns aneinander abgearbeitet, aber mir war schnell klar, dass ich das eigentlich nicht wollte. Leider war das dem Mann nicht ebenso klar geworden und ich wurde ihn zunächst nicht mehr los. Am Ende bin ich ihn dann doch losgeworden.«

Maria hatte atemlos zugehört und dann entfuhr ihr: »Du hast ihn umgebracht!«

Luisa schaute ihre Freundin entsetzt an. »Nein! Was denkst du von mir? Einfach umbringen, also wirklich.« Und nach einer kleinen Pause sagte sie mit einem kleinen Glucksen: »Das hätte die Sache allerdings verkürzen können. Darüber habe ich nicht nachgedacht.« Sie schaute Maria an. »Das wäre eine gute Lösung gewesen, meine Liebe. Aber nein, ich habe ihn nicht umgebracht.«

»Schade, sonst hätten wir ein interessantes Gesprächsthema gehabt.«

Sie lachten.

Luisa wurde wieder ernst: »Das Problem war die Über- und Unterordnung. Er war mein Chef. Das ist vertrackt. Letztlich bin ich in eine andere Klinik gegangen. Aber das war nicht so leicht, denn überall, wo ich mich beworben habe, waren die Chefs über mich informiert. Der Scheißkerl hat aufgrund seiner gekränkten Männerehre überall Falsches über mich verbreitet. So kam ich nicht von seiner Klinik weg, weil mich niemand nahm. Schließlich hat es dann doch noch geklappt. Phu! Endlich war ich ihn los. Aber das waren harte Jahre damals, das kannst du mir glauben.«

»Und danach gab es keinen Mann mehr?«, fragte Maria.

Luisa zog ihre Augenbrauen hoch. »Männer? Die gibt es überall. Selbst hier im Stift.«

Sie atmete tief durch. »Nein, es gab keine Männer mehr. Ich war es … ganz ehrlich, ich war es leid. Männer haben mir nicht gefehlt. Nie hatte ich das Gefühl, dass sie mir gefehlt haben.« Sie blickte auf Maria. »Als Psychiaterin könnte ich für mich selbst eine gewisse Asexualität diagnostizieren. Aber so einfach zu erklären ist das dann doch nicht.«

»Nicht?«

Luisa schaute auf ihre Hände. »Nein, so einfach ist das nicht. Meine Sexualität habe ich erst spät entdeckt. Einige Jahre nach dem Erlebnis mit dem Mann. Aber nach dieser Entdeckung und Erfahrung, habe ich mich zur Asexualität entschlossen. So kann ich das ausdrücken. So wild auf Sex und auf Bindung war ich nicht und der Verzicht darauf war nicht so schwer. Wenn du so willst, lebe ich seit vielen Jahren freiwillig zölibatär und das fühlt sich für mich passend an.«

Jetzt blickte sie Maria fest in die Augen. »Weißt du was? Bevor es nicht mehr geht, würde ich gerne noch einmal in mein Elternhaus. Meinst du, das bekommen wir hin?«

Montag

»Was haben wir?« Fabio, Francesca und Eduard beugten sich über Fabios Schreibtisch. Hier lagen der Bericht von Paula zur zweiten Leiche und die Telefonnotiz von Eduard, die Paulas vorläufige Einschätzung zur Leiche aus dem Keller enthielt.

»Wir haben zwei junge Frauen. Beide zirka 25 Jahre alt, als sie zu Tode kamen. Die Leiche aus dem Keller wurde nach Januar 1915 eingemauert. Das bedeutet, dass die Frau etwa im Jahr 1890 geboren wurde. Bei dieser Leiche sind zwei Hämmer gefunden worden. Die zweite Leiche muss bei den Umbauarbeiten 2005 verscharrt worden sein. Wenn sie ebenfalls 25 Jahre alt war, dann liegt ihr Geburtsjahr im Jahr 1980. Bei Leiche Nummer zwei ist ein auffälliges Schmuckstück gefunden worden, das uns helfen kann, die Frau zu identifizieren. Wir sollten heute eine Pressemitteilung zur zweiten Leiche herausgeben und das Foto des Rings veröffentlichen. Ich kann mir vorstellen, dass wir dann Hinweise erhalten. Fällt euch noch etwas ein?« Fabio schaute in die Runde.

»Dass wir die zweite Leiche gefunden haben, war ein Zufall«, meinte Eduard. »Aber es irritiert mich, dass die beiden Frauenleichen am selben Platz versteckt worden sind. So, als wäre es ein geeigneter Ort, um Leichen zu verstecken.«

Fabio und Francesca schauten Eduard aufmerksam an. Worauf spielte er an?

»Wir haben einen großen zeitlichen Abstand. Also kann es keinen Zusammenhang zwischen den Fällen geben. Die Frauen haben sich nicht kennen können, die Menschen, die die Frauen eingemauert beziehungsweise eingegraben haben, werden sich nicht gekannt haben können.« Eduard rang noch mit seinen Gedanken. Sie waren noch nicht geordnet. »Für mich hat das etwas Mystisches«, sagte er schließlich. »Ich kann das nicht besser ausdrücken. Mehr ein Gefühl. Wie ein Opferplatz? So ein traditioneller Ort. Ein Wissen über den Ort, das sich erhalten hat.«

Fabio schaute ihn etwas mitleidig an. Francesca schien aber zu verstehen, was Eduard meinte. Eduard selbst war unsicher, wusste nicht, wie er seine Gedanken formulieren sollte, aber er sprach weiter.

»Für mich steht fest, dass dieser Ort nicht zufällig, sondern gezielt ausgewählt worden war. Keller sind nicht jedermann zugänglich. Der Mensch, der gemauert hat, musste damals, also 1915, Zugang gehabt haben, und zwar ungestörten Zugang. Man kann nicht mit einer Leiche über der Schulter in einen Keller gehen und sie einmauern. Die zweite Leiche könnte im Rahmen der Bauarbeiten 2005 in die Grube gesenkt und mit Straßenbaumaterial bedeckt worden sein, bevor die Straße gepflastert wurde. Aber wie soll das geschehen, ohne dass es bemerkt wird? Mir stellen sich Fragen. Wer hatte das Hausrecht im Reichhalter im Jahr 1915? Was können wir über diesen Menschen in Erfahrung bringen? Leben wird er nicht mehr. Zur zweiten Leiche: Wer hat 2005 die Bauarbeiten geleitet? Fremdfirmen? Firmen aus der Umgebung? Wer war Bauleiter, wer Arbeiter? Wie war die Baustelle abgesichert? Wann wurde welcher Bauabschnitt bearbeitet und wann konkret fanden die Pflasterarbeiten zwischen dem Reichhalter-Gebäude und dem Nachbarhaus statt? Das ließe sich bestimmt feststellen.«

Fabio nickte anerkennend. »Da hast du dir selber dein Tagwerk formuliert. So würde ich auch vorgehen. Was deine Überlegungen zu der Mystik des Ortes angeht, kann ich dir nicht folgen. Das ist mir zu weit hergeholt.«

Francesca flocht sich ein. »Es gibt Orte, die sind besonders.«

»Wie meinst du das?«

»Ich kann es nicht besser sagen. Es gibt Orte, die haben etwas. Warum stehen Kirchen an Stellen, die eine besondere Ausstrahlung haben? Warum finden sich frühzeitliche Lagerstätten von Menschen an Stellen, die etwas Besonderes an sich haben? Ich will jetzt nicht über Erdstrahlen referieren. Zu dem Thema gibt es viele Theorien. Aber ich verstehe, was Eduard meint. Manche Orte machen etwas mit den Menschen, sie ballen Energie, sie ziehen magisch an oder stoßen ab. Warum sollte das Viertel Gries nicht auch eine bestimmte Energie in sich haben? Wir wissen über diese Dinge nichts. Zumindest nicht viel. Und alles, was wir wissen, stammt aus der esoterischen Ecke und daran glauben wir nicht. Polizeiarbeit braucht Fakten, keine mystischen Gedankenwelten. Es kann aber sein, dass Eduards Gefühl nicht verkehrt ist.«

Francesca nahm Augenkontakt mit Eduard auf. »Du bist ein Kind der Berge, Eduard. Bei den Menschen vom Berg gibt es diese tiefe Furcht vor den Kräften der Natur und ein bisschen Aberglaube gehört auch zu eurer DNA. Ich mag das. Das heißt aber nicht, dass ich das in die Polizeiarbeit aufnehme. Ich sammele Fakten und suche nach Beweisen.«

Fabio räusperte sich. »Nun gut, ihr beiden. Ich würde sagen, Eduard nimmt sich der Baustelle von 2005 an und du, liebe Francesca, kümmerst dich um Paulas Erkenntnisse zur Kellerleiche. So hat jeder von euch eine Leiche.«

Da klingelte Fabios Handy.

»Ach, du! Wie passend. Florian, ich wollte gerade einen Text schreiben … Du möchtest das exklusiv? … Ja, du warst als Erster dran … Ja, dann bekommst du es exklusiv. Dann können die anderen Blätter bei dir abschreiben.« Fabio hielt die Hand vor den Hörer, seufzte, hörte weiter zu. Francesca und Eduard zogen sich schmunzelnd hinter ihre eigenen Schreibtische zurück und bereiteten sich für ihren Arbeitstag vor.

»Also gut, komm vorbei. Zu Leiche Nummer zwei gibt es einiges Neues zu berichten und ich brauche jetzt eine verlässliche Berichterstattung. Da muss jedes Wort stimmen.«

Fabio legte auf. »Damit ist auch mein Tagwerk aus dem Nichts entstanden.«

*

Maria hatte telefoniert. Sie summte ein Lied. *Das wird eine Überraschung.* Sie überlegte, führte noch zwei Telefonate. *Gute Vernetzung ist alles,* dachte sie.

Sie wusste jetzt, was sie hatte wissen wollen. Die Villa Leopold, diese heruntergekommene Villa, zu der auch das Gesindehaus gehörte, in dem Luisa aufgewachsen war und in dessen Garten Maria und Luisa als Kinder gespielt hatten, gehörte einer Erbengemeinschaft aus einer schwer zu überblickenden Zahl von potentiellen Erben. Die früheren Eigentümer der Villa, das wusste Maria aus eigenem Erleben, waren 1943 von den einrückenden Deutschen verschleppt worden. Wohin wusste damals niemand. Heute wusste man mehr. Ein deutscher Offizier hatte dann dort Quartier genommen. Als er verschwunden war, passierte zunächst nichts und die Villa verfiel. Maria hatte mit ihren Telefonaten in Erfahrung gebracht, dass sich potentielle Erben gemeldet hatten und damit eine viele Jahre dauernde Untersuchung angestoßen haben. Nach diesen Untersuchungen musste man davon ausgehen, dass die Familie des Eigentümers der Villa, des Arbeitgebers von Luisas Vater, in einem der Nazi-KZs umgebracht worden war. Nachdem das Todesfeststellungsverfahren durch war, wurden die Verwandten der Eigentümer ermittelt. Deren gab es viele, in verschiedenen Ländern. Alle wurden sie unterrichtet, einige waren bereits gestorben und deren Kinder oder Enkel damit in die Erbfolge eingetreten. Alles Menschen, die einander nicht kannten. Zwei gab es, die viel Energie daransetzten, die Dinge zu klären, um das wertvolle Grundstück zu verwerten. Die Bemühungen blieben jedoch erfolglos und so verfielen die Villa, die Nebengebäude, der schöne Garten drumherum. Die Natur holte sich zurück, was ihr gehörte. Auch die Gemeinde konnte an diesem unrühmlichen Zustand nichts ändern.

Im Stift muss man nicht Bescheid sagen, überlegte Maria. *Dort ist niemand eingesperrt.*

Sie machte sich auf den Weg.

*

Eduard mühte sich. Am Mittag konnte er die Telefonate nicht mehr zählen, die er mit der Stadtverwaltung, mit Baufirmen und mit Menschen geführt hatte, die mit der Herstellung der Fußgängerzone in Lana im Jahr 2005 beschäftigt gewesen waren. Das Ergebnis war ernüchternd. Alle Fragen, die er am Morgen in der Besprechung gestellt hatte, waren heute, 17 Jahre danach, nicht mehr präzise zu beantworten. Unterlagen waren vernichtet oder nicht mehr auffindbar, die Ansprechpartner erinnerten sich schlecht an Details.

Damals musste es in Lana wie auf einer Großbaustelle ausgesehen haben. Überall wurde die Erde aufgemacht, alle Versorgungsleitungen wurden bei dieser Gelegenheit erneuert. Viele

Firmen waren in den Gesamtauftrag eingebunden. Welche von ihnen die Pflasterarbeiten zwischen den beiden Häusern, über dem Keller, ausgeführt hatten, war nicht zu ermitteln. Zu viele Subunternehmen waren am Werk gewesen. Ein nicht zu entwirrendes Knäuel.

Eduard befragte daher einige der Anrainer, die die Umbaumaßnahmen miterlebt haben mussten, und erhielt auch von Ladeninhabern eine bildhafte Schilderung.

»Das war ein Kommen und Gehen, damals. Viele Arbeiter aus Italien, heute die, morgen die. Da hat man keinen von gekannt. Das war ein großes Durcheinander. Aber dann, von einem auf den anderen Tag, war alles vorbei. Also das war eine tolle Leistung.«

Diese Sätze hörte Eduard in Variationen. Einer meinte sich erinnern zu können, dass die Pflasterung zwischen dem Reichhalter und dem Nachbarhaus an einem Tag fertiggestellt worden war, nachdem die Grube lange offen gelegen hätte, aber beschwören könne er es nicht. Ein anderer meinte, dass es dort keine Grube gegeben hätte, weil dort immer schon eine Pflasterung gewesen sei, ganz anders eben als in der Fußgängerzone. »Wissen Sie, das sind doch Pflastersteine und die Fußgängerzone hat doch diese großen Platten, nicht wahr?«

Wieder ein anderer meinte, dass er nachts Menschen gesehen hätte, die sich auf den Baustellen herumgetrieben hätten. Allerdings wusste er nicht, wer das gewesen sein könnte und wann wusste er auch nicht.

Eine Frau unterstellte, dass ihr Nachbar etwas damit zu tun hätte. Der sei so komisch. Als Eduard von ihr erfuhr, dass sie im Jahr 2005, dem Jahr der Umbauarbeiten, noch gar nicht in Lana gewohnt habe, schlug er im Geiste die Hände über dem Kopf zusammen. *Herr, lass Hirn vom Himmel regnen*, dachte er, blieb aber freundlich und dankte der Frau am anderen Ende der Leitung.

Mit Antworten dieser Qualität kann ich nichts anfangen, überlegte Eduard. Enttäuscht lehnte er sich in seinen Bürosessel zurück.

*

Francesca war direkt zu Paula in die Gerichtsmedizin gefahren. Sie wollte dabei sein, wenn Paula an der Kellerleiche arbeitete. Paula freute sich über die Gesellschaft und Francescas Interesse.

»Ich habe schon im Keller gesehen, dass dich diese Leiche interessiert«, sagte sie zur Begrüßung. »Das kenne ich. Manchmal geht es mir genauso.«

Francesca lächelte Paula an. »Das ist gut. Ich habe schon gedacht, ich spinne.«

»Nein, nein, meine Liebe, das gibt es. Auch tote Menschen haben ihre Ausstrahlung. Ich denke, dass es Menschen sind, die mir als Lebende etwas bedeutet hätten, mit denen ich, wie soll ich es ausdrücken, eine Art Seelenverwandtschaft gehabt hätte.«

Francesca fragte nachdenklich: »Auch wenn die Leiche sehr alt ist?«

»Durchaus auch dann. Aber glaube nicht, dass ich esoterisch drauf bin. Das sind Gefühle. Woher die kommen, warum die kommen, das weiß ich alles nicht.«

Francesca dachte: *Esoterik hatte ich erst heute Morgen.*

Paula hatte die Leiche auf dem Tisch. »Was siehst du?«, fragte sie Francesca.

»Ich sehe eine vertrocknete Leiche, die bekleidet war, als sie eingemauert worden ist. Ich sehe eingetrocknetes Fleisch, ledrig. Die Augenhöhlen sind leer. Wahrscheinlich, weil Augen auch hauptsächlich aus Wasser bestehen, nehme ich an. Die Leiche hat Haare auf dem Kopf, männliche Frisur, würde ich sagen, soweit ich es feststellen kann. Wenn wir den Hut abnehmen, sehen wir mehr. Sie trägt derbe Stiefel mit dicken Sohlen. Die Hose scheint eher praktisch als modisch. Sieht nach einem dicken Stoff aus, soweit ich das noch erkennen kann.«

»Sehr gut. Das ist doch viel. Ich habe aber einen Vorsprung vor dir. Also hier zum Beispiel«, sie zeigte auf die Zähne. »Guter Zahnstatus. Junger Mensch. Das war ja schon mein erster Eindruck. Dann hier«, sie zeigte auf das Becken. »Wegen der Hose sehen wir nicht alles, aber so ein breites Becken, das deutet auf eine Frau hin.«

Francesca nickte.

»Wir ziehen die Leiche jetzt vorsichtig aus. Wenn du magst, kannst du mir helfen. Die Klamotten legen wir gleich hier auf den Tisch. Die Bekleidung erzählt auch einiges.«

Paula zeigte Francesca den Druckknopf, den Ida gefunden hatte. »Schau hier. Ich habe das recherchiert. Druckknöpfe wurden von einem Deutschen erfunden. Heribert Bauer aus Pforzheim erfand ihn und sein Patent ist auf den 5.3.1885 datiert. Aber erst ab 1903 produzierte im rheinischen Stolberg ein pfiffiger Unternehmer den ersten funktionsfähigen Druckknopf, der dann um die Welt ging. Und da wir wissen, dass unsere Dame im Jahr 1915 eingemauert worden ist, passt das gut zusammen. Sie war auf der Höhe der Zeit mit ihrem Hosenverschluss. Wenn du dir jetzt einmal die Hose genau anschaust, was fällt dir noch auf?«

»Sie scheint aus starkem Gewebe zu sein.«

»Ja, starkes Gewebe und Lederapplikationen am vorderen Bein. Was sagt uns das?«

»Da sollte das Bein geschützt werden?«

»Richtig. Wir nehmen ihr jetzt den Gürtel ab und schauen uns dann die Jacke und das Hemd an. Hilf mir mal beim Ausziehen.«

Francesca betrachtete die Kleidungsstücke. »Dasselbe feste Material. Auch hier Lederapplikationen vorne, richtig?«

Paula nickte. »Ist alles nicht so leicht zu erkennen. War rund 100 Jahre hinter einer Mauer. Hose und Jacke wirken wie aus einer Herstellung. Und jetzt der Hut, bitte vorsichtig, sodass die Haare möglichst am Kopf bleiben.«

Sie betrachteten den Hut. »Breite Krempe, dicker Filz?«, fragte Francesca.

Paula nickte. »Sieht verwegen aus, oder? Ein Hut, wie ihn Zimmermänner tragen.«

Die Leiche war jetzt unbekleidet und Paula nahm Maß. »Schau mal hier. Das Becken. Diese Beckenform ist typisch für eine Frau. Gebärfreudig. Aber die Knochen der Beine und der Arme könnten auch von einem Mann stammen, sie sind stark ausgeprägt. Was sagt uns das?«

Francesca schmunzelte. »Die Frau hat wie ein Mann gearbeitet? Also schwer gehoben, viel geschleppt, war sehr stark?«

Anerkennende Blicke von Paula. »Wenn du so weitermachst, klauen wir dich der Polizia. Es ist aber komplizierter. Es könnte sich auch um einen Mann handeln, oder um einen Menschen mit zwei Geschlechtern. Das Becken deutet auf eine Frau hin und die starken Knochen eher auf einen Mann. Hier, schau mal, an dieser Stelle setzt ein großer Beinmuskel an. An der Stärke einer solchen Stelle kann man feststellen, wie stark der Mensch gewesen sein könnte.«

Paula schaute auf den eingetrockneten Körper. »Es könnte sein, dass wir es hier mit einem Menschen zu tun haben, der alle weiblichen sekundären Geschlechtsmerkmale aufgewiesen hat, aber doch eher wie ein Mann gelebt hat. Und dann haben wir noch diese zwei Hämmer hinter der Mauer gefunden.« Paula präsentierte die Werkzeuge und legte sie neben die Kleidung. »Was meinst du?«

»Keine Ahnung. Hämmer sehen für mich alle gleich aus. Aber die passen vielleicht in die Schlaufen des Gürtels?«

»Ja, das sieht so aus. Bei den Hämmern gibt Unterschiede, obwohl sich die Urform seit ewigen Zeiten nicht verändert hat. Das hier sind Schmiedehämmer.«

»Schmiedehämmer? Und eine Frau? Also eine Schmiedin?«

»Könnte sein. Kleidung, die von ihrer Art her den Körper schützt, starker Körperbau, kräftige Frau, warum nicht Schmiedin. Um 1915 rum wird es hier noch Schmieden gegeben haben.«

»Das ist spannend.« Francesca war beeindruckt, in welch geringer Zeit so viele Erkenntnisse an den Tag kamen.

»Und jetzt zur Todesursache.«

Francesca war sofort dabei.

Paula zeigte auf den Hinterkopf. »Hier sehen wir deutlich, dass der Kopf hinten eingeschlagen worden ist. Damit wird das Hirn stark verletzt. Je nachdem, wie hart der Schlag war und wie tief die Knochen in das Hirn eingedrungen sind, tritt der Tod schnell ein.« Paula holte Luft. »Dasselbe Verletzungsmuster wie bei der jungen Frau aus dem Jahr 2005. Exakt dasselbe. Komisch, oder?«

Francesca nickte und dachte an Eduards Theorie.

»Du meinst, die beiden Frauen sind erschlagen worden?«

»Erschlagen oder unglücklich gefallen. Verletzungsmuster wie diese können auch entstehen, wenn du hinterrücks stürzt und mit dem Kopf auf etwas Spitzem aufschlägst. Das hat denselben

Effekt, wie wenn ich dir mit einem der Hämmer von hinten den Schädel einschlage.«

»Die Hämmer könnten die Tatwaffen sein?«

»Denkbar wäre es. Ich untersuche später, ob ich altes Blut finde. Das wird spannend, ob ich das nach so langer Zeit nachweisen kann.«

Francesca und Paula arbeiteten noch einige Stunden weiter an der Leiche und Francesca überlegte, wie sie herausfinden könnte, welche Schmieden es 1915 in Lana gegeben hatte.

*

»Luisa«, rief Maria voller Vorfreude. Luisa blickte von dem Buch auf, in dem sie gelesen hatte.

»Waren wir verabredet? Oh Gott, ich habe es vergessen. Dann geht das bei mir also doch los!«

»Nein, nein! Wir waren nicht verabredet. Ich habe eine Überraschung für dich.«

Maria setzte sich Luisa gegenüber. »Wie spontan bist du, meine Liebe?«

»Wenn du mit mir heute noch nach China willst, musst du warten, bis ich die Schuhe anhabe«, lachte Luisa. »Was ist denn los? Du bist so aufgeregt.«

»Nicht bis China, aber schon raus hier.« Maria rutschte auf ihrem Stuhl hin und her. »Los, zieh die Schuhe an.«

Luisa blicke neugierig und ein wenig skeptisch. »Du weißt, dass ich wackelig auf den Beinen bin?« Sie seufzte. »Na gut. So sei es. Wenn ich falle, musst du mich aufheben.« Ohne weiter zu murren, zog Luisa die Schuhe an. »Und jetzt?«

Maria griff zum Telefon und sagte den knappen Satz: »Es kann losgehen.«

»Wohin soll es denn losgehen?«, fragte Luisa. »Wenn ich ›gehen‹ höre, macht mir das Kopfschmerzen.«

»Hab noch einen Augenblick Geduld. Und keine Sorge, du musst wenig gehen. Wir haben Hilfe!«

Ein Schüler aus Marias erster Klasse der Grundschule Lana aus dem Schuljahr 1959, mit dem sie sich gut verstand, hatte, nachdem er ein Handwerk gelernt hatte, im aufkommenden Tourismus in Lana ein Taxiunternehmen gegründet. Mitte der Siebzigerjahre verfügte er über eine kleine Flotte von Bussen und seit er sich zur Ruhe gesetzt hatte, führte sein Sohn die Geschäfte. Als Senior übernahm er noch hin und wieder Fahrten für gute Bekannte, so auch für Maria. Hanspeter hatte seine erste Lehrerin verehrt und diese Verehrung konnte man auch jetzt noch spüren, als er zur Tür hereinkam.

»Hallo, Hanspeter!«, rief Maria. »Darf ich euch miteinander bekannt machen? Das ist meine Freundin Luisa, von der ich dir erzählt habe.« Hanspeter, ein stattlicher Mann mit einem stattlichen Bauch, glänzender Halbglatze und lustigen Augen, gab Luisa die Hand.

»Hanspeter wird uns helfen, dir deinen Wunsch zu erfüllen.«

Luisa schaute erstaunt. »Du meinst ...«

»Du wolltest doch noch mal in das Haus, in dem ihr als Familie gewohnt habt. Da fahren wir jetzt hin. Und Hanspeter fährt uns und hilft dir beim Gehen. Alles organisiert.«

Luisa wurde rot, was Maria lustig fand.

»Aber geht das denn? Können wir denn da rein?«

Maria machte ein verschwörerisches Gesicht und auch Hanspeter mimte den Wissenden. »Wer nicht wagt, der nicht gewinnt. Wir brechen da ein. Eine kleine Sünde pro Tag muss sein!«, rief Maria aus und ging voran. Hanspeter hakte Luisa unter und folgte ihr.

*

Francesca telefonierte mit der Gemeinde. Sie wurde hin und her verbunden, bis sie schließlich mit einem Mitarbeiter sprach, der ihr helfen konnte. »Es gibt jemanden in Lana, den können Sie fragen. Reinhold Staffler heißt er, ich gebe Ihnen gleich die Telefonnummer. Er war Gemeinderat in Lana, daher kenne ich ihn. Ein Historiker, der an vielen Publikationen mitgearbeitet hat. Er kennt sich in Lana und mit der Geschichte Lanas gut aus. Er wird Ihnen helfen können.«

Eine Stunde später spazierte Francesca die Fußgängerzone von Lana hinunter, an der Seite von Reinhold Staffler, einem drahtigen Mann, den sie um die 60 schätzte.

»Ich bin schon eine Weile pensioniert«, erzählte er, als Francesca ihn angerufen hatte. »Und somit habe ich Zeit.« Er hatte gelacht. »Obwohl: Als Pensionär hat man nie Zeit, sie läuft einem davon«, hatte er zugefügt.

Aber jetzt gingen sie langsam durch Lanas schöne Fußgängerzone. Francesca erzählte ihm von der Leiche aus dem Reichhalter-Keller und dass die Polizia vermutete, dass es sich um eine Schmiedin handelte. Deshalb interessiere sie sich für Schmieden, die es in Lana um das Jahr 1915 herum gegeben habe. Reinhold nickte: »Eine Schmiedin ist ungewöhnlich. Schmied ist ein Männerberuf. Aber was im Jahr 1915 möglich war, kann ich nicht wissen. Ich bin von 1954. Das alte Lana kann ich Ihnen aber beschreiben. Dazu habe ich viel geforscht. Und in meiner Familie hat es Handwerker mit eigenen Betrieben gegeben, die alle in der früheren Handwerkerzone lagen. Da gehen wir jetzt hin. Auf dem Weg dorthin beschreibe ich Ihnen, wie es hier um 1915 ausgesehen haben muss.«

Sie hielten vor dem Reichhalter-Gebäude an. Reinhold Staffler blickte auf den Streifen Pflastersteine und insbesondere auf die Stelle, wo man die zweite Leiche gefunden hatte.

»Schrecklich. Zwei Leichen an einem Ort, mitten in Gries.« Er blickte Francesca an. »Kommen Sie in der Sache weiter?«

Francesca nickte ihm zu. »Wir sind dran.«

»Verstehe, mehr dürfen Sie nicht sagen. Nun gut. Blicken wir in die Runde. Was sehen Sie?«

»Alte Häuser?«

»Richtig. Sehr alte Häuser. Dieses Ensemble gibt es seit der Renaissance, also seit dem späten Mittelalter. Versuchen Sie sich vorzustellen, wie es hier zugegangen ist. Noch keine Kanalisation, aber ein Bach, der quer durch den Reichhalter fließt. Damals war das die Metzbank, also eine Schlachterei. Abfälle kamen in den Bach und weg waren sie. Das Gebäude daneben war der Gasthof Weißes Kreuz. Heute heißt es Oberwirt. Hinter dem Reichhalter-Gebäude gab es eine Mühle, links davon eine Säge. Was sagt Ihnen das?«

»Essen, Trinken, Verpflegung, Dienstleistung?«

»Gut, setzen!«, rief Reinhold aus. »Sie könnten bei mir anfangen, wenn ich jemanden für Geschichtsforschungen beschäftigen würde.«

So was Ähnliches habe ich heute schon einmal gehört, dachte Francesca.

»Polizistinnen können gut kombinieren, wie ich feststellen darf. Sie liegen richtig. Dienstleistungszentrum würde man heute dazu sagen. Und folgerichtig war es an einem Bachlauf errichtet, weil die Wasserkraft Mühlen und Sägen antrieb und der Bach alle Abfälle mitnahm. Der Bach heißt deshalb auch Mühlbach. Sehen können Sie ihn nicht mehr. Alles verbaut, aber wir stehen genau darüber. Der Mühlbach kommt aus der Gaulschlucht. Von dort wird er abgeleitet und diente damals der Versorgung des Dorfes. Und warum gab es ein solches Dienstleistungszentrum zu Zeiten der Renaissance an diesem Platz? Was meinen Sie?«

»Weil Nachfrage bestand?«

»Richtig. Die Nachfrage entstand dadurch, dass sich hier wichtige Verkehrswege kreuzten. Früher gab es hier einen Saumpfad ins Mittelgebirge, Richtung Völlan, Tisens und weiter zum Gampenpass. Heute haben wir die Gampenpassstraße, auf der man mit dem Auto in ein paar Minuten im Mittelgebirge ist. In den Zeiten von Ochsenkarren und Wegen, die aus groben Steinen gelegt worden waren, brauchte es viel länger und der Weg war beschwerlich. Also gab es …«

»Raststationen?«

»Richtig! Gut! Setzen! Und jetzt kommen wir langsam zu Ihrer Frage nach der Schmiede. Das Handwerk kam erst viel später zu seiner Blüte. Warum war das so? Diese Gegend war und ist auch heute noch bäuerlich geprägt. Der Bauer früher war ein Selbstversorger. Die Höfe hatten Backöfen, brauchten also keinen Bäcker. Sie hatten auch Weinpressen. Die Eisen- und Holzbearbeitung besorgte man selbst. Da kam kein Schmied auf den Hof. Die Entwicklung des Handwerks kann ich leicht vereinfacht beschreiben: Zuerst kamen die Müller, weil man Mehl brauchte, und eigene Mühlen hatten die Bauern nicht. Die brachten ihr Korn zur Mühle, ließen es mahlen, nahmen das Mehl nach

Hause und buken selbst. Erst mit der Zeit wuchs der Bedarf an Schmieden, Metzgern, Gerbern, Schustern, Bäckern, Färbern, Rädermachern, Bindern. Und jetzt habe ich einige Zahlen für Sie. 1912, das ist dicht an 1915, dem Jahr, für das Sie sich interessieren, gab es in Lana fünf Schmiede. Außerdem 32 Müller, 19 Metzger, sechs Sägewerksbesitzer, vier Rädermacher. Und einer der Rädermacher war mein Großvater. Und dort, wo er gearbeitet hat, gehen wir jetzt hin. Gegenüber lag eine Schmiede. Schwarzschmied hieß er.«

*

Das Gelände, auf dem die alte Villa Leopold stand, war arg zugewachsen. Beinahe hätte es eine Machete gebraucht, um sich Zugang zu verschaffen. Hanspeter war nicht zimperlich, wenn es darum ging, seiner alten Lehrerin einen Wunsch zu erfüllen. Er knackte, ohne mit der Wimper zu zucken, das Schloss des großen schmiedeeisernen Tores und auf einen bewundernden Blick von Lehrerin Maria brummte er: »Hab doch Schlosser gelernt. Ist ganz leicht.«

Sie betraten einen verwunschenen Garten, so kam es ihnen vor. Dabei kannten sie jeden Winkel in diesem Gelände. Der altbekannte Kirchturm der Pfarrkirche zum Heiligen Kreuz schaute wie eh und je auf sie herab.

Aus der Nähe sah man deutlich, wie heruntergekommen die Villa war. Einige Fenster waren zerbrochen, die Farbe blätterte überall ab. Risse zogen sich durch die Fassade. Einige Jalousien waren geschlossen, andere hingen lose und wackelig in den Scharnieren. Sie wagten es, die Treppe zum Haupteingang hochzugehen, obwohl sie marode aussah. Teilweise war sie abgesackt.

»Soll ich?«, meinte Hanspeter und mit wenigen Handgriffen stand die Tür offen. Sie traten vorsichtig ein. Eine große Halle empfing die ungebetenen Besucher. Sie strahlte eine beeindruckende Großzügigkeit aus, obwohl alles, was an den Wänden hing, was auf dem Boden stand, was von der Deckenverkleidung noch übrig war, dem Zerfallsprozess ausgesetzt war.

»Wie lange steht das Haus leer?«, wollte Luisa wissen.

Hanspeter antwortete: »Ich meine, es steht seit vier Jahrzehnten leer. Kann auch länger sein.«

»Hier liegen überall Zigarettenstummel rum.« Marias Gesicht schien nicht amüsiert.

»Lost Places ziehen viele Menschen an. Abenteurer, Stadtstreicher, Herumtreiber, Illegale, was du dir vorstellen kannst.« Hanspeter zuckte mit den Schultern.

Luisa und Maria schauten sich um. Sie waren als Kinder hier gewesen. Ganz selten, weil es das Haus der Herrschaften war. Wenn der Vorstand, also der Mann, weg war, und das war häufig der Fall, weil er Geschäften nachging, von denen man im Nachbarhaus nur so viel wusste, dass sie ertragreich waren, dann lud die Dame des Hauses die Kinder hin und wieder zum Kuchenessen ein.

»Ob das Esszimmer noch da ist?«, fragte Luisa, hakte sich bei Hanspeter unter und dirigierte ihn durch den Flur in einen großen Salon und dann weiter in einen kleineren, das ehemalige Esszimmer. Überall Verfall, in Teilen aufgequollenes Parkett, herausgerissenes Parkett, Aschereste im Kamin des Salons, blinde Fenster, zerrissene Stores. Reste der Einrichtung waren zerschlagen, auseinandergebrochen, zerstört. Nichts erinnerte mehr an die gemütliche Atmosphäre, die hier einst heimisch war.

»Hier hatten wir es gut«, sagte Luisa leise, und dann, den Tränen nahe: »Schrecklich, was mit den Menschen hier passiert ist.«

Maria wusste, was Luisa meinte. Sie hatte es zwar nicht so hautnah miterlebt wie Luisa, aber es blieb damals niemandem in Lana verborgen. Es ging sehr schnell. Die deutschen Truppen trafen ein und zwei Tage später wurden viele Menschen, zumeist Juden, weggebracht. Die Familie, die in dieser Villa gewohnt hatte, war dabei. Niemand hatte zuvor gewusst, dass sie Juden waren. Vielleicht waren sie es auch nicht, aber sie standen auf einer Liste. Einige aktive Dableiber hatte es ebenfalls erwischt. Männer mit einem Optantenstatus wurden zur deutschen Wehrmacht eingezogen und auch Luisas Familie musste damit rechnen, dass Unangenehmes mit ihnen geschehen würde. Es war eine schreckliche Zeit damals. Viel Verrat lag in der Luft, Neid und Missgunst, und alte Rechnungen wurden beglichen.

Marias Vater hatte optiert, war aber zu seinem Glück in seiner Verwendung als Kommunalbeamter unabkömmlich und wurde daher vom Kriegseinsatz verschont. Allerdings musste er ab 1943 den Deutschen zu dienen.

Luisas Vater war dem Rat seines Dienstherrn gefolgt, sich nicht zu rühren. Er hatte nichts unterschrieben.

Als die Deutschen die Herrschaft weggebracht hatten, schauten sie auch auf Luisas Familie. Es waren Tage voller Angst. Aber Luisas Vater hatte einen Plan. In der Nacht brachte er sich und seine Familie heimlich auf dem Berg in Sicherheit. Sein ältester Bruder war Bergbauer und schuldete ihm Dank, weil er Willi aufgenommen und versorgt hatte. Deshalb nahm er seine Familie auf. Oben am Berg überdauerten sie die zwei Jahre, bis der Krieg zu Ende war.

Als die Waffen schwiegen und die Deutschen abgezogen waren, ging der Vater wieder nach Lana und bewohnte erneut das alte Gesindehaus. Niemand hinderte die Familie. Vier Jahre später verließ Luisa ihre Heimat und kehrte selten zu Besuchen zurück.

Luisas Gefühle waren schwer zu beschreiben. Zu viele Bilder aus alten Tagen drängten mit Macht nach oben, füllten ihr Bewusstsein. Schmerz, Trauer, Freude purzelten durcheinander. Sie drehte sich zu Maria. »Komm! Lass uns gehen. Das wird mir zu viel.« Sie hakte sich erneut bei Hanspeter unter und bedeutete ihm, den Weg zurückzugehen, den sie genommen hatten.

Als sie wieder vor der alten Villa standen, drehte sich Luisa zum Haus und betrachtete es. Dann verlor sich ihr Blick in der Weite des Gartens. Am linken hinteren Ende des Gartens stand damals das Gesindehaus, in dem sie mit ihrer Familie gewohnt hatte. Sie konnte es hinter einer großen Brombeerhecke ausmachen. Sie kniff ihre Augen zusammen. Maria beobachtete sie.

»Wenn es dir nicht zu anstrengend ist, können wir dort mal nach dem Rechten schauen. Was meinst du?«

Luisas Augen blitzen. Sie griff kräftig in Hanspeters Arm und reckte ihr Kinn Richtung Gesindehaus. Langsam führte Hanspeter die alte Dame über das unwegsame Gelände, das sich die Natur zurückgeholt hatte. Alles, was sich aussäen konnte, hatte sich ausgesät, überwucherte Wege, die früher gepflegt gewesen waren und überwucherte auch das kleine Gesindehaus, in dem Luisa mit ihren drei leiblichen Geschwistern und Willi, dem Eigenartigen, gewohnt hatte. Er war eigenartig, weil er nicht sprach und nicht ansprechbar war. Heute wusste Luisa, dass er einen ausgeprägten Autismus gehabt hatte. Aber damals wusste sie es nicht. Willi war halt immer da, wurde mitversorgt, aber ging seiner Wege. Willi war ganz plötzlich gestorben. Sie war damals nicht auf seiner Beerdigung. Das war die Zeit, in der sie den Ärger ihres Lebens hatte, da schaffte sie es nicht von Österreich nach Südtirol.

All das fiel ihr bildhaft, überfallartig ein, als sie auf das Haus zugingen, in dem sie aufgewachsen war. Auch, dass sie die Letzte ihrer Familie war, abgesehen von den Kindern ihrer Schwester. Die Brüder hatten wie sie keine Familien gegründet.

Das alte Gesindehaus war vollständig von Sträuchern umwachsen. »Das ist ja wie bei Dornröschen«, meinte Maria.

Hanspeter gab Luisas Arm in Marias Ellbogenbeuge und versuchte, einen Gang durch die Hecken bis zum Eingang zu schaffen. *Eine Machete wäre hier nützlich*, dachte er, aber sein Taschenmesser half auch. Wenn es auch mühsam war. Wie es aussah, war in dieses Haus seit Jahren niemand eingedrungen, sonst hätte es nicht derart dicht zuwachsen können. Auch hier erwies sich Hanspeters Ausbildung als Schlosser von Vorteil, denn im Nu hatte er die Tür geöffnet.

Eine andere Atmosphäre empfing sie. Es war dunkler als in der Villa, weil alle Fenster von außen zugewachsen waren. Die Decke war niedrig, nichts wirkte hier großzügig oder verschwenderisch. Der Flur war winzig, die angrenzenden Zimmer waren klein. Eine schmale Treppe führte in den Dachboden. Luisas Blick folgte der Treppe. »Dort oben haben wir geschlafen. Ein Zimmer für die Eltern, ein Zimmer für die Mädchen und ein Zimmer für die Jungen.«

Sie blickte sich neugierig um. Das Erdgeschoss war noch komplett eingerichtet. Nichts war mutwillig zerstört worden. Da war der alte Tisch, um den herum sich die Familie versammelt hatte. Der alte Ofen, der die Stube wärmte. Auch Geschirr war noch vorhanden. Alles war eingestaubt, aber es schien unversehrt.

Auch Hanspeter wunderte sich. »Das ist hier wie eingefroren. Hier war niemand, seit das Haus verlassen wurde.« Er nickte anerkennend. »Da haben die Vandalen nicht reingewollt. Es hat ihnen mehr Freude gemacht, in die Villa einzudringen. Und die Natur hat dieses kleine Häuschen unter sich versteckt. Das mag es erklären.«

Luisas Augen glühten. Es machte etwas mit ihr, das sah Maria.

»Freust du dich?«, fragte sie.

»Es ist doch schön, nach Hause zu kommen, oder?« Ihre Blicke blieben an einzelnen Gegenständen hängen, wanderten dann zum nächsten. »Meinst du, ich könnte mir etwas nehmen?«

»Wer soll Sie daran hindern?«, meinte Hanspeter.

Auch Maria stimmte dem zu. Luisas Blick ging auf Hanspeter. »Lassen Sie mich hier auf dem Stuhl sitzen und dann gehen Sie bitte die Treppe hoch und schauen dort in den Zimmern nach. Mir ist die Treppe zu schmal und zu steil. Aber vielleicht finden Sie oben noch etwas, was für mich interessant ist. Würden Sie das tun?«

»Bin schon unterwegs, Lady«, sagte Hanspeter gut gelaunt und half ihr, auf einem der Stühle Platz zu nehmen, nicht ohne vorher mit einem Tuch den Staub von der Sitzfläche zu wischen.

Maria nahm ihr gegenüber Platz. So saßen die beiden an dem Tisch, an dem sie als Kinder gesessen hatten, und erinnerten sich an das Treiben in diesem Zimmer. Hier tobten damals außer Luisa ihre Schwester und die beiden Brüder umeinander, liebevoll von der Mutter betreut. So erinnerte sich Maria, die oft zu Besuch gewesen war. Die Familie war nicht wohlhabend, aber zu essen gab es immer, auch für das Gastkind Maria. Willi, der Eigenartige, tauchte oft unvermittelt auf, sagte kein Wort, wirkte in sich gekehrt und verschwand sofort, nachdem er gegessen hatte. Alle diese Figuren sahen die beiden alten Damen vor sich, als sie auf den Stühlen saßen und den Blick schweifen ließen.

Luisa schaute Maria dankbar an. »Toll, dass du das ermöglicht hast. Mir wird richtig warm ums Herz.« Sie blickte auf den Schrank mit dem Geschirr. »Kannst du für mich einen Teller und einen Becher herausnehmen? Die behalte ich. Alles andere«, sie blickte sich in der Stube um, »ist Erinnerung und wenn ich es an mich nehme, ist es Ballast. Und mit Ballast will ich nicht mehr reisen.« Sie lachte. »Die letzten Meter, wenn du so willst, sollte man mit leichtem Gepäck gehen.«

Da polterten die Schritte von Hanspeter die Stiegen hinunter.

»Oben ist alles leer. Dort scheint jemand gründlich aufgeräumt zu haben. Keine Betten mehr, kein Schrank.«

»Aber Sie haben doch etwas mitgebracht?« Luisa deutete auf eine Kiste, die Hanspeter unter den Arm geklemmt hatte.

»Ein Bodenbrett ist mir aufgefallen, weil es hochstand. Ich habe es angehoben. Und siehe da«, rief er aus, »darunter war ein Hohlraum, ein Geheimversteck!«

Er stellte eine Kiste vor Luisa auf den Tisch.

»Es sind Zeichnungen darin. Kennen Sie die?«

Luisas Augenbrauen gingen nach oben. »War das im Zimmer hinten rechts?«

Hanspeter bejahte.

»Das war das Jungenschlafzimmer«, murmelte Luisa. »Willi hat immer alles gezeichnet. Es kann gut sein, dass es von ihm ist.« Sie klappte den Deckel auf und schaute hinein. »Ja, eindeutig. Der Willi konnte so gut zeichnen, dass du alles erkannt hast. Wie ein Foto.« Sie schaute in die Runde. »Danke, Hanspeter. Danke, Maria. Die Kiste nehme ich auch mit. Ich schaue sie mir später genauer an. Jetzt bin ich müde. Bringt ihr mich wieder in das Stift?«

*

»Jetzt gehen wir ein paar Schritte«, hob Reinhold Staffler an und setzte sich in Bewegung. Francesca folgte. »Vorbei am Schwarzen Adler, ebenfalls Renaissance, leichte Rechtskurve und jetzt sehen wir die Fußgängerzone in ihrer ganzen Länge.« Er zeigte auf Lanas Boulevard. Man sah links und rechts der Straße ein Geschäft neben dem anderen. Vereinzelt auch eine Bar, ein Café.

»Stellen Sie sich vor, wie es um 1915 hier ausgesehen haben muss.« Reinhold Staffler schien seine Augen auf Unendlich eingestellt zu haben, während er ruhigen Schrittes voranging. »Sie sehen links und rechts einige Gewerbe- und Handwerkerbetriebe. Dort, wo Sie das Schuhgeschäft sehen, gab es früher einen Schuster. Das Gebäude zum Ende der Fußgängerzone, dort, wo Sie den überdachten Gang sehen, das war früher eine Säge. Und hier«, er zeigte auf das Café gegenüber dem Buchladen Lana, »steht die Villa Harmonie. Einer der schönen Gründerzeitbauten. Davon gibt es einige in Lana. Denn um das Jahr 1915 herum war hier einiges los. Ich möchte behaupten, hätte es die beiden Weltkriege nicht gegeben, hätte Lana eine andere Entwicklung genommen. Damals brach eine neue Zeit an. Ich nenne kurz die wesentlichen Punkte einer steilen Aufwärtsbewegung. Dann können Sie sich vorstellen, wie es 1915 hier zugegangen ist.«

Reinhold Staffler blieb stehen, blickte Francesca an, stellte fest, dass sie zuhörte.

»1903 wurde in der Gaul … Sie wissen, wo das ist?« Francesca nickte. »Also, wurde in der Gaul die Kraft des Wassers genutzt. Das erste private Elektrizitätswerk wurde errichtet. Schauen Sie sich im dunklen Lana um.« Reinhold Staffler ließ seine Arme kreisen. »Alles dunkel und plötzlich Licht! Eine Sensation! Straßenbeleuchtung! Und elektrischer Strom im Hotel Royal, können Sie von hier aus nicht sehen, ist um die Ecke, heute das Rathaus, aber damals ein Luxushotel erster Güte. Gründerzeitbau! Daneben der Lanahof. Hier entstand um die Jahrhundertwende ein Prachtbau nach dem anderen. Villen wurden gebaut, die noch heute das Dorfbild prägen. Verstehen Sie, das Dorfbild! Villen, Luxushotels - in einem Dorf! Elektrisches Licht, Aufzüge im Hotel, der reine Luxus in einem Dorf. Was muss das für eine Wirkung gehabt haben. Weiter geht's. 1906 gab es eine Trambahn von Lana nach Meran. Damit kamen Touristen nach Lana. Ein Luxushotel, das besagte Royal, stand zur Verfügung, viele kamen dann hierher zur Sommerfrische statt nach Meran. 1912 dann eine der ersten Personenseilbahn der Welt von Lana aus auf das Vigiljoch. Stellen Sie sich das vor. Welch Attraktion! Sommerfrischler aus Meran konnten oben auf dem Berg spazieren gehen und ohne Anstrengung dorthin gelangen. Mit der Tram aus Meran nach Lana, mit der Seilbahn aufs Vigiljoch. Alles in einem Tag. Ein

Tagesausflug. Das war 1914 noch möglich. Damals eine Sensation. Es ging aufwärts in einem Tempo, das man sich um 1900 noch nicht vorstellen konnte. Dann kam der Krieg, der diese Entwicklung stoppte. Die Zwischenkriegszeit war schwierig für ganz Südtirol, wie Sie wissen. Der Zweite Weltkrieg behinderte ebenfalls den weiteren Aufschwung. Erst mit dem Aufkommen des Massentourismus ging es hier weiter.« Reinhold Staffler versicherte sich, dass Francesca ihm noch zuhörte.

»Jetzt gelangen wir langsam zu der Schmiede, für die Sie sich interessieren. Kommen Sie.«

Am Ende der Fußgängerzone wendete er sich nach rechts, blieb stehen und zeigte auf den sakralen Bau gegenüber. »Das Kapuzinerkloster. Das stand auch 1915 schon hier. Das Gelände war noch größer als heute. Drum herum viel Obst- und Weinbau. Heute alles überbaut.« Er wollte die Straße am Kapuzinerkloster überqueren, stoppte aber und wies auf einen großen Stein mit einer Kantenlänge von ein mal zwei Metern, der mehr als 50 Zentimeter hoch aus dem Boden ragte. »Was ist das? Haben Sie eine Idee?«

Francesca hatte Spaß an dieser Führung. Sie vermutete, dass Reinhold Staffler Lehrer gewesen war, und ihr gefiel seine Art des Unterrichts. Sie umrundete den Stein, schaute ihn sich von allen Seiten an. Ein Hinweisschild war nicht angebracht. Der Platz, an dem er stand, war schön. Sie stellte sich auf den Stein und betrachtete ihre Umgebung. Sie sah, wie Reinhold Staffler schmunzelte. Francescas Blick sah eine Kreuzung und drei große Ahornbäume, die den Platz beschatteten. Sie bildeten eine grüne Wand, die zur gegenüberliegenden Straßenseite, auf der sich das Kloster befand, abschirmte. Sie blickte aus ihrer erhobenen Position auf Reinhold Staffler herab.

»Schöne Aussicht von hier. Aber welchen Sinn der Stein hat, kann ich nicht feststellen. Hat der Stein mit dem Kloster zu tun?«

»Nein, das nicht. Aber wie fühlen Sie sich da oben auf dem Stein? Löst es ein Gefühl aus?«

Francesca überlegte. Sie sah auf Reinhold Staffler herab. »Ich stehe höher, über den Dingen?«

»Sie kommen der Sache näher. Machen Sie weiter.«

Francesca war amüsiert. Wie dieser agil wirkende Pensionär sie antrieb, gefiel ihr. Es war eine Art Spiel. *Dann spiel ich doch gerne mit,* überlegte sie nicht lange.

»Also, lassen Sie mich raten. Ich stehe über den Menschen. Bin ich ein Priester? Verkünde ich von einer Steinkanzel? Zu einer Zeit, als es hier noch keine Kirchen gab?«

Reinhold Staffler musste lachen. »Kirchen gab es hier seit ewigen Zeiten, mehr als Sünder, glaube ich. Nein, Sie sind kein Kleriker. Aber ansonsten nahe dran. Weiter!«

»Ich bin kein Priester, aber ich verkündige etwas?«

»Wechseln Sie die ersten drei Buchstaben aus.«

»V e r kündigen, meinen Sie, also ›ver‹ auswechseln? Warten Sie … Ah, ankündigen!«

»Sie sind schnell. Richtig. Sie stehen auf dem Stein, um anzukündigen. Jetzt müssen Sie noch herausfinden, wer Sie sind.«

»Sie meinen, früher ist hier von diesem Stein aus angekündigt worden?«

»Richtig! Wer könnte damals hier gestanden haben, um eine Ankündigung zu machen?«

Bei Francesca fiel der Groschen. »Ein Stadtschreiber, ein Ausrufer, ein Gemeinderat … ein Dorfrichter?«

»Setzen, sehr gut! In frühen Zeiten gab es einen Ausrufer, der von der Gemeinde dazu bestellt war, am Sonntag nach dem Kirchgang die Dorfgemeinschaft über die Beschlüsse der Dorfrechtsversammlung zu unterrichten. Er stellte sich auf diesen Stein und verkündete die Beschlüsse. Zum Beispiel, wer als Saltner, das waren Feldhüter, eingesetzt wurde, welche Wasserrechte galten und vieles mehr, was die Menschen interessieren musste. Zeitungen, Internet, Radio gab es noch nicht und die Ausrufung an diesem Platz reichte damals aus, damit alle wussten, was sie zu wissen brauchten. Und Kirchengehen am Sonntag war heilige Pflicht, da blieb niemand weg, wenn er nicht mit gebrochenen Beinen lag. Am Sonntag erreichte man alle, vor allem die vom Berg, die man ansonsten nicht im Dorf sah.«

Francesca stieg vom Stein herab. »Und warum gibt es kein Hinweisschild? Ist doch spannend, die Geschichte um den Stein.«

Reinhold Staffler seufzte. »Das müsste man die Gemeinde fragen. Aber jetzt gehen wir weiter.« Er folgte der Straße rechts entlang, drehte sich aber noch einmal um, den Blick auf die Kreuzung gerichtet. »Noch eine Geschichte?«, fragte er vorsichtig.

Francesca gefiel dieses Gespräch. Es lenkte von vielem ab, was sie beschäftigte, und außerdem war es Dienst. Auf den Spuren einer Schmiedin. Sie nickte.

»Die Welt Südtirols ist voller Sagenerzählungen. Vieles, was sich der Mensch nicht erklären konnte, wurde geheimnisvollen Kräften zugeschrieben. Versetzen Sie sich in eine Zeit ohne Massenmedien, ohne Unterhaltungs- und Ablenkungskultur, ohne Strom, mit wenig Bildung, wenig Wissen. Es ist im Winter kalt, man scharte sich um den Ofen, strickte, häkelte und erzählte sich Geschichten. Gerne wurden Schauergeschichten erzählt und die Fantasie der Menschen war grenzenlos. Beflügelt von den Geschichten, die sie von der Kanzel gepredigt hörten. Da wurde viel vom Teufel gesprochen, der die Menschen in Versuchung führte. Wer nicht lesen und schreiben konnte, betrachtete die Bilder an den Wänden und den Decken der Kirchen und schuf sich so eine Fantasiewelt. Und auch in Lana hat sich eine Sagenwelt gehalten, die vor vielen Jahrhunderten entstanden sein mag. Schauen Sie sich diese Verkehrskreuzung an und denken Sie sich jetzt die Autos weg. Die Straßen sind nicht geteert, es sind Schotterwege. Alles ist ruhig, das Tempo insgesamt fußgängergemächlich. Haben Sie das Bild?«

»War das auch 1915 so?«

»Da muss ich nicht lange überlegen. Das war auch 1915 so. Die Anzahl Autos, die es hier in der Gegend gab, können Sie an den Fingern einer Ihrer Hände abzählen. Wenn etwas fuhr, dann Pferdefuhrwerke oder Ochsenkarren. Aber jetzt zurück zur Kreuzung. Sie hat auch mit der Schmiede zu tun, deshalb möchte ich das erwähnen.« Er holte Luft, setzte an. »Ich muss ausholen. Es gab einen Glauben an sogenannte Schwarzschulen. Sie wurden auch Kreuzschulen genannt.«

»Kreuzung und Kreuzschulen?«, frage Francesca.

Reinhold Staffler nickte freundlich. »Sie sind aufmerksam.«

»Soll ich mich setzen?«, scherzte Francesca.

»Wenn Sie so weitermachen, gebe ich Ihnen eine Eins mit Sternchen. Gut! Setzen! Jetzt weiter: Kreuz- oder Schwarzschulen waren im Volksglauben Hochschulen der Zauberei, der Magie und der Nekromantie. Nekromantie ist die Totenbeschwörung. Die Bedeutung des Wortes kennt heute kaum noch jemand. Für eine Schwarzschule brauchte es einen besonderen Platz. Wenn man diese Künste ausüben wollte, war eine geeignete Stelle dort, wo sich Beerdigungswege kreuzten.« Er zeigte auf die Kreuzung vor ihnen. »Das war so eine Stelle. Wenn Tote aus den Bergen ringsum zum Friedhof getragen wurden, mussten sie, egal aus welcher Richtung, über diese Kreuzung. Wir sind noch in der Zeit ohne Autos, ohne ausgebautes Verkehrsnetz. Auf dem Weg zum Friedhof kamen sie alle hier vorbei. Der Platz beim Kapuzinerkloster Lana galt als die berüchtigtste Kreuzschule weit und breit. Exakt dieser Kreuzweg. Eine geheimnisvoll gestaltete Steinplatte soll hier gelegen haben. Wir stellen uns jetzt eine Geheimschrift vor, eine Gravur, Zeichnungen von Schlangen oder anderen Tieren, die der dunklen Seite zugeschrieben wurden. An dieser Platte, so die Erzählungen, trafen sich Teufel, Hexen, Geister und Zauberlehrlinge der weiten Umgebung. Da tauchen viele Sagengestalten in den Erzählungen auf, wie der Pfeifer Huisele aus Marling, der Klockner von Nals und der Moaser Student, alles Figuren, um die sich eigene Sagen ranken. In den alten Erzählungen wird berichtet, dass die Platte entfernt und vernichtet worden sei. Aber die Stelle blieb dennoch unheimlich. Erst als das Kapuzinerkloster erbaut wurde, verlor sich der Spuk. Im ganzen Land soll es Schwarz- oder Kreuzschulen gegeben haben. Man enthexte sie, indem auf ihren Plätzen Kapellen oder Kruzifixe errichtet wurden.« Er lachte. »Wenn man sich in Südtirol umschaut, dann ahnt man, dass hier viel gezaubert und gehext wurde. Überall Kruzifixe und Kapellen! Und jetzt gibt es eine Verbindung zu dem, was ich ihnen gleich zeige. Aber der Name sagt es Ihnen. ›Schwarzschmied‹, na, fällt der Groschen?«

»Schwarzschule, Schwarzschmied?«

»Sehr gut! Passen Sie weiter auf. Wir gehen jetzt in die alte Handwerkerzone von Lana. Der Rädermacher lag gegenüber dem Schwarzschmied. Und dann gibt es noch die Schwarze Wand, einen kahlen Felsen, dunkel vom Gestein her. Was, glauben Sie, hat es mit der Wand auf sich?«

»Hexensabbat?«

Reinhold Staffler lachte laut. »Setzen, Eins! Sie sind talentiert, aber das sagte ich schon. Kommen Sie!« Er schritt voran und bog vor der Bäckerei links in einen schmalen Weg ab. »Wir gehen an der Mauer zum Kloster entlang und hier«, er deutete auf den schmalen Wasserlauf, »haben wir eine sogenannte Wier, so nennt man die Ableitung künstlicher Wasserläufe. Solche Wasserläufe waren wichtig. Sie brachten Energie dorthin, wo sie gebraucht wurde. Wichtig für Schmieden und Sägewerke, wo die Kraft des Wassers in mechanische Energie umgewandelt werden konnte.« Er blieb an einer Stelle stehen, an der sich der Wasserlauf teilte. »Hier gehen wir rechts ab und sind bald an der Stelle, an der früher der Schwarzschmied war. Sie sehen hier ein Verteilsystem, mit dem man das Wasser leiten konnte. Das Rinnsal, das Sie heute sehen, müssen Sie sich breiter vorstellen, wenn Sie auf das Jahr 1915 zurückblicken. Da war ordentlich Druck zu machen mit dem Wasser. Fast alle Bäche im Dorf wurden auch als Waschplatz genutzt. Früher gab es nichts anderes als kaltes Wasser und mechanisches Schrubben. Das war Schwerarbeit für die Frauen.«

»Na klar, für die Frauen. Männer machten das nicht.«

Reinhold Staffler schaute auf. »Nein, Männer machten das nicht. Das war früher so. Für Frauen gab es wenig Berufe. Sie blieben ledige Magd und wenn sie heirateten, bekamen sie ein Kind nach dem anderen und arbeiteten den ganzen Tag auf dem Hof und im Haushalt. 1915 wird sich das teilweise geändert haben. Es gab immerhin Berufe für Frauen im Hotel und im Fremdenverkehr. Aber die Waschweiber, die gab es noch lange. Und diese Schufterei im kalten Wasser ... ich möchte nicht wissen, was das mit den Händen gemacht hat. Aber weiter nun, der Schwarzschmied wartet.«

Sie erreichten nach wenigen Gehminuten ein großes altes Haus rechts und ein modernes Haus links.

»Das ist die Rückseite des Hotels Schwarzschmied«, erläuterte Reinhold Staffler. »Heute ist es ein modernes, schickes Hotel. An diesem Standort war früher die Schmiede. Das Hotel hat den Namen übernommen.«

»Hieß der Schwarzschmied so, weil er mit der Schwarzschule in Verbindung stand?«

»Kluge Frage! Sie haben ganz recht. Ein Schmied arbeitet mit dem Feuer, er formt Eisen, er hat große Kräfte. Alles das wies darauf hin, dass er mit Kräften in Verbindung stand, die aus dem Reich des Teufels stammen. Man stellte sich die Hölle gerne als Ort der tausend Feuer vor. Und Schmiede standen am Feuer und schmiedeten im Feuer. So waren Schmiede in der Nähe des Teufels. Deshalb vermutlich der Name Schwarzschmied. Alle Gebäude hier waren um das Jahr 1915 herum Handwerksbetriebe. Mein Großvater war, wie ich erzählt habe, Rädermacher. Die brauchten ebenfalls Eisen für die Anfertigung von Rädern und Leiter- und Fuhrwagen, besonders auch für die Herstellung von Werkzeugen. Nahe am Feuer also und nahe an der Hölle. Sie arbeiteten mit Hämmern, wie die Teufel auch. Die Leute damals empfanden vieles als unheimlich, bedrohlich. Wer hier arbeitete oder lebte, wurde zwangsläufig verdächtigt, mit den schwarzen Mächten im Bündnis zu stehen. So mag das auch 1915 noch gewesen sein.«

Francesca war beeindruckt. »Vielen Dank für diese interessante Führung. Ich sehe Lana mit anderen Augen, nachdem Sie mir das alles erzählt haben. Was meinen Sie, finden wir heraus, ob es 1915 beim Schwarzschmied eine Schmiedin gegeben hat? Sie könnte damals ungefähr 25 Jahre alt gewesen sein. Kann man sich eine Frau in diesem Beruf vorstellen?«

»Jetzt bin ich überfragt. Aus der Zeit gibt es niemanden mehr, der das wissen kann. Mein Großvater hätte es wissen können. Selbst wenn Sie heute jemanden finden, der 100 Jahre alt ist, war dieser Mensch damals noch nicht geboren. Also auf Erinnerungen können Sie nicht hoffen. Und ich glaube nicht, dass es Aufzeichnungen darüber gibt, wer im Einzelnen hier gearbeitet hat. Aber wenn Ihre Dame, die Sie tot aus dem Keller geholt haben, eine Schmiedin war und in Lana gearbeitet hat, dann ist es möglich, dass sie hier war.«

*

Maria hatte die Erinnerungsgegenstände von Luisa an sich genommen. Hanspeter hielt die eingehakte Luisa auf Kurs und spürte, dass sie weniger Kraft hatte als zu Beginn ihres Ausflugs. Sie gingen daher langsam. Luisa schien den Ausflug trotz der Anstrengung zu genießen. Sie blieb stehen, ob wegen der Schwäche oder weil sie ihre Augen schweifen lassen wollte, konnte Hanspeter nicht wissen. Luisas Blicke gingen weit in das Gelände hinter dem Anwesen der Villa Leopold. »Was ist das dahinten für ein schönes Gebäude?«, fragte sie. »So modern und elegant.«

»Das ist das Hotel Schwarzschmied«, antwortete Hanspeter. »Schick. Innen und außen.«

»Das ist neu, richtig?«

»Sie waren lange nicht hier? Hat mir Maria erzählt.«

Luisa nickte. »Ich war lange Zeit in Wien. Und jetzt, wo ich alleine nicht mehr zurechtkomme, bin ich in das Altenstift gezogen.« Sie lächelte Hanspeter an. »Aber mit euch beiden komme ich vor die Tür!« Sie schaute in die andere Richtung, auf die Pfarrkirche. »Da auf den Turm ist der Willi oft rauf. Er hat beim Mesner geholfen und kam daher überall hin. Und er war gerne da oben. Das wussten wir lange Zeit nicht, dachten, er sei immer mit dem Mesner zusammen. Aber Willi hatte wohl seine Eigenarten.« Ihr Blick wanderte über die Straße. »Das ist doch eine Eisdiele dort?«

»Ja, die Eisdiele Sader. Bestes Eis und köstlicher Kuchen«, sagte Maria.

Luisas Griff in der Armbeuge von Hanspeter wurde stark. »Dann gehen wir da jetzt hin und ich lade euch ein. So ein schöner Tag, so viel Freude, wir müssen das feiern!«

*

Am späten Nachmittag trafen sie sich alle drei in der Questura. Eduard berichtete von seinen erfolglosen Bemühungen, herauszufinden, wer im Jahr 2005 für die Pflasterarbeiten zuständig gewesen war. »Niemand weiß Genaues, alles ist vage, Unterlagen scheinen keine zu existieren und die Beauftragung von Subunternehmen macht es schier aussichtslos zu rekonstruieren, wer konkret an dieser Stelle gearbeitet hat. Ich bin einer Spur gefolgt, aber diese Firma gibt es seit Jahren nicht mehr. Insolvenz, hat es geheißen. Keine Anschrift mehr, keine Kontaktdaten. Du stößt an Grenzen, an denen es nicht weitergeht.«

Francesca konnte mehr erzählen. »Möglicherweise eine Schmiedin, die im Jahr 1915 beim Schwarzschmied gearbeitet hat. Aber auch hier gibt es Grenzen, an denen es nicht weitergeht. Aufzeichnungen darüber, wer wann wo gearbeitet hat, gibt es keine. Auf Erinnerung können wir nicht bauen, weil keiner mehr leben kann, der das Jahr 1915 erlebt hat. Hier hängen wir also fest.«

»Ich habe lange mit Florian gesprochen«, sagte Fabio. »Er bringt morgen einen großen Bericht über die junge Frau, die wir oberhalb des Kellers gefunden haben. Von dem Foto des Rings verspreche ich mir viel. Wir haben darüber gerätselt, ob es eine Anfertigung ist. Dafür spricht einiges, aber wir sind keine Fachleute. In dem Fall, glaube ich, könnten wir jemanden finden, der sich an den Ring erinnert. Wir sollten die Juweliere in Südtirol befragen.«

Er packte seine Unterlagen auf einen Haufen. »Für heute ist Schluss. Kommt gut nach Hause.«

»Nimmst du Tommaso mit?«, fragte Eduard. »Vielleicht wissen die Carabiniere zufällig etwas über die Baustellensituation in Lana 2005?«

»Ich frage ihn. Bis morgen, ihr beiden.«

*

»Hast du dein Pensionsgesuch eingereicht?«

Tommaso nickte, sagte aber nichts. Ihm war merkwürdig zumute. Einerseits freute er sich. Andererseits wollte er gar nicht loslassen. Fabios Fulvia war in den Blechstrom eingereiht, der sich stadtauswärts bewegte. Stop-and-go-Fahrt. Viel Zeit zum Reden.

»Du kannst dich nicht darüber freuen?« Fabios Seitenblick nahm Tommasos Profil wahr. Die Mimik, Quell der Information bei menschlicher Kommunikation, war nur eingeschränkt zu sehen. Aber Fabio ahnte, was seinen Freund umtrieb. Da ging etwas zu Ende. Auch wenn er das Alter hatte, auch wenn Anna sich freute, ihren Mann öfter bei sich zu haben, so war ihm diese Entscheidung nicht leichtgefallen. ›Einmal Carabiniere, immer Carabiniere‹, hatte Tommaso immer gesagt. Er hatte damals pensionierte Kollegen gemeint, die er hin und wieder um Rat gefragt hatte. Und bald würde er selbst in dieser Reihe stehen. In der zweiten, dritten Reihe und wer weiß, wie oft man ihn um Rat fragen würde. Fabio schätze Tommaso, seit sie sich vor zwölf Jahren kennengelernt hatten. Viele Fälle hatten sie gemeinsam gelöst. Mal wusste der eine etwas, was dem anderen genützt hatte. Sie waren der Meinung, dass ihr Austausch der Sache dienen sollte. Es gab keine Reibereien wegen der Zuständigkeiten, wie sie manchmal zwischen der Polizia und den Carabinieri bestehen. Außerdem hatte Tommaso einen speziellen Zugang zu den Menschen, der besonders dann half, wenn es kniffelig wurde. Unkonventionell war er, der Carabiniere Tommaso Caruso. Nicht alles, was er getan hatte, entsprach der gedruckten Vorschrift. Er scherte sich nicht darum, wenn er der Meinung war, neben der Normalspur ans Ziel zu kommen.

Fabio stoppte vor einer der roten Ampeln, die sich von jetzt an bis zur MEBO[1] häufiger einstellten. Eine grüne Welle gab es um diese Tageszeit nicht.

»Ich hätte da eine Frage«, fing Fabio an. Tommaso ruckelte mit dem Kopf, was bedeutete, dass er zuhören würde. »Du kennst die Fälle aus Lana, an denen wir arbeiten. Ich habe dir davon erzählt.«

Tommaso brummte Zustimmung.

»Die junge Frau, die wir unter der Pflasterung zwischen dem Reichhalter und dem Oberwirt gefunden haben, könnte im Jahr 2005 während der Bauarbeiten für die Fußgängerzone in der Baustelle abgelegt worden sein. Dann Dreck drüber und nach der Pflasterung war sie einfach verschwunden. Wir haben Schwierigkeiten, herauszufinden, wer wann genau diese Pflasterarbeiten vorgenommen hat. Subunternehmen, Insolvenzen, keine Unterlagen, das sind die Probleme. Ist zu lange her.«

---

1 Schnellstraße **ME**ran–**BO**zen

Tommaso nickte. »Das kann ich mir vorstellen. Und wie kann ich helfen?«

»Habt ihr Unterlagen? Haben die Carabinieri damals etwas veranlassen müssen? Kann sich einer von euch daran erinnern?«

»Ich schaue nach, wer damals zuständig gewesen sein könnte. Das bekomme ich raus. Und dann fragen wir ihn. Mehr fällt mir dazu nicht ein.« Tommaso war nicht derselbe wie sonst.

Inzwischen hatten sie drei Ampeln passiert und konnten bald auf die MEBO einbiegen. »Fast geschafft«, meinte Fabio, um die Unterhaltung nicht stocken zu lassen.

Tommaso grinste jetzt leicht. »Du gibst dir Mühe, mich in gute Stimmung zu bringen. Das merke ich.«

»Das ist das Mindeste, was ich tun kann. Aber bevor du mir in die Depression abschmierst, solltest du mir sagen, was dich bedrückt. Ist es die Pensionierung? Das, was danach kommt?«

Tommaso drehte seinen Kopf zu Fabio. »Es ist ein ganz komisches Gefühl. Mein Verstand findet es in Ordnung, dass ich in Pension gehe. Ich habe das Alter, ich habe die Dienstjahre, Anna und ich haben noch einige Jahre für uns, kein Stress mehr, ich kann ausschlafen, alles schön.«

»Aber?«

»Ich kann mich da nicht reinfühlen.«

»Noch nicht, das kommt.«

»Das sagt Anna auch. Wird auch so sein, aber wenn ich eine Akte anfasse, oder wenn ich zu einem Einsatz raus muss, denke ich, dass es für mich das letzte Mal sein könnte, dass ich diese Akte in Händen habe, dass es bald der letzte Einsatz sein könnte.«

»So ist das. Ich kann das nachvollziehen.«

»Kannst du?« Tommaso klang skeptisch. »Du kannst es dir vorstellen, aber du spürst das nicht. Ich spüre es.«

»Und was machen wir jetzt? Wie gehen wir damit um? Ich bin sicher, dass sich diese unguten Gefühle ganz schnell verflüchtigen, und du wirst es genießen, Zeit für alles zu haben, was dir Freude macht.«

»Ich will nicht jammern. Aber das, was ich am liebsten mache, ist Verbrecher jagen. Komm, lass uns noch einmal zusammen Verbrecher jagen.« Tommaso lachte dröhnend. »Ich habe noch sechs Monate. Bis dahin bringen wir noch einen Mörder zur Strecke.«

»So gefällst du mir. Lass uns zur Jagd blasen!«

Tommaso winkte ab. »Mich haben sie mit einem Sonderauftrag ausgestattet. Ich habe also genügend Jagd vor mir.«

»Erzähl«, forderte Fabio seinen Freund auf.

»Wir haben in einer Einbruchserie zu ermitteln. Die Täter gehen immer nach derselben Methode vor. Sie spionieren einsam stehende Häuser aus. Sie gehen systematisch durch die Räume und suchen nach Wertsachen. Wenn sich ihnen jemand in den Weg stellt, wenden sie Gewalt an. Brutal sind sie. Es sind mehrere Täter. Aber niemand konnte sie bisher gut beschreiben.«

»Seit wann geht das so?«

»Schon länger, aber ich habe die Sachen erst seit zwei Wochen auf dem Schreibtisch. Mir haben sie eine junge Kollegin in die Gruppe gesetzt, die sich bisher mit den Fällen beschäftigt hat.«

»Es wird eben nicht langweilig bei euch.«

»Das stimmt. Langweilig wird es nicht.«

Dienstag

Fabio hatte die Dienstagsausgabe von *24DerTag24* vor sich und las Eduard und Francesca laut vor:

Neue Erkenntnisse zur Frauenleiche aus Lana
Nach der gerichtsmedizinischen Untersuchung der Frauenleiche in Lana (siehe Bericht von 24DerTag24 *vom Freitag) gibt es neue Erkenntnisse. Es soll sich um eine zirka 25 Jahre alte, im dritten oder vierten Monat schwangere Frau handeln, die mit einer Hose und einer Jacke aus Jeansstoff sowie einer einfarbigen weißen Bluse bekleidet gewesen war. Bei der Leiche wurde der abgebildete Ring gefunden, der an einer dünnen Halskette getragen wurde. Wie berichtet, wurde die Frauenleiche unter der Pflasterung in einem Bereich der Fußgängerzone gefunden, der sich zwischen dem Gebäude Reichhalter und dem Gebäude Oberwirt befindet. Die Polizia geht derzeit davon aus, dass die Tote während der umfangreichen Umbaumaßnahmen in der Fußgängerzone Lana im Ortsteil Gries im Jahr 2005 an dieser Stelle vergraben wurde. Die Leiche war in einer dicken Plane eingerollt, wie sie im gewerblichen Bereich, zum Bespiel beim Gütertransport, zum Einsatz kommt. Commissario Fabio Fameo der Polizia Bozen bittet um Mithilfe. Kann jemand zur Identität der Frauenleiche eine Aussage machen? Wer kennt diesen Ring? Erinnert sich jemand an die Baustelle von 2005, insbesondere im genannten Bereich vom Ortsteil Gries? Wer hat dort wann gearbeitet? Können Arbeiter benannt werden, die Pflasterarbeiten vorgenommen haben?*

»Dann folgen unsere Telefonnummer und unsere E-Mail-Adresse.«

Fabio legte die Zeitung aus der Hand. »Habe ich etwas vergessen?«, fragte er in die Runde.

»Alles drin«, sagte Eduard. »Auch das Foto von dem Ring ist gut geworden. Daran wird sich vielleicht jemand erinnern können.«

»Dann bewachen wir heute das Telefon?«, fragte Francesca.

Fabio nickte. »Einer von uns sollte da sein, wenn es klingelt.«

*

Auch Maria hatte die Zeitung gelesen. *Was war hier 2005 los?*, dachte sie. *Lange her, 17 Jahre. Ich kann mich gut an die Umgestaltung der Straße erinnern. Aber wer da gearbeitet hat, das weiß ich nicht. Hat mich nie interessiert. Aber der Ring, der ist ein interessantes Stück.* Sie hielt das Foto näher an ihre Augen. *Was sind das für Kerben auf der Platte? Sieht ungewöhnlich aus.*

Sie legte die Zeitung auf den Küchentisch. Ihre Gedanken drehten sich um den gestrigen Tag. Sie war mit sich zufrieden. Luisa hatte sich gefreut wie ein kleines Kind. Alle mussten einen großen Eisbecher nehmen, darauf hatte sie bestanden. Selber hatte sie ihren nicht aufessen können.

»Das war so schön!«, hatte sie gejubelt und spitzbübisch hinzugefügt: »Sollen wir später noch einmal einbrechen?« Alle drei hatten richtig Spaß miteinander. Hanspeter schien es Freude gemacht zu haben, seiner alten Lehrerin und ihrer Freundin einen Gefallen getan zu haben. Als er die Damen beim Altenstift abgesetzt hatte, bot er an, hin und wieder Ausflüge mit ihnen zu machen. »Wenn die Ladys Lust haben, fahre ich euch gerne ein bisschen durch die Gegend. Ich habe ja Zeit. Obwohl: So richtig Zeit habe ich keine, bin schließlich Pensionär. Aber ich kann sie mir nehmen. Und das tue ich gerne für euch.«

»Prima«, hatte Luisa gesagt. »Und dann brechen wir wieder ein.«

»Das hat Ihnen am besten gefallen?«, sagte Hanspeter lachend.

»Eine Sünde am Tag darf sein, oder?«, hatte Luisa darauf erwidert.

*

Karli kam schnellen Schrittes. Ein Blick hinter die Theke, ein Nicken von Daniel, und Karli nahm Platz an einem der Tische. Noch waren alle frei. Er war der Erste beim Mittagstisch. Heute gab es als Tagesgericht eine Pizza. *Black Pearl* stand auf der Karte. Karli wusste, dass es der Teig war, ein Kohleteig, der dieser Pizza den Namen gab. »Meinst du, deine Gäste wissen, dass der schwarze Teig genauso schmeckt wie der weiße?«

Daniel lachte leise. »Es ist immer dasselbe, wenn wir die Black Pearl auf die Karte nehmen. Es gibt Leute, die glauben, sie ist verbrannt, wenn sie die Pizza sehen. Aber dann sind sie begeistert. Der Teig ist fluffiger als normaler Pizzateig. Liegt an der Aktivkohle.«

Karli schnitt ein Stück ab und steckte es sich in den Mund. »Lecker« sollte das Wort heißen, das sich aus dem gefüllten Mundraum herausquälte. Der Andrang zu Mittag stand kurz bevor, aber noch war ein wenig Zeit. Daniel setzte sich Karli gegenüber und schaute ihm beim Essen zu. Sie waren alte Freunde, da ging das gut. Zwischen dem ersten und dem zweiten Bissen fragte Karli: »Noch mal was von Joschi gehört?«

»Er wollte sich melden, wenn er mit seinen Musikfreunden gesprochen hat. Er meinte, es klappt vielleicht mit dem Konzert hier. Ich habe überlegt, dass wir die Tische hinten links raustragen, da könnte die Band stehen. Wir müssten noch einen passenden Termin finden. Ich würde vorschlagen, wir machen es an einem Samstagabend ab 21 Uhr. Da wird es hier umsatzmäßig ohnehin ruhiger.«

Karli kaute mit Lust. Es schmeckte ihm, wie seit vielen Jahren. Er nickte begeistert. »Passt mir auch gut. Einmal muss Feierabend sein.«

»Was macht die Ernte?«, fragte Daniel.

»Jetzt kommen die späten Sorten dran. Ich habe 15 Pflücker im Einsatz. Hoffentlich fällt keiner aus. Ersatz ist schwer zu bekommen. Aber du musst immer vor Ort sein. Sie müssen spüren, dass du da bist. Sonst bummeln sie oder schlafen bei der Arbeit ein.«

Daniel nickte Karli zu. »Und deine Mutter kocht noch für sie?«

Karli schüttelte den Kopf. »Sie schafft es nicht mehr. Ihr Herz, du weißt ja. Es wird schwächer, sie bekommt schlecht Luft. Ich habe den Lohn um ein Kostgeld erhöht. Damit müssen die Männer auskommen. Sie fahren zu einem Despar und kochen selber. Das läuft seit zwei Jahren so.«

»Wohnen die noch bei euch?«

»Ich habe mit Glück das alte Haus vom Nachbarn kaufen können. Liegt direkt an meinen Plantagen. So ein kleines Hüttele. Reicht aber für die Saisonkräfte. Ich muss schauen, dass sie zur rechten Zeit auf dem richtigen Feld sind, und ich fahre die Ernte zur Genossenschaft. Mich siehst du den ganzen Tag Trecker fahren. Auch noch spätabends, wenn die Arbeiter fleißig waren und viele Kisten voll sind.«

»Ganz schön anstrengend.«

»Das kannst du laut sagen. Fünf Uhr aufstehen, die Arbeiter einsammeln, zu den Feldern fahren, mit anpacken, dafür sorgen, dass alle spuren. Ab nachmittags die Tagesernte in die Genossenschaft fahren. Saisongeschäft halt. Danach geht es erneut los mit der Baumpflege. Aber über die Wintermonate ist es ruhiger.« Er schaute Daniel an. »Wenn ich darüber nachdenke, ist mein einziges Freizeitvergnügen zu dieser Jahreszeit der Schlaf. Ist schon schräg, oder?«

Karli hatte seine Pizza in kurzer Zeit geschafft. Kaum war er fertig, füllte sich die Pizzeria. Es war Mittagessenszeit.

Daniel hatte alle Hände voll zu tun, sah daher nur aus den Augenwinkeln, wie Karli nach seinem Espresso, den er immer nach dem Essen nahm, aufstand und ging.

*

»Eine Weinwanderung durch Prissian, schau.« Elisabeth legte Fabio abends einen Flyer vor. »Am nächsten Samstag. Wäre das was?«

Fabio betrachtete den Flyer.

Irmgard Windegger organisiert und führt eine Wandergruppe durch das Tisner Mittelgebirge, besucht zwei Winzer zu einer Weinprobe und lädt anschließend zu einem biodynamischen Imbiss nebst Weinverkostung in ihren Garten in Prissian.

»Davon habe ich gehört. Das soll nett sein«, meinte Fabio. »Sollen wir alleine gehen oder noch jemanden mitnehmen?«

»Willst du wieder Francesca mitnehmen? Hat sich die Situation nicht entspannt?«

»Ich dachte eher an Tommaso und Anna. Und was Francesca angeht, da weiß ich ehrlich gesagt nicht, wie sie inzwischen drauf ist. Soll ich sie fragen, ob sie mitwollen?«

»Alle drei?«

»Morgen nehme ich Tommaso mit und ...«

»Schon gut, frag sie. Es ist lustig mit so vielen.«

Fabio lehnte sich zurück und ließ den Tag an sich vorbeigleiten, während Elisabeth in der Küche das Abendessen zubereitete. *Was für ein ereignisloser Tag,* dachte er. Niemand hatte angerufen. Kein Hinweis war eingegangen. Es war wie verhext. Jemand musste die junge Frau gekannt haben. Sie war nicht vom Himmel gefallen. Francesca hatte alle Vermisstenfälle rund um das Jahr 2005 durchgesehen. Keiner passte auf das Profil der jungen Frau. Sie war nicht als vermisst gemeldet, niemand konnte sich erinnern. Was war das für eine Person? Wieso schien sie niemand zu kennen? Wurde sie aus einer Gegend weit weg von Lana hierhergebracht? War die Auswahl der Baustelle als Versteck für die Leiche reiner Zufall? Jemand hatte die Leiche im Kofferraum, war herumgefahren, sah die Baustelle und entledigte sich hier ihrer? Oder war die junge Frau an Ort und Stelle erschlagen worden? Aber warum war sie dann in diese Plane eingewickelt? Woher stammte die Plane? Lag sie zufällig am Tatort oder auf der Baustelle herum? Und dann die Tatsache, dass sie schwanger war. Das musste doch jemand wissen? Er dachte nach. Nein, musste niemand wissen, nicht einmal die Schwangere musste es wissen. *Ach, es ist wie verhext.*

»Redest du mit dir selbst?«

»Kann sein. Ich sortiere meine Gedanken. War mir nicht bewusst, dass ich laut rede.« Fabio wechselte das Thema. »Sag mal, diese Irmgard Windegger, kennst du die?«

»Noch nicht. Hab aber von ihr gehört, warum?«

»Nur so. Aus Neugier. Hier steht, sie ist Winzerin. Am Zollweghof in Lana. Wo liegt das?«

»Weiß ich auch nicht. Aber kannst das mal googeln. Fragst du wegen deiner Fälle in Lana?«

»Ich weiß nicht. Im Augenblick ist alles Lana. Egal wo ich hinschaue, alles Lana.«

Mittwoch

Auch an diesem Mittwoch ging die Sonne über Lana auf. *Darauf ist Verlass,* dachte Maria und summte vergnügt vor sich hin. Einige Yogaübungen später und nach einem kleinen Frühstück nahm sie die Zeitung vom Dienstag und machte sich auf den Weg zum Altenstift. *Gehen macht starke Knochen,* wusste sie. Zumindest erhielt es die Knochenstruktur. Luisas Knochen waren leider nicht mehr so stabil. *Gleich alt, aber früher bröselig geworden als meine. Na ja, kannst du nichts dafür. Ist wohl Veranlagung.* Mit dergleichen Gedanken schlenderte sie durch Lana Richtung Altenstift, kaufte die aktuelle Zeitungsausgabe und nahm beim Bäcker noch zwei Krapfen mit.

Luisa saß bereits erwartungsfroh an einem kleinen Tisch im schön gestalteten Aufenthaltsraum des Stifts und beobachtete ihre Mitbewohnerinnen und Mitbewohner. Sie kannte sie alle. Wenn einer von ihnen nicht mehr auftauchte, war ein Platz endgültig frei geworden oder die Zahl der dauerhaft Bettlägerigen hatte sich erhöht. Kurz darauf gab es meist ein neues Gesicht. *Das ist hier die Endstation,* hatte sie oft zu sich gesagt. Traurig war sie deswegen aber nicht. Dass ein Leben endlich war, hatte sie in ihrem Beruf als Ärztin häufig erlebt. Und dass sie selbst keinerlei Ausnahme von der Regel darstellte, wussten ihr Verstand und auch ihr Gefühl. Da war sie sich mit Maria einig. *Die Zeit vor dem Ende sollte man genießen, so lange und so intensiv es geht.* Das war ihrer beider Credo.

Als sie im Altenstift eingezogen war, meinte sie erkennen zu können, wer als Nächster dran war, die Segel zu streichen. Heute wusste sie, dass es schwer war, in dieser Frage einen Treffer zu landen. Da war zum Beispiel Karl. Noch nicht so alt, aber extrem dement. Karl musste früher ein kräftiger Mann gewesen sein. Beruf Bauer. Seine Demenz drückte sich so aus, dass er regungslos in seinem Rollstuhl saß und vor sich hinstarrte. Doch manchmal wurde er hektisch. Das baute sich auf. Zuerst stöhnte er, dann ruckelte er auf seinem Rollstuhl hin und her, blickte mit weit aufgerissenen Augen in die Ferne, rief immer dasselbe: »Die Stiege, die Stiege!« Danach brabbelte er unverständliche Worte. Nach kurzer Zeit schien es, als würde er erneut alles vergessen, fiel in sich zusammen und kapselte sich wieder von der Außenwelt ab.

Luisa kannte solche Fälle aus ihrer langjährigen Praxis. Alle Erkrankungen rund um das Gehirn waren ihr vertraut. *Hier habe ich genügend Beobachtungsfälle, um mein eigenes Gehirn zu trainieren,* hatte sie gedacht, als sie in das Altenstift einzog. Ihr fehlte nur die Kraft im Körper, sie war gebrechlich geworden. Ihr Hirn funktionierte nach wie vor. Dauertraining und ein bisschen Glück, wusste sie. Sie sah auf Karl. Er war heute unruhig. Er zappelte schon länger im Rollstuhl herum. *Eine innere Unruhe zwingt den Körper zur Bewegung,* dachte Luisa. *Es geht etwas in ihm vor, doch ihm ist nicht bewusst, was. Erklären kann er es nicht. Aber es bewegt ihn.*

Ganz anders Eugen. Er war noch helle im Kopf. Aber sein Körper war müde. Kein Wunder, Eugen war bereits 97, damit aber nicht der älteste Bewohner im Stift. Es gab hier zwei Frauen über 100 Jahre. Eine war 102, die andere 103. Man sah sie selten, sie waren bettlägerig. An Feiertagen wurden sie von den Schwestern in den Gemeinschaftsraum gefahren, damit sie an den kleinen Feiern, die im Stift abgehalten wurden, teilnehmen konnten. Einmal war die Ältere der beiden mit lautem Schnarchen eingeschlafen und hatte für Erheiterung gesorgt. Reden konnte man mit ihnen nicht mehr. Eugen dagegen war zwar ein körperliches Wrack, litt unter Wirbelsäulenverkrümmung und hatte Arthritis in den Gelenken, aber mit seinem Motorrollstuhl war er schneller unterwegs als ein Fußgänger. Aus seinen Augen sprühte im Gespräch oft der Schalk, solange er nicht plötzlich einschlief. Das passierte mitten im Gespräch. Nicht immer schaffte er es, den Satz, den er angefangen hatte, bis zum Ende zu sprechen. Mitten im Satz wurden seine Augen trüb, fielen zu und er nickte ein. Genauso schnell wachte er auch wieder auf.

Luisa unterhielt sich gerne mit ihm. Eugen hatte viel zu erzählen, seine Stimme war erstaunlich fest. Und er interessierte sich für alles. Er mochte Luisas Erzählungen aus ihrer Zeit als Ärztin. Geschichten über Autisten fand er hochinteressant, weil er selbst niemals mit einem autistischen Menschen zu tun gehabt hatte. Luisas Geschichten waren für ihn Berichte aus einer anderen

Welt. Und das waren sie auch, weil Autisten in anderen Welten lebten. »Das Gehirn schafft sich seine eigene Welt«, hatte ihm Luisa erklärt. »Das, was ich sehe und erlebe, ist etwas anderes als das, was du siehst und erlebst, auch wenn wir nebeneinanderstehen.« Das wollte ihr Eugen nicht glauben. Luisa hat es dabei bewenden lassen, aber noch hinzugefügt: »Mein Rot ist ein anderes Rot als deines. Wir werden die Unterschiede nicht beschreiben können, weil wir beide zu wissen glauben, was rot ist.«

Die menschliche Wahrnehmung war ein spannendes Gebiet, fand Luisa. Eugen war allerdings nirgends im Raum wahrzunehmen. *Gewöhnlich ist er um diese Zeit hier,* dachte sie, als sich Maria an ihren Tisch setzte.

»Huhu, du kleine Einbrecherin. Wie geht's, wie steht's?«

»Och, ich bin noch etwas erschöpft von unserem Ausflug. Aber das muss ich dir sagen, das war eine ganz tolle Idee. Und Hanspeter ist ein richtiges Knuffelbärchen. Ein bisschen jung, oder?« Sie lachte.

Maria nahm es mit Humor. »Zu jung? Wofür zu jung? Ich würde sagen, er hat noch die Kraft, die uns abhandenzukommen droht. Aber ansonsten? Es kommt doch darauf an, wie jung man sich fühlt. Doch ich gebe dir recht, wenn du zum Ausdruck bringen wolltest, dass wir nichts mit ihm anfangen sollten. Dafür sind wir zwar nicht zu alt, aber ganz ehrlich, ich will das nicht mehr. Außerdem ist Hanspeter verheiratet.«

»Ein Grund, aber kein Hindernis«, meinte Luisa schmunzelnd. »Allerdings reichte es mir auch mit den Mannsleuten. Aber so als Begleiter ist er sehr gut. Geradezu ein Gentleman!«

Maria erinnerte sich an den kleinen Hanspeter, als er in ihre Klasse kam. Sie kannte ihn bereits als Sechsjährigen, sah ihn, nachdem er die Pflichtschuljahre hinter sich hatte, als jungen, feschen Mann durch Lana gehen. Stets hatte er sie freundlich gegrüßt und vielleicht war da auch mehr als nur Freundlichkeit der alten Lehrerin gegenüber. Maria bildete sich aber nicht ein, dass ein junger Mann eine rund 15 Jahre ältere Frau begehren könnte. *Obwohl? Macron und seine Frau?*

»Ja, ein Gentleman, das passt zu ihm.« Sie holte Luft, lehnte sich zurück und blickte in die Ferne. »Das machen wir noch mal. So einen Ausflug. Mit Hanspeter bekommen wir das hin. Wir könnten essen gehen. Was meinst du? Wir könnten ins 1477 Reichhalter gehen, dorthin, wo die junge Frau tot gefunden worden ist. Ich habe die Zeitung dabei. Da steht wieder etwas drin.« Maria schmunzelte. »Miss Marple und Miss Marple besichtigen den Tatort. Apropos, meine Liebe, wo ist unser Mister Stinger, der Eugen? Er sitzt doch normalerweise um die Zeit hier am Tisch?«

Sie hatte es kaum ausgesprochen, da kam Eugen angefahren, schnell wie ein Blitz, wie er gerne sagte.

»Die Batterien waren leer. Musste erst aufladen. Entschuldigt die Verspätung. Liegen die Karten auf dem Tisch?«

Die drei trafen sich mittwochsvormittags zu einer Runde Rommé. Das hatte sich ergeben und wurde schnell zu einer angenehmen Regelmäßigkeit, die die Woche strukturierte. Es hielt den Kopf am Laufen, wie Eugen gerne sagte.

Maria legte die Dienstagszeitung auf den Tisch. »Zuerst wird ermittelt!«, sagte sie. Luisa schmunzelte, weil Eugen damit nichts anfangen konnte. Maria zeigte auf das Foto des Ringes, das auf Seite 1 prangte. »Das ist ein auffälliger Ring. Da müssen wir ansetzen«, fügte sie hinzu und machte ein Gesicht, das ihre Professionalität als Hobbydetektivin hervorheben sollte. »Sehe ich jetzt aus wie Miss Marple?«

Luisa sah Maria belustigt an.

Eugen fragte: »Miss Marple, wieso? Ich verstehe nicht.« Dabei fiel sein Blick auf die Zeitung. Er kniff die Augen zusammen, nahm das Blatt und hielt es vor seine Augen. »Den Ring kenne ich. Den habe ich gemacht!«

*

Als Francesca im Altenstift eintraf, empfing sie eine angenehme, ruhige Atmosphäre. Der schöne Innenhof, die alten Gebäude, die Baumgruppen, alles zusammen strahlte eine klösterliche Ruhe aus. *Ein kontemplativer Ort,* dachte sie. Es gibt Orte, die sind besonders. Da hatte Eduard offensichtlich recht. An diesem Ort spürte sie etwas, was sich nicht in Worten ausdrücken ließ.

Wo finde ich jetzt Eugen? Sie ging durch eine offen stehende Tür und gelangte in eine große und kahle Halle. Francesca sah sowohl links als auch rechts lange Gänge abgehen. Rechts vernahm sie ein Geräusch und folgte ihm. Der Gang hatte Nischen, die alle durch große Fenster mit Licht geflutet waren. In der zweiten Nische fand Francesca einen Mann im Rollstuhl, der sie anblickte, als sie in ansprach.

»Ich suche einen Herrn Eugen. Wissen Sie, wo ich ihn finde?«

Der Mann kniff die Augen zusammen, rutschte in seinem Rollstuhl unruhig hin und her, seine Augen wurden groß und er riss den Mund auf. »Die Treppe, die Treppe!«, rief er und rüttelte kräftig an den Armstützen seines Rollstuhls. Er wirkte aufgeregt. Kurz danach klappte er wie ein Taschenmesser zusammen und Francesca wusste nicht, was mit ihm war. Er wirkte wie tot, wie frisch verstorben. Sie fühlte vorsichtig seinen Puls. Da war noch Leben. Kurz entschlossen, schob sie den Rollstuhl energisch durch den Gang und gelangte an seinem Ende in ein geräumiges Zimmer, so groß wie die Eingangshalle. Dort waren Menschen. Einige saßen in Rollstühlen, einige auf Stühlen, alle waren alt. Deutlich jüngere Frauen saßen ebenfalls an Tischen und unterhielten sich mit den alten Menschen. Eine blickte auf und kam sofort auf Francesca zu.

Sie wendete sich zunächst an den Mann im Rollstuhl. Ging in die Hocke, sah ihm ins Gesicht und sagte: «Karl, sind Sie ausgebüchst? Wie haben Sie das denn geschafft?« Dann stand sie auf und blickte Francesca an. »Schwester Monika«, stellte sie sich vor. »Wo haben Sie ihn gefunden?«

»Commissaria Giardi«, stellte sich Francesca ihrerseits vor. Sie erzählte Schwester Monika, was passiert war.

»Es ist erstaunlich, zu welchen Leistungen manche unserer Heimbewohner in der Lage sind. Karl schafft es normalerweise nicht, alleine aus seinem Zimmer hier in den Aufenthaltsraum zu kommen. Dass er den Weg in den Gang Richtung Ausgang gerollt ist, hätte ich ihm nicht zugetraut. Gut, dass Sie ihn zurückgebracht haben.«

Sie lächelte Francesca an. »Polizia im Haus? Suchen Sie jemanden?«

»Ich würde gerne zu einem Herrn, der mit Vornamen Eugen heißt.«

Schwester Monika nickte und bedeutete Francesca, ihr zu folgen. Am anderen Ende des Raumes saßen zwei alte Frauen an einem Tisch und ein Mann in einem Rollstuhl. Sie spielten Karten.

»Herr Hutmacher, Besuch für Sie«, trällerte Schwester Monika und drehte sofort ab, um sich erneut der Person zu widmen, an deren Tisch sie gesessen hatte, als Francesca mit Karl hereingerollt war.

»Sie sind Eugen?«, fragte Francesca. Und als Eugen nickte, stellte sie sich vor. »Sie haben die Polizia angerufen, wegen des Rings? Ich bin Commissaria Giardi, guten Tag.«

»Setzen Sie sich.« Eugen deutete auf einen freien Stuhl. »Was war mit Stiegen-Karl?«

Francesca begriff. »Ach, ich habe den Herrn Karl im Gang gefunden. Er war ganz aufgeregt, hat, ›die Treppe, die Treppe‹, gerufen und ist dann in sich zusammengefallen. Ich hatte Sorge, dass er gestorben war.«

»Das ist leider das Einzige, wozu er noch in der Lage ist.« Francesca wendete sich Luisa zu, die gesprochen hatte. »Ich heiße Luisa, Eugen hat Sie angerufen und Maria hier neben mir gehört auch dazu. Karl ist schwer dement. Etwas beschäftigt ihn intensiv, aber es scheint, dass es nur ein Ereignis ist, das sich immer wieder in seinem Kopf abspielt. Es muss mit einer Stiege oder einer Treppe zu tun haben. Ich bin Psychiaterin und kenne mich insoweit ein wenig aus. Und dass er danach zusammenfällt und wie tot wirkt, das haben wir alle hier schon oft erlebt. Deshalb regt es auch niemanden mehr auf.« Sie schaute jetzt intensiv zu Karl hin, der zusammengesackt mitten im Raum in seinem Rollstuhl saß. »Dass er aber von alleine in den Gang gelangt sein soll, ist nicht zu glauben. Es sei denn, es hat sich etwas in ihm verändert.« Sie zuckte mit den Schultern. »Aber Sie sind wegen Eugen gekommen. Eugen, du bist dran!«

Alle Augen wendeten sich Eugen zu.

Eugen nahm die Zeitung und zeigte auf das Foto. »Ich bin sicher, dass ich diesen Ring gemacht habe. Ich war Juwelier und hatte ein Geschäft hier in Lana. In meiner Erinnerung war das eine Serie. Nicht nur Ringe, auch Broschen und Anhänger für Ketten. Das Besondere war daran, dass ich Apfelkerne als Schablone genommen habe. Sie können es gut erkennen. Was wie kleine Krater aussieht, sind die Negativabdrücke von Apfelkernen.« Er machte eine Pause. »Ich hatte die Hoffnung, dass man mir diese Entwürfe aus den Händen reißen würde. Sind doch alles Apfelbauern hier.«

Maria fragte: »Haben sie nicht?«

Eugen machte eine wegwerfende Handbewegung. »Bauern und Schmuck.« Er zuckte die Schultern. »Hat damals schlecht funktioniert. Nach meiner Erinnerung sind nur wenige Stücke verkauft worden. Aber ich bin sicher, dass dies einer meiner Ringe ist.« Zur Verdeutlichung zeigte er erneut auf das Foto in der Zeitung.

»Können Sie sich erinnern, wann Sie diesen Ring an wen verkauft haben?« Francesca hatte die Hoffnung, dass er sich erinnern würde, spürte aber gleich, dass ihre Hoffnung trog. Eugen verzog sein Gesicht.

»Es tut mir leid. Aber das weiß ich nicht mehr. Es kann sein, dass ich diesen Ring hier in Lana verkauft habe. Wo sonst? Den Laden habe ich 2006 verkauft. Mit allem, was darin war, also allem Schmuck. Ich habe keine Ahnung, was damit geschehen ist. Heute wird über das Internet alles Mögliche angeboten. Das haben sie bestimmt auch mit meinem Apfelkernschmuck gemacht. Oder sie haben alles eingeschmolzen und moderneren Schmuck aus dem Gold gemacht. Das müssen Sie die fragen, die das Juweliergeschäft damals gefertigt haben. Und an wen ich den Ring verkauft habe, tut mir leid, daran habe ich keine Erinnerung.«

»Ach, Eugen«, sagte Luisa. »Das ist alles noch in deinem Kopf. Du kommst nur nicht heran. Aber nichts ist weg. Mein Tipp für dich: Heute Abend, bevor du einschläfst, denkst du intensiv an diesen Ring. Und wenn du morgen aufwachst, hat dein Gehirn eine Erinnerung hervorgekramt. Kann sein, dass es die ist, die die Commissaria braucht.«

»So funktioniert das?« Eugen war skeptisch.

Luisa bewegte ihren Kopf hin und her. »So kann es funktionieren. Versuche es, dann sehen wir, ob wir mit unserem Fall weiterkommen.«

Eugen und Francesca wunderten sich. ›*Unser Fall*‹? Was hatte das zu bedeuten? Maria und Luisa lächelten einander zu, sagten aber nichts.

Francesca nickte Eugen zu. »Sie haben uns geholfen. Denn jetzt können wir annehmen, dass der Ring, den wir bei der jungen Frau gefunden haben, aus Lana stammt. Also könnte der Käufer, wenn es kein Tourist war, ebenfalls aus Lana oder der Umgebung stammen. Mit Glück meldet er sich«, sagte sie und dachte gleichzeitig, dass er es bestimmt nicht machen würde, wenn er für den Tod der jungen Frau verantwortlich gewesen war. Im Kopf rechnete sie blitzschnell sein mögliches Alter aus, wenn man von einer Beziehung ausging, in der die Partner im passenden Alter zueinandergestanden hatten. Wenn er 2005 zwischen 25 und 30 Jahre alt gewesen wäre, dann musste er heute zwischen 42 und 47 Jahre alt sein. Natürlich nur, wenn es diesen Mann gegeben hat. Sie schüttelte innerlich den Kopf. *Zu viele Wenns*. Nach außen lächelte sie die drei Kartenspieler an.

»Danke. Für den Fall, dass Ihnen noch etwas einfallen sollte«, Francesca schaute auf Luisa, »rufen Sie mich bitte an. Sie haben meine Nummer.«

Als Francesca an Karl vorbeikam, hatte er Gesellschaft. Ein Mann hatte Karl in seinem Rollstuhl an einen Tisch geschoben und sich zu ihm gesetzt. Die verwandtschaftliche Beziehung sah man sofort. Vater und Sohn. Sie lächelte den Mann an. Er lächelte zurück. »Sie haben meinen Vater gefunden? Die Schwester hat es mir erzählt.«

Francesca blieb stehen. »Ja, im Gang. Er war ganz allein.«

»Karl.« Der Mann hatte sich vorgestellt.

»Sie haben denselben Namen wie Ihr Vater?«

Karl nickte. »Meine Eltern fanden es lustig, mir denselben Namen zu geben. Aber man nennt mich Karli. Steht für kleiner Karl.« Er schaute auf seinen Vater, der teilnahmslos vor sich hinstarrte. »Heute ist er eher der Karli, der Kleine. Hilflos wie ein kleines Kind.« Karli betrachtete seinen Vater. »Er spricht kein Wort mehr. Ich weiß nicht, ob er mitbekommt, was um ihn herum passiert. Starke Demenz.«

»Als ich ihn antraf, hat er von einer Treppe gesprochen.«

»Das erzählen mir andere auch. Wenn ich da bin, spricht er nie. Die Treppe oder die Stiege sind sein Thema. Sie nennen ihn deshalb auch ›Stiegen-Karl‹. Entweder sagt er Stiege oder er sagt Treppe.« Er streckte sein Kinn in Richtung des Tisches, an dem die drei Kartenspieler saßen. »Luisa hat mir viel erklärt zu dieser Krankheit. Sie war Hirndoktorin. Sie kann gut erklären, was in so einem Kopf vorgeht. Luisa hat gesagt, dass die wenigen Gedanken, die mein Vater noch im Hirn kreisen lässt, wie ein Dauerfeuer daherkommen. Danach erschöpft er sich und sinkt in sich zusammen. Aber man würde nicht herausbekommen, was es ist. Kriegserlebnisse können es nicht sein, dafür ist er zu jung. Alte Soldaten hätten solche Anwandlungen, wenn sie in die Demenz fallen, hat mir Luisa erzählt. Traumatisierende Erlebnisse der Vergangenheit, die sich aus den tiefen Hirnkammern nach oben arbeiten. Aber ich weiß von keinem Ereignis im Leben meines Vaters, das mit einer Treppe oder einer Stiege zu tun gehabt hat. Es bleibt sein Geheimnis.« Er schaute Francesca dankbar an. »Danke, dass Sie ihn aus dem Gang geholt haben. Uns ist es ein Rätsel, wie er es bis dahin geschafft hat. Auch die Schwester meinte, dass er dazu eigentlich nicht mehr in der Lage ist. Sie wollen jetzt ein Auge auf ihn haben. Weglauftendenzen gibt es oft bei Demenzpatienten. Aber diese Phase war bei meinem Vater irgendwann vorbei. Als wir ihn noch zu Hause gepflegt haben, ist er häufig ausgebüxt. Sie können sich nicht vorstellen, wie weit er es damals geschafft hat. Unglaublich, was der Körper kann, wenn der Geist verwirrt ist.«

*

Paulas Bericht zur Kellerleiche lag auf dem Tisch. Fabio und Eduard lasen ihn aufmerksam.

»Ich glaube, da werden wir nichts mehr finden. Das ist alles zu lange her«, meinte Eduard.

Fabio rollte mit seinem Stuhl zurück, stand auf und ging umher, trat ans Fenster und beobachtete den Verkehr auf der Drusubrücke. »Schau dir die Autos an, Eduard. Sie kommen aus der nahen Vergangenheit, fahren in der Gegenwart an uns vorbei und wir wissen, wo sie in der nahen Zukunft sein werden. Wir wissen das, weil wir wissen, wie Verkehr fließt, weil wir wissen, wie diese Straße verläuft, weil wir aus unserer Erfahrung als Verkehrsteilnehmer wissen, wie sich Autos fortbewegen. Bei unserer Kellerleiche ist es doch so: Wir können die ferne Vergangenheit nicht erahnen, wir sehen den aktuellen Befund, den wir in Paulas Bericht finden, und können mutmaßen, was diese Frau vorhatte, wohin sie sich in ihrer Zukunft hätte bewegen wollen. Aber ansonsten ist es wie mit dem fließenden Verkehr. Wir müssen uns auf den Fluss der Zeit einlassen. Was war 1915 in Lana? Wie waren die Verhältnisse? Gab es eine Schmiedin beim Schwarzschmied, wie Francesca vermutet? War das ein Beruf, den Frauen ausgeübt haben? Welche Konflikte gab es damals? Francesca hat berichtet, dass Lana im Aufschwung war. Wie stellen wir uns das vor? Gab es Fremde? Gastarbeiter? Wie war der Kontakt untereinander? Ich weiß, dass wir wahrscheinlich niemanden finden, der uns diese Fragen beantworten kann. Jedenfalls niemanden, der die junge Frau persönlich gekannt hat. Wenn sie zum Zeitpunkt ihres Todes 25 Jahre alt gewesen sein sollte, dann wäre sie 1890 geboren. Menschen aus diesem Geburtsjahr wären heute 132 Jahre alt. Ich wüsste nicht, dass es so alte Menschen gibt. Der Historiker, mit dem Francesca sich unterhalten hat, weiß viel über Lana und er weiß viel über die Vergangenheit. Aber auch er hat bereits eingeräumt, dass er keine Erzählungen, beispielsweise von seinem Großvater, über eine Schmiedin beim Schwarzwirt gehört hat. Die Schmiede gibt es nicht mehr. Dort steht jetzt ein Hotel.« Er machte eine Pause, immerzu den fließenden Verkehr betrachtend. »Wir müssten uns an die Stelle der Zeit stellen können, an der die junge Dame an uns vorbeikommt. Dann könnten wir ahnen, woher sie gekommen ist und wohin sie wollte.«

Eduard hatte gebannt zugehört. *Eine Zeitreise wäre reizvoll, ist aber unmöglich.*

»Ich habe eine Idee«, sagte Fabio und griff zum Telefonhörer.

*

»Du bis zu früh!« Die Pizzeria Central hatte erst aufgemacht. »Aber schau, wer noch da ist. Als hättest du es gerochen.« Daniel zeigte Karli, wohin er blicken sollte. Hinten links im Restaurant sah man Joschi mit einem Zollstock hantieren. »Er misst den Platz aus, den die Band für ihr Equipment braucht. Schlagzeug, Bass, E-Gitarre und sie haben einen mit einer Ziehharmonika dabei. Am Samstag steigt das Konzert. Ich habe es ins Internet gestellt. Musst du mal schauen. ›Tumulti‹ heißt die Band.«

Karli war verwirrt bei so viel Information. »Was machst du hier überhaupt so früh?«, fragte Daniel, denn der Mittagstisch war noch nicht fertig vorbereitet.

»Ich komme gerade aus dem Altenstift. Habe den Vater besucht. Er scheint wieder Weglauftendenzen zu haben.«

Daniel sah Karli an, dass er sich Sorgen machte.

»Ein Schnapsl?« Karli trank nie Schnaps. Aber heute nickte er müde.

»Ich könnte einen gebrauchen. Ach was, mach mir einen Doppelten.«

Joschi hatte ihn entdeckt und kam auf ihn zu. »Hoila, Karli. Am Samstag spielen wir unser Konzert. Du kommst doch?«

Karli schien sich zu freuen. »Klar komme ich. Das kriege ich hin. Und wenn ich eine Fuhre Äpfel auf dem Feld stehen lassen muss. So eine Abwechslung gibt es nicht oft.« Er klopfte Joschi auf die Schulter.

Daniel dachte: *Niemals würde Karli eine Fuhre Äpfel stehen lassen. Kein Bauer macht das.* Er rief aber: »Toll, dass du kommst. Sag deinen Erntehelfern, sie sollen am Samstag nicht zu viel pflücken. Sonntag ist auch noch ein Tag.«

Karli quälte sich ein Lächeln ins Gesicht, was aber niemand wahrnahm, und kippte den Schnaps, der vor ihm auf der Theke stand.

»So früh schon?«, fragte Joschi, der im selben Moment registrierte, dass Karli nicht gut drauf war. »Hast du was?«

Karli winkte ab. »Mein Vater. Heute wäre er ihnen im Altenstift beinahe abgehauen. Wenn da nicht eine Polizistin gewesen wäre, die ihn eingefangen hat.«

»Polizei im Altersheim? Was wollten die dort?«, fragte Daniel neugierig aus der Küche heraus, aus der ein verführerischer Duft von angebratenem Fleisch drang.

»Ich weiß nicht. Einer der Alten hat sie angerufen. Er hatte etwas in der Zeitung erkannt, hat man mir erzählt.«

Karli schaute sich um. Bis das Essen fertig war, könnte er nachforschen, was in der Zeitung gestanden hatte. Er hatte nicht nachgefragt, als ihm Luisa davon erzählt hatte. Eugen war mal wieder eingeschlafen und die beiden Freundinnen hatten sich daher gefreut, als er sie kurz begrüßt hatte, nachdem er eine Weile bei seinem Vater gesessen hatte. Der Zeitungsstapel lag nahe am Eingang der Pizzeria. Er nahm die aktuelle Tageszeitung und blätterte sie durch. Er fand nichts, was ihm auffiel. Da kam das Essen.

»Für euch habe ich mich gesputet. Hier die ersten zwei Portionen Grillteller. Bitte sehr, einmal für den Herrn der Äpfel und einmal für den Herrn der Saiten. Lasst es euch schmecken.«

*

Als Fabio aus seinem Auto ausstieg, fühlte er sich beobachtet. Ein Gefühl, das er im Nacken spürte. Blitzschnell drehte er sich um und nahm ein Huschen wahr, das hinter der Tür der großen Scheune verschwand, die zum Ansitz Esser gehörte. Die Scheune war der Tummelplatz für Laurins Ziege, der Meerschweinchen und Hasen der Mädchen und der fünf Hühner, die sich die Familie hielt. Es war aber nicht das Huschen eines Tieres, sondern ein größeres Huschen gewesen. Ein Kinderhuschen. Fabio pirschte sich langsam und leise über die Rampe an, drückte sich mit dem Rücken am Tor entlang Richtung Türspalt und hörte es drinnen kichern. Er tat so, als zöge er eine Waffe, hielt die Zeigefinger beider Hände nebeneinander und hatte vor, den Spalt des Tores zu öffnen, um in die Scheune zu springen. So hatten er es hin und wieder getan und die Kinder hatten ihren Spaß daran. Aber diesmal lugte ein fremdes Jungengesicht aus dem Spalt heraus. Es grinste ihn an. »Bist du der Commissario?«

Der Junge mochte in Laurins Alter sein. »Der bin ich«, sagte Fabio. »Und jetzt möchte ich die Papiere sehen!« Fabio hatte seine Stimme tiefer gelegt, weil er ahnte, was hier gespielt wurde. Das Kichern wurde lauter. »Und deine Komplizen muss ich auch vernehmen! Die Kicherbande. Alle!«

Da prusteten sie los. Das Tor wurde aufgestoßen und Laurin, Leonor und der Junge, den Fabio nicht kannte, drängten nach draußen.

»Papa! Das sind meine Freunde. Du wirst sie nicht vernehmen! Wir sind doch die Detektivbande und keine Verbrecher!« Laurin tat entrüstet und stemmte seine Hände in die Seiten.

»Wenn das so ist, dann sind wir Kollegen«, sagte Fabio. »Und in welcher Sache ermitteln meine Kollegen?«

»Wir sind Detektive und warten auf einen Auftrag«, sagte der unbekannte Detektiv.

»Darf ich fragen, mit wem ich es zu tun habe? Sind Sie Philip Marlowe? Oder Hercule Poirot?«

»Hä? Habe ich noch nie gehört. Ich bin der Pauli!«

»Ach so! Detektiv Pauli. Das merke ich mir.« Fabio schaute die anderen beiden Detektive an. »Detektiv Laurin und Detektivin Leonor kenn ich.« Er blickte auf Pauli. »Du bist also neu?«

»Nee, ich bin von Anfang an dabei.«

Fabio stutzte. »Von Anfang an?« Er schaute auf Laurin, der sich daran erinnerte, dass ihm sein Vater aufgegeben hatte, niemanden einzuweihen. Aber Pauli schien ihm und Leonor wie ein guter Fang. Er galt ebenfalls als schlau und pfiffig.

»Soso«, sagte Fabio und wollte ins Haus gehen. »Und wenn die drei Detektive hier unterwegs sind, dann frage ich mich natürlich, in wessen Auftrag. Dürft ihr mir das sagen?«

»Geschäftsgeheimnis«, sagte Pauli.

*

Maria war wieder zu Hause. Es war ein schöner Tag gewesen. *Ganz schön spannend,* dachte sie. *Jetzt sind wir an den Ermittlungen beteiligt. Nur dass Mister Stinger die Hauptrolle spielt und nicht wir.*

Eugen war wieder mitten im Kartenspiel eingeschlafen. Nett, dass Karli an ihren Tisch gekommen war. Ihn kannten sie schon lange. Er kam, um seinen Vater zu besuchen und hatte sich im Laufe der Zeit ein wenig mit Luisa angefreundet, weil sie ihm erklären konnte, was im Kopf des Vaters vor sich ging. Karli kam selten, er hatte zu viel Arbeit und außerdem erkannte der Vater ihn nicht mehr. Vater Karl war mit seinem Kopf in seiner eigenen Welt. Wo er war, wusste niemand. Luisa meinte, dass man die demenziellen Veränderungen im Gehirn noch nicht ganz begriffen hätte. Ähnlich wie bei Menschen im Wachkoma wüsste man nicht, was der demente Mensch noch wahrnimmt. Demenz ist nicht gleich Demenz, hatte sie ihm erklärt. Jede Demenz sei anders.

Maria überlegte. *Wenn sich Eugen an denjenigen erinnern würde, der den Ring gekauft hat, dann wäre derjenige …* Ihre Gedanken stockten. *Es könnte auch eine diejenige sein. Ist auch egal, wenn er sich an den Menschen erinnert, dann wären wir ein Stück weiter.* Sie überlegte, ob sie in dem Fall Hanspeter anrufen würde. *Wenn man den Namen wüsste, könnte Hanspeter Nachforschungen anstellen.* Maria stellte sich vor, wie sie und ihre Freunde zur Lösung des Falles beitragen würden. Sie freute sich darüber, dass sie Luisa zum Lachen gebracht hatte, dass sie Themen hatten, über die sie sprechen konnten. *Das Leben ist schön!*

*

»Wie viele Personen soll ich für Samstag anmelden?« Elisabeth hatte den Telefonhörer in der Hand. Fabio schnipselte Gemüse für das Abendessen.

»Tommaso und Anna kommen mit. Francesca geht am Samstag mit Eduard, hat sie mir gesagt.«

»Ach, das ist nett. Eduard kümmert sich auch um Francesca?«

»Scheint so. Sie wollen einen Ausflug machen, hat er mir erzählt. Er tat geheimnisvoll. Aber ich glaube zu wissen, was er vorhat. Er kennt einen Weinkeller in Tramin. Er hat vorgeschlagen, dass wir dort demnächst alle einkehren. Ich fand die Idee gut und ich schätze, dass er das jetzt klarmacht.«

»Mit Ehefrauen?«

»Das nehme ich an.« Fabio stutzte. »Darüber haben wir nicht gesprochen, aber ich denke ja. Ich frage ihn morgen, in Ordnung?«

»Also vier für Samstag?«

»Vier für Samstag, gut.« Fabio trommelte mit seinen Fingern auf dem Tisch. Etwas bewegte ihn noch. »Was ganz anderes. Wer ist der Dritte im Detektivklub, dieser Pauli?«

»Das ist der Sohn von unserem Lokalreporter aus Tisens. Der, mit dem du öfter zu tun hast.«

»Pauli ist Florians Sohn?« Fabio pfiff durch die Zähne. *Jetzt wird mir einiges klar.*

Donnerstag

Florian hatte seine Sache gut gemacht. Fabio war zufrieden, als er die Zeitung aus der Hand legte. *Schön, wie er meine Gedanken aufgegriffen hat.* Er blickte an die Decke seines Büros. *Dann verzeihe ich ihm, dass er sich Informationen über seinen Sohn besorgt.* Er sah Pauli vor seinem geistigen Auge. *Dieser kleine Spion.* Fabio seufzte. *Kinder sind schuldunfähig,* sagte er sich. *Das gilt auch für die eigenen Kinder.*

Er schaute noch einmal auf die Schlagzeile und den Bericht:

Kellerleiche aus Lana sucht nach Geschichten zu ihren Lebzeiten

Nach den Erkenntnissen der Polizia wurde die Kellerleiche aus dem Keller von Lanas beliebtem Treffpunkt 1477 Reichhalter mit großer Wahrscheinlichkeit im Jahr 1915 eingemauert. Da es heute unmöglich ist, Zeitzeugen aus dem Jahr 1915 zu finden, bittet die Polizia um die Mithilfe der Seniorinnen und Senioren. Vielleicht erinnert sich jemand an alte Geschichten, die in einem Zusammenhang mit folgenden Merkmalen der Leiche stehen können:

Es handelt sich um eine junge Frau, deren Alter auf ungefähr 25 Jahre geschätzt wird. Demnach läge ihr Geburtsjahr im Jahr 1890. Nach Angaben der Gerichtsmedizin soll sie rote Haare gehabt haben, die sie kurz geschnitten getragen haben soll. Die junge Frau war mit einer Hose aus grobem Stoff bekleidet, auf der vorn lange Lederflecken aufgenäht waren. Aus demselben Stoff war die Jacke, die ebenfalls auf der Vorderseite mit Lederflecken versehen war. Ein sehr breiter Gürtel mit Schlaufen, die zur Aufnahme von langstieligen Hämmern gedient haben könnten, war ebenfalls vorhanden. Auf dem Kopf hat die Leiche einen Hut getragen. Es wurden zwei Hämmer gefunden, die der Leiche zugeordnet werden können. Dabei handelt es sich um einen Zwei-Kilo-Hammer, wie er zum Schmieden verwendet wird, und um einen kleineren und leichteren Hammer. Die Hämmer passen zu den Schlaufen des Gürtels. Nach Einschätzung der Polizia könnte es sich um eine Schmiedin handeln, die möglicherweise in der Schmiede Schwarzschmied in Lana in der Zeit um 1915 gearbeitet hat.

Die Polizia geht davon aus, dass die junge Frau eines unnatürlichen Todes verstarb. Die Gerichtsmedizin hat starke Kopfverletzungen feststellen können. Deshalb geht man davon aus, dass die Einmauerung der Leiche zur Verdeckung einer Straftat vorgenommen wurde.
Auch wenn es unwahrscheinlich ist, heute denjenigen zu ermitteln, der für diese Tat verantwortlich war, bittet die Polizia insbesondere die ältere Generation, in ihrem Gedächtnis nach Geschichten zu suchen, die Hinweise auf die Tat geben könnten.

Fabio war zufrieden. Seinen Gedanken mit dem Zeitstrahl, der ihm beim Betrachten des Verkehrsflusses gekommen war, hatte Florian gut aufgenommen. *Man muss die Augen haben, die längst Vergangenes gesehen haben. Das sind die Erzählungen von längst verstorbenen Menschen, die in den Erinnerungen der Lebenden vorhanden sind,* sinnierte er.

*

Eugen und Luisa frühstückten gerne zusammen. Eugen war morgens langsam. Die alten Knochen brauchten Zeit, bis sie sich in den Gelenken bewegten. Mobilisierung nannten die Schwestern das morgendliche Prozedere. Luisa war mit dem Frühstück bereits fertig, als Eugen angefahren kam. Er wirkte mürrisch.

»Was ist mit dir? Nicht gut geschlafen?«

Eugen blickte kurz auf, nahm sich ein Brötchen und legte es gleich wieder hin. »Ach, das hat nicht geklappt. Das mit dem Daran-Denken.« Er holte Luft. »Ich habe vor dem Einschlafen feste an den Ring gedacht. Aber heute Morgen war da nichts. Nichts, verstehst du? Ich komme da nicht mehr ran. Es ist alles weg. Und das ärgert mich. Die Denkmurmel wird hohl, fürchte ich.«

Luisa lächelte ihn an. »Nein, das wird sie nicht. Erinnerungen kommen nicht auf einen Tusch. Du musst dir Zeit lassen. Und du darfst dich nicht unter Druck setzen.« Sie lehnte sich zurück und blickte träumerisch über den Tisch. »Wir müssen gar nichts mehr. Das ist doch toll, oder? Lass es laufen. Denke ab und zu an den Ring und lasse die Gedanken kommen und gehen. Dann kann es passieren, dass deine alte Denkmurmel ins Rotieren kommt. Lass es laufen, lieber Eugen.«

»Meinst du?«

»Ich meine nicht nur, ich weiß es!«

*

Maria bummelte durch Lana und trank einen Cappuccino auf der Terrasse des Cafés Harmonie, aß dazu ein Hörnchen und genoss die Sonne des Morgens. Es kamen Leute und gingen. Einige kannte sie, grüßte und wurde gegrüßt. Dann ging sie in den Buchladen Lana gleich gegenüber, unterhielt sich kurz mit der Buchhändlerin und kaufte eine Tageszeitung.

Mit der zusammengerollten Zeitung unter dem Arm bummelte sie durch die Fußgängerzone. Sie betrachtete die Skulpturen des Holzbildhauers, die neueste Schuhmode und welche Neuheiten der Herbst- und Winterkollektion in den Modegeschäften zu sehen waren. Vor dem Juweliergeschäft blieb sie stehen und dachte an Eugen. *Das wird vielleicht sein Geschäft gewesen sein*, vermutete sie. *Komisch, dass ich ihn zuvor nie gesehen habe. Wenn er 2006 dieses Geschäft verkauft hat, wie er uns gestern erzählte, dann hätte ich ihn zumindest vom Sehen kennen müssen. Ich lebe hier seit meiner Geburt und kenne jeden. Fast jeden*, wie sie für sich selbst hinzufügte.

»Na, Maria, Lust auf Geschmeide?« Maria vernahm eine fröhliche Stimme, die sie gut kannte.

»Hanspeter, guten Morgen. Nein, ich brauche nichts mehr von dem Goldglanz. Ehrlich gesagt, hat es mich nie interessiert. Ich dachte gerade darüber nach, dass ich den alten Juwelier, Eugen heißt er, niemals zu Gesicht bekommen habe, als er hier noch gearbeitet hat.«

»Den Eugen Hutmacher? Den kennst du?«

»Ja, ich kenne ihn. Aber erst, seitdem ich Luisa im Altenstift besuche. Er hat erzählt, dass er sein Geschäft 2006 verkauft hat.«

»Das kann stimmen. Ich kenne ihn, weil wir beide in drei Vereinen sind. Er war überall der Kassierer. Ein stiller Mann, aber zuverlässig. Die Kasse hat immer gestimmt.«

»Das ist interessant. In welchen Vereinen habt ihr mitgemacht?«

»Ach je, ich bin in zehn Vereinen. Nicht überall aktiv, aber immerhin Mitglied. Mit dem Eugen Hutmacher war ich im Wirtschaftsring. Er war Kaufmann, ich war Kaufmann, das hat gepasst. Wir beide waren auch begeisterte Kegler. Eine Mordsgaudi war das. Ich war noch ganz jung und Eugen spielte bei den Alten Herren. Wie er die Kegel aus den Ecken geholt hat, war sehenswert. Und dann bin ich noch in den Schachklub geraten, weil mich Freunde mitgenommen haben. Das war nicht so mein Ding, aber der Eugen war ein sehr guter Schachspieler. Er trat gegen mehrere Gegner gleichzeitig an und meist hat er sie alle besiegt. Das war sensationell. Aber er war eben auch eigen, lebte zurückgezogen. Ich wundere mich nicht, dass du ihn nie gesehen hast. Er wäre niemals auf die Idee gekommen, über die Straße auf einen Espresso zu gehen. Dafür war er nicht der Typ.«

»Ja, die Vereine. Was wäre das Dorf ohne sie?«

Hanspeter überlegte kurz. »Das kann ich mir gar nicht vorstellen. Über die Vereine konstruiert sich das soziale Leben. Ich möchte sagen, wenn sich drei Lananer treffen und länger zusammenstehen, musst du damit rechnen, dass früher oder später ein neuer Verein entsteht. Ich mein, hier im Ort gibt es rund 100 Vereine. Der Reigen geht vom Saufklub Lana über Frauen für den Frieden bis hin zu den Jahrgangsvereinen. Es gibt Vereine rund um die Musik, rund um das Soziale, rund um das Katholische, rund um die Veteranenvereine, viele Sportvereine und, und, und. Das soziale Leben spielt in den Vereinen. Und auch in den Bars«, fügte Hanspeter hinzu.

Maria nickte. Sie kannte das nur zu gut. Auch ihr Mann war in vielen Vereinen aktiv gewesen. Deshalb war er selten zu Hause gewesen. Er hatte gerne Ämter übernommen und seine Aufgaben gewissenhaft erfüllt. Deshalb gab es am Abend eines jeden Werktags eine Sitzung, zu der er unbedingt gehen musste. Die Vereine haben ihn aufgesaugt. Vielleicht hatte sie ihn deshalb kaum vermisst, als er unerwartet starb. *Er war ohnehin nie da.*

Hanspeter deutete auf die zusammengerollte Zeitung unter Marias Arm. »Hast du die schon gelesen? Das wird halb Lana beschäftigen, glaube mir. Die Polizia ruft die Alten auf, sich an alte Geschichten zu erinnern. Alles im Zusammenhang mit der

Leiche aus dem Reichhalter-Keller. Da haben bestimmt viele was zu erzählen. Ab heute wird in allen Vereinen, allen Bars, bei allen privaten Treffen getratscht, was das Zeug hält. Ob sich die Polizia mit diesem Aufruf einen Gefallen getan hat, bezweifele ich. Die Leute wissen doch immer von allem, oder haben irgendwann zumindest etwas gehört, was irgendwer einmal erzählt hat. Wirst sehen, das gibt ab heute einen Spaß überall.«

Maria entrollte die Zeitung und überflog die Titelseite. »Ich finde das eher pfiffig. Das Gedächtnis der vielen ist doch wie eine alte Datenbank. Du musst die richtigen Knöpfe drücken, damit die Daten abgerufen werden. Das macht der Commissario ganz geschickt. Es ist ja kaum zu glauben, dass hier in Lana zwei Frauen ums Leben gekommen sind, findest du nicht auch? Alles sieht friedlich aus. Aber so ist es immer gewesen. Hinter friedlichen Fassaden schläft das Böse. Und es wäre gut, wenn auch dieser alte Fall eine Erklärung fände, oder?«

»Du hast recht, aber ich glaube, dass ab heute Mittag der Commissario sich mehr alte Geschichten anhören muss, als ihm lieb ist.« Hanspeter lachte. »Ich habe den ein oder anderen im Blick, der eine seiner Schauergeschichten von früher erzählen kann und heute jemanden finden wird, der sie sich auch anhört.«

»Also, ich finde es richtig gut, dass der Commissario unsere Generation um Hilfe bittet. Wir wissen doch viel aus der alten Zeit. Ihr jungen Hüpfer kennt die Geschichten doch nicht mehr«, meinte Maria.

»Ein junger Hüpfer bin ich nicht mehr, aber es stimmt schon. Mein Vater hat auch gerne von früher erzählt und seine Erzählungen sind auch in meinem Gedächtnis. Also sehen wir alle eine weite Strecke in eine selbst nicht erlebte Vergangenheit, kennen den Streckenabschnitt unseres eigenen Lebens und meinen, in die Zukunft sehen zu können.« Hanspeter zog die Schultern hoch. »Der Commissario wird sich etwas dabei gedacht haben.«

»Davon bin ich auch überzeugt. Morgen besuche ich Luisa. Wir werden bestimmt viel zu erzählen haben. Sie hat doch unterhalb des Schwarzschmieds gewohnt. Vielleicht kennt sie Geschichten dazu. Allerdings kann sie die Schmiedin nicht gekannt haben, wenn es stimmt, dass sie 1915 ums Leben gekommen ist. Wir sind derselbe Jahrgang. Beide 1929 geboren.«

»Du siehst aber deutlich jünger aus«, schmeichelte Hanspeter.

*

Das Telefon stand nicht mehr still. Francesca, Eduard und Fabio hatten bis zum Mittag einen Haufen Zettel beschriftet. Name des Anrufers, Telefonnummer für den Rückruf, Stichworte zur Geschichte waren notiert worden. Es war abenteuerlich, an was sich die Menschen alles erinnerten oder zu erinnern glaubten. Fabio zweifelte inzwischen daran, ob es eine gute Idee gewesen war, diesen Aufruf in die Zeitung zu setzen. Die Telefonzentrale war überlastet. Der Vice steckte seinen Kopf durch die Tür und als er sah, dass alle drei eifrig telefonierten, verschwand er sofort wieder. Er hatte die Zeitung auch gelesen. So viel Engagement für eine alte Leiche hätte es nicht gebraucht, war seine Einschätzung. Alle Beteiligten dürften längst verstorben sein. Warum also der Aufwand? Doch die gute Botschaft, die er überbringen wollte, hatte Zeit. Silvano Pallua war mit sich und seiner Welt zufrieden. Er überlegte, wann er seine Sekretärin Carlotta einweihen sollte. Sie sollte es auch wissen. *Ach, ich warte noch eine Weile,* dachte er und pfiff eine Melodie auf dem Weg in die Questura-Bar.

*

Heute war Karli pünktlich und das eingeübte Mittagsballett in der Pizzeria Central nahm seinen gewohnten Lauf. Karli griff nach einer Zeitung am Eingang der Pizzeria, setzte sich an einen freien Tisch, nickte einen Gruß durch den Raum und der Teller mit dem Tagesgericht wurde vor ihm abgestellt. Heute gab es den Veggie-Burger mit Pommes Frites. Karli freute sich. Er mochte alle Burger, auch die ohne Fleisch.

»Wie sieht's aus?«, fragte er Daniel.

»Gut sieht es aus. Am Samstag spielen die Tumulti und ich habe bis heute zwanzig Voranmeldungen. Das ist stark. Nachdem ich es ins Netz gestellt hatte, hatte ich am selben Tag schon zehn Zusagen. Das wird klasse. Du kommst doch?«

Karli kaute und nickte. »Ehrensache«, sollte es wohl heißen, was aus seinem Mund kam.

»Immer noch viel zu tun?«, fragte Daniel eher aus Freundlichkeit als aus Interesse. Es würde sich nichts geändert haben seit gestern.

Karli nickte. »Ich muss gleich wieder los«, schob er zwischen dem vorletzten und dem letzten Bissen ein. »Kannst du mir bitteschön den Espresso machen?«

Daniel ging hinter die Bar zur Maschine, klopfte den Siebträger frei, füllte ihn und setzte die rote Rancilio in Gang. Die Espressomaschine zischte. Als er sich umdrehte, schien ihm Karli verändert. Wie versteinert wirkte er. *Das Essen war doch in Ordnung?,* fragte er sich. Daniel stellte den Espresso auf dem Tisch vor Karli ab, wollte ihn fragen, ob was sei, aber in dem Moment kam ein ganzer Trupp Handwerker, die seine Aufmerksamkeit in Anspruch nahmen. Er ging, die Bestellungen aufzunehmen. Als er aus der Küche kam, sah er, dass Karlis Platz leer war. Den frischen Espresso hatte er nicht angerührt.

*

Der Notruf kam spät rein. Fabio wollte Feierabend machen, als Eduard meldete, dass es einen Leichenfund gebe. Fabio telefonierte kurz mit Tommaso, um ihm zu sagen, dass er ihn heute nicht mitnehmen könne. Kurz darauf saßen Fabio, Eduard und Francesca im Wagen und fuhren mit Blaulicht stadtauswärts.

»Wohin?«, fragte Fabio.

Francesca fuhr, Eduard berichtete. »Wir müssen auf die Apfelfelder zwischen Nals und Vilpian. Ein Einzelhof. Der Notruf kam von einem Mann. Er hat gesagt, es sei alles voller Blut, er finde seine Mutter nicht. Er rief kurz darauf ein zweites Mal an. Seine Mutter wäre ermordet worden, hat er der Zentrale gesagt. Wir haben einen Krankenwagen alarmiert.« Francesca fuhr schnell, aber mit Umsicht, gelangte auf die MEBO und gab Gas. 180, 200 zeigte der Tacho, Francesca raste an Terlan vorbei, ging kurz vor der Abfahrt Vilpian/Nals in die Eisen, jagte den Wagen die Auffahrt hoch, bremste abrupt, bog links ab, drückte dann das Gaspedal durch bis zum Kreisverkehr, bog hier nach rechts und fuhr dann langsamer die Feldwege entlang. Hier konnten überall Radfahrer oder Spaziergänger auftauchen oder Trecker, die aus den Feldern in den Fahrweg abbogen. Es war nicht mehr weit bis zum Bauernhof.

Der Hof war groß. Es gab drei Gebäude, die um einen geräumigen Platz angeordnet waren. Eine Scheune links, in der Nutzfahrzeuge ihre Kühler durch die offenen Tore zeigten, ein Wohnhaus geradeaus und ein weiteres Gebäude rechts, das teils wie ein altes Wohnhaus und teils wie ein Wirtschaftsgebäude aussah. Vom Haupthaus kam ein Mann gelaufen.

»Hierher, kommen Sie, kommen Sie!«, rief er. Er sah schrecklich aus. Tränen rannen über sein Gesicht, er zitterte am ganzen Körper. Dann brach er vor ihren Füßen zusammen. Eduard kümmerte sich sofort, stützte ihn und klatschte ihm mit der Hand ins Gesicht. »Komm schon, wach auf!«, rief er. »Komm! Mach!« Die Lider flackerten, die Augen öffneten sich. Kurz darauf kam ein Krankenwagen. Ein Rettungssanitäter half Eduard, den Mann in eine stabile Lage zu bringen.

Francesca und Fabio liefen zum Wohnhaus. Sie zogen ihre Pistolen und entsicherten sie. Vorsichtig betraten sie das Wohnhaus durch die geöffnete Tür. Kein Geräusch war zu hören. Sie sahen einen großen, mit Holz getäfelten Raum, von dem Zimmer abgingen. Links zwei, rechts zwei und eine Tür befand sich an der Stirnwand. Sie war verschlossen, alle anderen Türen standen offen. Eine große, alte Truhe stand dekorativ links neben der verschlossenen Tür. Sie war geöffnet und auf dem Boden lagen verstreut Ballen von Stoffen. Wie rausgezogen und auf den Boden geworfen. Fabio und Francesca verständigten sich mit Blicken. Francesca ging nach links zur ersten offenen Tür, Fabio nach rechts. Vorsichtig spähten sie hinein, traten dann einen Schritt in den Raum, blickten sich um. Das Zimmer links war die gute Stube. Die Wände und die Decke waren ebenfalls holzgetäfelt. Alle Schränke standen offen, der Boden war voller Gegenstände. Der Raum rechts war auch eine Art Wohnzimmer. Hier dasselbe

Bild. Das Zimmer war durchsucht worden. Kein Mensch zu sehen oder zu hören. Langsam bewegten sich Francesca und Fabio zu den letzten Zimmern auf den Seiten zu. Fabio war als Erster dort, betrat ein Schlafzimmer. Kein Mensch, aber alles durchwühlt. Dann hörte er Francesca.

»O mein Gott!«

*

Maria telefonierte mit Luisa. »Wir Alten werden gefragt! Die Polizia bittet um unsere Mithilfe, stell dir das mal vor. Und wer weiß, vielleicht kommen wir noch ganz groß raus mit unseren Erinnerungen.«

»Aber du wolltest doch nicht mehr ins Rampenlicht«, antwortete Luisa.

»Ja, ja, das habe ich gesagt. Und ich bleibe auch dabei.« Sie räusperte sich. »Ich besuche dich morgen und bringe die Zeitung mit. Du kannst vor dem Einschlafen an den Schwarzschmied denken. Vielleicht fällt dir dann was ein. Du hast uns doch erklärt, dass das so geht.«

»Wieso der Schwarzschmied?«

»Erzähle ich dir morgen. Also denk vor dem Einschlafen an den Schwarzschmied. Der war damals euer Nachbar, also so auf 500 Meter ungefähr.«

»Du erzählst Sachen. Aber du willst es spannend machen. Na denn, ich freue mich auf morgen.«

*

Fabio eilte zu Francesca, die verschlossene Tür im Auge. Er blickte kurz in das Zimmer, aus dem ihr Ruf gekommen war. Was er sah, war schrecklich. Alles voller Blut und eine alte Frau gefesselt auf einem Stuhl. Francesca prüfte an der Halsschlagader, ob noch Leben in der Frau war, und schüttelte ihren Kopf, als sie Fabio ansah. Fabio nickte ihr zu, bedeutete ihr mit einer Kopfbewegung, dass er das Zimmer mit der verschlossenen Tür durchsuchen wolle, und trat neben diese Tür. Sie ließ sich leicht öffnen.

Er stieß die Tür auf und sah, dass es von hier aus in den oberen Stock ging. Ein Treppenaufgang war zu sehen.

Er ging zu Francesca zurück und betrachtete die Szene. Das Zimmer war die Küche. Ein großer Kachelofen links in der Ecke, daran anschließend eine lange Sitzbank an der Stirnseite. Zwei kleine Fenster spendeten Licht für die entsetzliche Szenerie. Im Mund der Frau steckte eine Art Knebel, sie selbst war an einen Stuhl gebunden, ihr Körper war von Wundmalen überzogen.

»Tot?«

Francesca nickte. Man sah ihr an, dass sie mit sich kämpfte.

»Wir müssen noch oben nachsehen.« Er deutete mit dem Kinn in Richtung Treppenaufgang. Francesca folgte ihm.

Bei der Kontrolle der oberen Zimmer fanden sie niemanden. Alle Zimmer waren, wie auch die unteren, durchsucht worden.

Zurück im Erdgeschoss ging Francesca den Notfallsanitäter holen. Fabio telefonierte mit der Spurensicherung und verständigte Paula.

Eduard kam ihm entgegen. »Der Mann steht unter Schock. Ich würde sagen, dass er nicht vernehmungsfähig ist. Er scheint seine Mutter zu vermissen. Er spricht immer von seiner Mutter.«

Fabio bedeutete Eduard, in das hintere Zimmer auf der linken Seite zu gehen. »Schau kurz rein, dann verstehst du.«

In der Küche hatte der Notfallsanitäter den Tod der Frau festgestellt. »Da brauche ich keinen Arzt, um zu sehen, dass diese Frau tot ist. Hier kommt jede Rettung zu spät.« Er bekreuzigte sich und ging. Fabio und Eduard waren jetzt alleine mit der Leiche im Raum.

»Wer macht so was?« Fabio betrachtete die Leiche. »Was hat sie im Mund?«

Eduard trat näher. »Ich würde sagen, es ist eine zusammengerollte Zeitung. Aber die steckt nicht einfach in ihrem Mund, sie wurde ihr in den Rachen gestopft. Das soll Paula untersuchen. Es kann sein, dass sie daran erstickt ist.«

»Sieht aus wie eine Folterung.« Fabios Feststellung traf das Bild exakt.

»Gefesselt, gefoltert und dann getötet.« Eduard zog sich Handschuhe an, beugte sich über die Leiche. »Noch kein intensiver

Geruch«, stellte er fest. »Altes Blut riecht anders. Kann noch nicht so lange her sein.« Er legte seine Hand auf einen Arm der Toten. »Noch nicht kalt.«

»Dann sind die noch nicht weit.« Fabio meinte die Täter.

»Großfahndung?« Fabio nickte, Eduard griff zum Telefon.

Fabio ging aus dem Zimmer und hörte Eduard Sätze sprechen wie: »Alle Kräfte, auch Hubschrauber, wir haben keinerlei Anhaltspunkte ... jeder, der verdächtig aussieht ... alle großen Straßen, MEBO, Autobahn vor allen anderen ... Ja, macht verdachtsunabhängige Kontrollen ... sind mit großer Brutalität vorgegangen ... gefährlich ...«

Francesca kam ihm entgegen.

»Die Spurensicherung ist unterwegs.«

»Gut«, sagte Fabio. »Warten wir auf die Spurensicherung. Wie schnell kannst du feststellen, wer hier wohnt? Haben wir die Personalien des Mannes?«

»Ich kenne ihn. Sein Vater lebt im Altenstift in Lana. Dort ist er mir erst gestern begegnet. Die Personalien nehme ich gleich auf.«

Mit diesen Worten ging Francesca zum Rettungswagen, in dem der Mann saß. Kreidebleich. Er wirkte abwesend. Ein Speicheltropfen floss aus seinem Mundwinkel.

»Kann ich Sie ansprechen?«

Der Mann nickte kaum merklich. Er blickte ins Weite.

»Können Sie mir Ihren vollständigen Namen nennen?«

Der Mann griff nach einer Jacke, die ihm der Rettungssanitäter ausgezogen hatte, um die Blutdruckmanschette um den Arm legen zu können. Er kramte in den Taschen, fand sein Portemonnaie, darin seine Papiere, gab sie Francesca.

»Karl Wallnöfer, geboren am 24. Februar 1982«, notierte Francesca und gab die Papiere zurück.

»Herr Wallnöfer, können Sie sich noch an mich erinnern? Ich habe Ihren Vater im Altenstift gefunden. Rechtzeitig, bevor er entwischen konnte.«

Karl Wallnöfer schaute Francesca an. *Glasige Augen, gebrochene Augen, tieftraurige Augen*, dachte sie. Er nickte.

»Ja, ich erkenne Sie wieder.« Er schluckte. »Was ist ... ist sie ...«

»Ist das Ihre Mutter in dem Haus?«

»Ja, meine Mutter, ist sie …«

»Sie ist tot, Herr Wallnöfer. Mein Beileid.«

Karli schluchzte, Tränen schossen ihm ins Gesicht, er atmete schnell und hektisch. Der Rettungssanitäter legte beruhigend seine Hand auf Karlis Arm, mit der anderen Hand kontrollierte er seinen Puls.

»Können Sie mir sagen, was passiert ist?«

Karli schüttelte den Kopf. Sagte nichts, schluchzte, weinte, Krämpfe schüttelten seinen Körper. Der Rettungssanitäter schaute Francesca an, zog die Augenbrauen hoch. Francesca verstand.

»Ich lasse Sie jetzt erst mal in Ruhe und komme gleich wieder. Ist das in Ordnung?« Ihre Stimme war sanft.

Karli nickte. Der Rettungssanitäter nickte.

Fabio winkte Francesca vom Haus aus heran. »Was hat er gesagt?«

»Er heißt Karl Wallnöfer. Die Adresse im Personalausweis ist diese Adresse hier. Die Tote ist seine Mutter. Ich kenne zufällig den Vater. Ein dementer Mann mit Weglauftendenzen. Er lebt im Altenstift in Lana. Dort bin ich Karl Wallnöfer gestern schon einmal begegnet. Schrecklich, beide Eltern nicht mehr da. Der Vater dement, die Mutter ermordet. Ich denke, es wird gut sein, wenn er heute hier nicht übernachtet, oder? Vielleicht hat er Freunde, die ihn auffangen. Er steht unter Schock.«

»Ist er vernehmungsfähig?«

»Ich würde sagen, nein. Wir warten noch. Vielleicht fängt er sich.«

»Gut, entscheide du das. Er kennt dich. Wenn du meinst, dass wir ihn heute befragen können, machen wir das. Je früher, umso besser.«

Francesca ging zum Rettungswagen. Karli schien etwas gefasster. Er atmete ruhiger, schien sich zu fangen. Er blickte Francesca mit klareren Augen an.

»Ich muss die Arbeiter von den Feldern holen«, sagte er und versuchte aufzustehen. »Die Äpfel müssen in die Genossenschaft«, war sein zweiter Satz. Er versuchte sich hochzurappeln und es gelang ihm. Er wischte sich die Tränen aus den Augen und wollte doch tatsächlich zu seinem Trecker, dessen Nase aus dem Fahrzeugschuppen ragte.

»Herr Wallnöfer?«

Er drehte sich zu Francesca um.

»Sie sind nicht in der Verfassung, zu fahren. Und wir müssen Sie auch noch befragen. Ihre Mutter ist ermordet worden.«

Karli erstarrte. Erneut rüttelte es seinen Körper durch. Er ging zurück in den Rettungswagen und setzte sich auf den Stuhl, von dem er zuvor aufgestanden war. Sein Kopf sank auf seine Brust.

»Kann jemand anders Ihre Arbeiter von den Feldern holen?«

»Entschuldigung. Ich bin durcheinander. Also ich weiß nicht, was ich machen soll. Die Arbeit ist ein Rhythmus. Ich stecke da drin. Moment.«

Er zog sein Handy aus der Tasche, tippte und wartete. »Ich ruf den Vorarbeiter an. Sie müssen zumindest Bescheid wissen.«

Francesca wendete sich ab, bekam aber jedes Wort mit. Karli sagte, dass die Arbeiter heute selber nach Hause kommen müssten. Die Kisten mit den heute gepflückten Äpfeln werde er morgen abholen. Seine Stimme war dabei durchaus fest.

Aus dem Wagen heraus schaute er Francesca ernst an. »Fragen Sie.« Dann trübte sich sein Blick und ein Weinkrampf schüttelte ihn durch.

*

Fabio kam spät nach Hause. Die Spurensicherung hatte viel zu tun gehabt. »Wie ein Schlachtfeld«, hatte es der Gruppenführer beschrieben. Er war zwar so jung, dass er niemals auf einem Schlachtfeld gewesen sein konnte, aber der Vergleich passte. Der Frau war auf vielfältige Weise Gewalt angetan worden. Als wäre der Täter mit dem Bajonett und mit dem Gewehrkolben auf sie losgegangen. So sah es aus. Fabio konnte Einstiche erkennen und Blutergüsse, die von Schlägen oder Stößen herrühren konnten.

Wie viele Täter waren es?, fragte sich Fabio. Er hatte Tommasos Erzählungen über die reisende Bande im Kopf. *Ich werde das morgen mit ihm besprechen*, überlegte er. Vielleicht hatten die Carabinieri Erkenntnisse, die in diesem Fall weiterhalfen.

Fabio ließ die Eindrücke vor seinem geistigen Auge Revue passieren. Paula war professionell gewesen, ganz so, als hätte sie oft entstellte Leichen gesehen. Fabio wusste, dass dies nicht der Fall war. Sie betrachtete die Dinge mit einer gesunden Distanz. Zur Todesursache wollte sie sich noch nicht festlegen. Sie hatte gezögert, sich immer wieder die Wundmale auf der Leiche angesehen. Sie hatte gemeint, dass es bei der Vielzahl der Verletzungen und vor allem bei diesem Knebel sein könne, dass die Frau entweder erstickt wurde oder sie ihren mannigfachen Verletzungen erlegen war. Das werde erst die Obduktion zeigen. Den Todeszeitpunkt hatte sie zwischen 16 Uhr und 16.30 Uhr bestimmt.

Fabio nahm einen Schluck Wein. Elisabeth hatte sich zu ihm gesetzt. Er hatte sie kurz über das Erlebte informiert, ohne Details zu erzählen.

»Was ist das für eine Welt?«, fragte sie.

Fabio schaute sie an. »Sag du es mir.«

»Ist dir bewusst, dass du derzeit drei tote Frauen hast, um deren Todesverursacher du dich kümmerst?«

Fabio nickte leicht. »Ist mir bewusst. Und ich habe im Ohr, dass du mir erzählt hast, dass in Italien …«

»Psst.« Elisabeth legte ihren Zeigefinger auf Fabios Lippen.

»Das meinte ich nicht. Aber es ist doch komisch. Drei Frauen. Drei Schicksale. Schicksale von 1915, von 2005 und von heute, 2022.«

Fabio schaute Elisabeth an. »Und für die Aufklärung aller drei Fälle bin ich zuständig. Ich weiß.«

Freitag

Fabios Fulvia fuhr heute schneller als gewohnt den Nalser Berg hinunter. Er redete ohne Unterbrechung auf Tommaso ein. Erzählte alle Details und am Rundverkehr vor der Auffahrt auf die MEBO Richtung Bozen sagte Fabio: »Soll ich dir den Tatort zeigen? Du kannst vielleicht mit euren Erkenntnissen helfen. Ich meine, es könnten doch diese reisende Bande gewesen sein, die euch derzeit so viel Arbeit machen.«

Tommaso stimmte zu und versuchte sein Handy zu ziehen, was in der Enge des kleinen Autos einiges an Verrenkungen verursachte. Er meldete sich bei seiner Einheit, gab kurz durch, warum er später kam, und fragte Fabio nach der Adresse. Die gab er durch und sagte: »Sag Franziska, dass sie kommen soll. Es geht um unsere Einbruchserie.«

»Wer ist Franziska?«, fragte Fabio. »Noch nie gehört von ihr.«

»Ganz frisch dabei. Sie hat die Einbrüche bearbeitet, bevor man mir die Fälle zugeschustert hat. Ich schätze, dass sie besser als ich beurteilen kann, ob wir es mit alten Bekannten zu tun haben.«

*

»Luisa, du hattest recht.«

Luisa hob die Augenbrauen. »Ach ja?« Sie schmunzelte. »Hatte ich? Nun, das kommt vor. Womit?«

»Das mit dem Erinnern, wenn man abends an etwas denkt, bevor man einschläft. Die Sache mit dem Ring.« Eugen war ganz aufgeregt.

»Und?«

»Ich meine, es war ein junger Mann gewesen, der den Ring gekauft hat. Blonder Wuschelkopf, dicklich, eher klein. Und er war aufgeregt damals.«

»Kanntest du ihn?«

»Nein. Nie zuvor gesehen. Weder im Dorf noch in einem der Vereine. Und danach auch nie mehr gesehen. Nicht aus Lana. Aber ein Einheimischer, das schon.«

Luisa sah, dass sich Eugen über seine Gedächtnisleistung freute. »Siehst du, die alte Denkfabrik ist noch gut in Schuss. Das kann nicht jeder hier von sich behaupten.« Ihr Blick ging durch den Frühstückssaal und streifte die, die von den Schwestern beim Frühstück betreut werden mussten. Teils, weil sie körperlich zu schwach waren, teils, weil sie aufgrund ihrer Demenz nicht recht wussten, was zu tun war. Die Stimmung im Frühstückssaal am Morgen war immer gut. Das Stift brachte alle zusammen, die nicht bettlägerig waren. Eine Gemeinschaft, bei der niemand ausgeschlossen wurde. Auch demente Menschen profitierten von dieser Stimmung. Und die Alten halfen sich untereinander, wo sie konnten. Soweit sie sich nicht gegenseitig auf die Nerven gingen. Das gab es auch und war im Stift nicht anders, wie es »draußen« gewesen wäre.

»Ja, die Gemüseabteilung, ich weiß. Manchmal fürchte ich, dass ich auch zum Gemüse werde.«

»Eugen, erstens hast du soeben bewiesen, dass du kein Gemüse bist, und da du es zweitens bis zum 97. Jahr deines Lebens durchgehalten hast, kein Gemüse zu werden, ist das auch für deine Restlaufzeit nicht zu befürchten.«

»Und wenn doch?«

»Dann ist es dir egal. Glaub mir. Und jetzt lass uns frühstücken. Maria kommt gleich und hat interessante Neuigkeiten im Gepäck, hat sie mir erzählt. Und sie hat mir auch eine Aufgabe gestellt. Auch ich musste gestern Nacht vor dem Einschlafen an etwas Bestimmtes denken und Maria hoffte, dass ich mich heute daran erinnern würde.«

Eugen schaute auf: »Und, hast du?«

Maria lächelte sanft. »Lass dich überraschen.«

*

Fabio durchtrennte das Polizeisiegel an der Tür des Bauernhofs. »So etwas habe ich bisher noch nicht gesehen. Die arme Frau war schlimm zugerichtet. Überall Einstiche und Blutergüsse. Und eine Zeitung als Knebel, aber nicht quer im Mund, sondern längs in den Schlund gestoßen.«

Tommaso hatte aufmerksam zugehört und betrachtete das Chaos auf dem Zimmerboden.

»Das sieht in allen Zimmern so aus«, sagte Fabio.

»Genauso?« Tommaso grummelte in sich hinein.

»Was sagst du?«

»Wir warten auf Franziska. Sie kann dir sagen, ob das bei den Fällen, die wir bearbeiten, auch so aussah. Ich glaube nämlich, dass das nicht so war.«

Tommaso schaute sich die Küche an. »Hier habt ihr sie gefunden?«

»Sie war an diesen Stuhl gefesselt«, Fabio deutete auf einen frei stehenden Stuhl. »Wir nehmen an, dass sie den Tätern oder dem Täter die Tür geöffnet hat, denn es gab keine Einbruchsspuren. Dann wird man sie in der Küche gefesselt haben. Es sieht so aus, als habe man sie gefoltert und dann ermordet oder sie ist an ihren Verletzungen gestorben. Nach der Obduktion wissen wir mehr. Todeszeitpunkt war gestern zwischen 16 Uhr und 16.30 Uhr. Der Sohn hat sie gefunden und uns verständigt. Das war kurz vor 18 Uhr. Ich war im Gehen begriffen.«

»Was ist mit dem Sohn?«

»Schock. Er war gestern vernehmungsunfähig. Eduard wird ihn heute vernehmen.«

Tommaso schaute sich um. »Etwas stört mich«, sagte er.

*

Maria packte die Sachen zusammen, die sie heute in das Altenstift mitnehmen wollte. Ganz wichtig war die Zeitung mit dem Aufruf an die Alten, mit ihrem Gedächtnis mitzuhelfen, den Fall der Kellerleiche zu lösen. Dass es den Schwarzschmied gegeben hatte, wusste sie. Die Erinnerung war aber eher vage. Sie hatte Lana erst bewusst erlebt, als sie mit sechs Jahren zur Schule gegangen war. Das war 1935 gewesen. Faschistenzeit damals. Sie lernte Italienisch, sie sprach Italienisch, alles um sie herum war aber nicht italienisch. Als Kind verstand sie schnell, dass es den Erwachsenen damals nicht gut ging. Aus ihrer Familie konnte niemand Italienisch und die Kinder mussten beim Übersetzen helfen. Es ging um Formulare, die niemand gerne ausfüllte, weil sie in italienischer Sprache verfasst waren. Sie spürte, dass es zwischen den Erwachsenen Spannungen gab. Italiener hatten das Sagen und ihre Eltern waren darüber nicht glücklich. Maria hatte italienische Freunde. Eine hieß auch Maria. Mit ihr spielte sie gerne. Ihre Eltern hatten das zugelassen. So brachten sich die beiden Marias gegenseitig ihre Heimatsprache bei. Die italienische Maria lernte ein bisschen Deutsch und die deutsche Maria lernte schneller Italienisch und konnte daher in der Schule gut mithalten. Marias Eltern hatten es nicht leicht in diesen Jahren. Daran erinnerte sich Maria heute.

Ist interessant, was alles hochkommt, wenn ich es zulasse, dachte sie. *Vielleicht rede ich heute mit Luisa darüber. Das ist ein Gesprächsthema, das uns lange beschäftigen kann.*

*

Tommasos neue Kollegin war attraktiv, stelle Fabio fest. Er schätzte sie auf knapp 30. Mit einem einnehmenden Lächeln kam sie auf Tommaso und Fabio zu. »Guten Morgen Commissario, ich habe schon viel von Ihnen gehört.« Und als Fabio zunächst keine Worte fand, ergänzte sie: »Franziska Bachmann.« Ihre Aussprache hatte eine Südtiroler Einfärbung.

»Sie sind von hier?«, fragte Fabio. »Ach, herrje. Fabio Fameo heiße ich. Ich sollte mich vorstellen.«

»Das weiß ich. Ihr Freund«, sie schaute auf Tommaso, »mein Chef, spricht oft von Ihnen.« Sie lächelte Fabio an. »Um Ihre Frage zu beantworten, ob ich von hier bin: Ich bin in Franzensfeste aufgewachsen. Kennen Sie das Dorf?«

»Wipptal, nicht wahr? In der Nähe von Brixen. Beeindruckende Festung.«

Franziska lächelte. »Und die Brennerautobahn rauscht durch das Tal und die Bahn rauscht durch das Tal und wir haben viel Schatten im Tal.«

Fabio schmunzelte. Er hatte noch nie in Franzensfeste angehalten. Es war ihm zu dunkel dort und zu eng. Kein Ort, an dem er sich wohlfühlen konnte.

Franziska konnte Gedanken lesen. »Ich wollte da weg. Und die Carabinieri hatten ein verlockendes Angebot. Und jetzt lebe ich in Bozen und arbeite auch dort. Für mich war es das Richtige zum richtigen Zeitpunkt.«

»Und tüchtig ist sie auch«, flocht sich Tommaso ein. Er kam zur Sache: »Schau, Franziska, hier ist gestern ein Gewaltverbrechen begangen worden.« Er erzählte ihr kurz, was er wusste. »Sieh dir bitte den Tatort an und frage dich, ob das unsere Bande gewesen sein könnte.«

»Gerne.« Sie ging in das Haus.

Fabio schaute ihr hinterher.

»Ich weiß, was du denkst«, sagte Tommaso.

»Was denn?«

»Denk nicht mal dran!«

»Och nee, ich bin glücklich verheiratet. Was denkst du von mir?«

»Die ganze Mannschaft ist hinter ihr her. Schwer auszuhalten, wie häufig die jungen Kerle ihr Gesicht durch die Tür stecken. Kein Vorwand ist ihnen zu dumm, um Franziska zu besuchen.«

»Und du bewachst sie?«

Tommaso druckste ein wenig herum. »Ich kann nichts dafür, dass man sie mir aufs Zimmer gesetzt hat.«

Fabio und Tommaso folgten Franziska ins Haus. Sie hatte sich inzwischen umgesehen.

»Und?« Tommaso schaute sie fragend an.

»Also, das hier sieht anders aus als in den Fällen, die wir bisher bearbeitet haben. Mir kommt es so vor, als wären hier andere Täter am Werk gewesen. Unsere Bande geht systematisch vor und nimmt vor allem Wertgegenstände mit, die sich gut versilbern lassen. Zum Beispiel wertvolle Elektrogeräte, Kameras, Schmuck, Bargeld, Kunst. Sie durchwühlen zwar alle Schubladen und Schränke, werfen aber nicht alles auf den Boden. Sie sind erfahren darin, Verstecke zu finden. Viele sind leider nicht gut darin, Wertsachen zu verstecken. Erfahrene Diebe kennen jede Versteckmöglichkeit und suchen gezielt in diesen Ecken. Zum Beispiel wird Bargeld gerne zwischen den Bettlaken versteckt. Wenn ich alles rausreiße und auf den Boden werfe, finde ich die Scheine eher nicht. Also lassen erfahrene Diebe die Bettlaken im Schrank und heben sie Stück für Stück an, um in die Zwischenräume zu schauen. Das hier war kein Profi, das war ein Berserker. Und noch etwas. Ich sehe viele Gegenstände, die ich als Dieb mitgenommen hätte.« Sie zeigte auf einige kleine silberne Gefäße, die in einem Regal standen. »So etwas zum Beispiel. Leicht einzustecken, und wenn es echtes Silber ist, bringt der Materialwert etwas ein. Und hier«, sie zeigte auf eine geöffnete Schublade. »Hier sehe ich Schmuck. Den hätten sie nicht übersehen.«

Fabio hörte interessiert zu. »Was wissen Sie bis heute über diese Bande?«

»Nicht viel. Sie suchen sich gezielt allein stehende Häuser. Das würde sich mit diesem Standort decken. Das Objekt wäre nach ihrem Geschmack. Sie gehen rein, und wenn ihnen jemand in die Quere kommt, sind sie nicht zimperlich. Sie fesseln und knebeln diese Person und durchsuchen dann systematisch das Haus. Ein Opfer hat ausgesagt, dass es drei Männer gesehen hätte. Sie hätten mit österreichischem Akzent gesprochen. Mehr Augenzeugenberichte haben wir nicht. Der Mann konnte auch keine brauchbare Beschreibung der Täter geben. Es sei alles schnell gegangen. Es habe geklingelt, er habe aufgemacht und da wären sie über ihn hergefallen, hätten ihn gefesselt und geknebelt. Er habe hören können, wie sie durchs Haus gegangen sind. Dort haben sie keine Verwüstung, wie ich sie hier sehe, angerichtet. Alles durchwühlt, vieles Wertvolle mitgenommen, aber nichts verwüstet. Wissen Sie schon, was fehlt?«

Fabio verneinte. »Der Einzige, der es wissen kann, ist jetzt entweder bei einem Freund oder, das vermute ich, auf seinen Apfelfeldern. Gestern war er nicht in der Lage, in das Haus zu gehen, in dem seine Mutter ermordet an einen Stuhl gefesselt war. Wir haben ihn nach Vilpian gebracht. Er kennt dort jemanden, der ihn aufgenommen hat. Wir haben vereinbart, dass wir uns heute Nachmittag hier treffen. Ich hoffe, dass er dann in der Lage ist, durchs Haus zu gehen. Dann sehen wir weiter.«

»Hat er denn etwas berichten können, was uns hilft?«, fragte Franziska.

»Er sei früher als sonst auf den Hof, weil er Gerätschaften für die Pflücker holen wollte, hat er erzählt. Im Haus habe er diese Verwüstungen gesehen und schließlich seine Mutter gefunden. Tot, gefesselt an einen Stuhl. Er habe dann die Polizia angerufen. Mehr hat er nicht erzählt.«

»Tatortspuren?«, fragte Tommaso.

»Die Spurensicherung war gestern bis zum späten Abend hier. Drinnen und draußen ist alles abgesucht worden.«

»Reifenspuren? Wir haben bei unseren Fällen einige Reifenprofile gefunden, die wir vergleichen könnten.«

»Wir schicken euch alles, was wir haben. So machen wir das.« Fabio verstummte und sah Tommaso an. »Du hast eben gesagt, dass dich etwas stören würde. Was ist es denn?«

»Franziska hat es im Grund gerade bestätigt. Mich hat gestört, dass hier vieles wie eine Inszenierung aussieht. Die Dinge wirken wie drapiert, so als hätte jemand eine Kulisse gestaltet. Das hat mich gestört. Aber ich habe nicht das ganze Bild gesehen. Wie die Leiche aussah, wo und wie sie aufgefunden wurde.«

»Du meinst, der Raubüberfall war vorgetäuscht?«

»Das wäre möglich. Hier hat jemand nicht alles bloß durchwühlt, sondern er hat alles rausgerissen.« Er machte eine Pause. »Hier sehe ich viel Gefühl, wie große Wut oder extremen Hass. Da hat sich jemand ausgelassen oder ausgetobt.«

»Kein leichter Fall, Commissario«, lächelte ihn Franziska an. »Aber Sie haben noch zwei interessante Fälle, wie ich gelesen und gehört habe. Klappt das mit dem Aufruf an die ältere Generation? Das würde mich interessieren.«

»Inwieweit?«

»Ich finde den Ansatz interessant. Das Gedächtnis der Gemeinschaft als Fahndungsinstrument oder Erkenntnisquelle einzusetzen, wenn es um einen Fall geht, der gut 100 Jahre zurückliegt, finde ich, ist ein spannendes Experiment.«

»Danke. Ich weiß noch nicht, ob es klappt. Die Telefone stehen nicht still seit dem Zeitungsartikel. Bis gestern war jedoch nichts Brauchbares dabei. Wir haben uns viele Geschichten angehört.« Fabio seufzte. »Jetzt werden wir uns aber mit allen Kräften diesem Fall widmen müssen.«

*

Alle drei hatten sie den Aufruf in der Zeitung aufmerksam gelesen. Luisa schaute Maria an, Eugen Luisa. Sie saßen in Luisas Zimmer und hatten sich einen Kaffee gemacht. Maria hatte Hörnchen mitgebracht. »Zweites Frühstück!«, hatte sie ausgerufen und vorgeschlagen, dass sie sich in Luisas Zimmer zurückziehen. »Dort werden wir nicht gestört, wenn wir in die Ermittlungen einsteigen«, hatte sie belustigt hinzugefügt. Eugen verstand nicht. »Komm, Mister Stinger«, hatte Luisa zu ihm gesagt und später hatten sie ihn eingeweiht, dass sie Miss Marple und Miss Marple spielen und er den Stinger geben musste. Eugen hatte Freude an diesem Rollenspiel.

»Also, was weißt du? An was kannst du dich erinnern?«, fragte Maria Luisa. »Ihr habt doch in der Nähe des Schwarzschmieds gewohnt.«

»Das stimmt. Zwar nicht nah dran, aber man konnte den Schwarzschmied von dem Grundstück der Villa aus sehen. Ich selber kann die Dame, die 1915 eingemauert worden sein soll, nicht kennen, denn ich bin wie du 1929 zur Welt gekommen. Und es waren Zeiten, die hat man hier als schlimm empfunden. Die Eltern hatten es noch gut angetroffen, denn der Vater hatte auch nach dem Kriegsende genügend Arbeit rund um die Villa und in der Villa. Er war dort der Mann für alles. Ein Universalhandwerker. Und die Herrschaft, sie konnte es mit allen, auch mit den Italienern. Ich glaube, dass der Herr mit ihnen gute Geschäfte gemacht hat. Er muss schon vor dem Krieg seinen Geschäften weltmännisch nachgegangen sein. Meine Mutter hat erzählt, dass er sich nie um diesen Nationalismus gekümmert habe, der zum Ersten Weltkrieg geführt hat. Er sah immer eine Möglichkeit, Geschäfte zu machen. Er soll sich geschickt verhalten haben, wurde uns erzählt. Als Kind habe ich das nicht verstanden, aber der Herr, der war so eine Art Gott für uns, oder zumindest kam er kurz nach Gott.«

»Und die Schmiede? Weißt du, ob es eine Schmiedin gegeben hat? Hast du darüber Geschichten gehört?«

Luisa schaute verschmitzt. Sie wollte es spannend machen. »Meine Mutter hat mir, das muss kurz nach Kriegsende gewesen sein, die Geschichte von einer Frau erzählt, die auf sie einen prägenden Eindruck hinterlassen hat.«

»Also 1945?«

Luisa schaute irritiert. »Ja, denn 1919 war ich noch nicht auf der Welt. Weiter im Text. Also so ungefähr 1946 muss das gewesen sein, genau weiß ich das nicht mehr, aber ich war in der Abschlussklasse bei den Englischen Fräulein in Meran. Kann auch sein, dass es kurz nach der Matura war, jedenfalls hat sie mir da von einer besonderen Frau erzählt.«

»Du machst es spannend, meine Liebe. War das die Schmiedin?«

»Langsam, meine Liebe, langsam. Ich will das auch genießen, dass ich mich an so viel erinnere.«

»So geht es mir auch«, sagte Eugen. »Ich habe mich nämlich erinnert, wie der Mann aussah, dem ich den Ring verkauft hab. So, wie es Luisa vorausgesagt hat. Vor dem Einschlafen daran denken.«

»Lass es gut sein, Eugen«, sagte Maria, die vor Neugier platzte. »Jetzt ist Luisa dran.«

»Ich war zirka 17, vielleicht gerade 18, da hat meine Mutter mich zur Seite genommen und mir von einer besonderen Frau erzählt, die sie sehr beeindruckt habe. So sollten wir Frauen sein, hat sie damals gesagt, und ich könne sie mir zum Vorbild nehmen.«

»War es die Schmiedin?«

»Bremse deine Ungeduld. Es wird spannend und auch kompliziert.«

Luisa lehnte sich zurück und nahm einen Schluck Kaffee. Ihre Augen waren wie nach innen gerichtet, als sie erzählte.

»Wie ich euch gesagt habe, war mein Vater Handwerker. Es gab nichts, was er nicht konnte. Außer Metallarbeiten, die konnte er nicht. Ihr erinnert euch an das schöne schmiedeeiserne Tor vor dem Eingang der Villa? Das Hanspeter aufgebrochen hat?«

Eugen ruckte, aber Maria hielt ihn mit einer Armbewegung zurück.

»Dieses Tor ist Kunsthandwerk. Geschaffen hat es eine Kunstschmiedin, hat mir meine Mutter erzählt. Es kann gut sein, dass sie vom Schwarzschmied kam, denn der war nicht weit weg und diese Schmiedin kam mit dem Fahrrad. Das war damals eine Sensation, wie meine Mutter erzählte. In Lana gab es zu jener Zeit keine Fahrräder. Die Schmiedin soll aber eines besessen haben. Sie soll benötigtes Material in einer Art Tragrucksack auf dem Buckel mit dem Fahrrad herangefahren haben. Heute wäre das zu vergleichen mit dem ersten Elektroauto, das durch Lana gefahren ist. Also innovativ, die Dame. Von ihr wusste die Mutter auch, dass sie gerne den Mund aufgemacht hatte. Es gibt in Lana einen besonderen Stein, gegenüber dem Kapuzinerkloster. Auf diesen Stein stellte sich sonntags nach dem Kirchgang der Ausrufer. Das war einer, der von der Gemeinde dazu bestimmt war, die wichtigen Dinge auszurufen. Eine sprechende Zeitung. Auf diesen Stein hat sich auch diese Frau gestellt, an den Sonntagen, wenn die Kirche aus war, und hat von dort aus zu den Menschen gesprochen. Sie hat die Frauen erreichen wollen. Das hat für einigen Aufstand und auch für Ärger gesorgt. So soll sie zum Beispiel den Frauen zugerufen haben, dass sie sich nicht so viele Kinder machen lassen sollen, solange man nicht für alle sorgen könne.«

»Moment, das war übergriffig, oder? Eine Art Geburtenkontrolle? Kann ich mir nicht vorstellen.« Eugen war sichtlich überrascht. »Was hat sie denn damit gewollt?«

Maria wendete sich Eugen zu. »Du bist doch 97 und hast einen weiten Blick zurück. Wie waren die Leute gestellt, als du Kind warst, also 1925 bis 1935? Insbesondere die Bergbauern? Erinnerst du dich noch?«

»Ja, schon. Ich bin im Sarntal aufgewachsen. Da gab es viele Kinder. Ich habe eine Familie gekannt, die hat in 20 Jahren 18 Kinder bekommen. Das war damals üblich. Viele Kinder, viele Hände für die viele Arbeit. Gerade am Berg. Das war eine Plackerei, damals noch mehr als heute, wo überall Straßen hingehen. Früher mussten die Leute Stunden gehen, um sonntags in die Kirche zu kommen. So war das eben.«

Luisa erzählte weiter. »Diese Frau also hat sich auf den Stein gestellt und den Frauen gesagt, sie sollten nicht so viele Kinder bekommen, weil sie all die hungrigen Mäuler mit ihren dürftigen Hofstellen nicht satt kriegen würden.«

»Da wird aber der Herr Pfarrer etwas dagegen gehabt haben«, meinte Eugen. »Die Pfarrer haben die Leute angehalten, Kinder zu bekommen. Jedes Jahr eines, hat es damals geheißen.«

»Genau«, sagte Luisa. »Das hat mir die Mutter auch erzählt. Und dass die Frauen nach jeder Schwangerschaft zum Aussegnen in die Kirche gemusst haben. Und dagegen hat sich die Frau bei ihren Ansprachen auf dem Stein auch gewendet. Sie soll gesagt haben, dass die Pfarrer sich schämen sollten, die Frauen in die Schwangerschaften zu treiben und sie nach der Schwangerschaft auf Knien zur Aussegnung in die Kirche kommen zu lassen, weil sie gesündigt hätten. Und dabei«, Luisas Stimme wurde höher, »hätten einige der Herren Pfarrer doch selber einen Haufen Kinder gezeugt. Nur die müssten nicht für deren Unterhalt aufkommen, sondern die Diözese zahle bekanntlich. Und sie soll auch Namen genannt haben.«

»Puh, das gab Ärger, oder?« Maria hatte die Hand vor den Mund gelegt. »Wenn ich mir das vorstelle. Ein Pranger für den Gottesmann, im katholischen Südtirol. Ist sie gesteinigt worden?«

»Das hat mir meine Mutter nicht erzählt. Aber sie schien beeindruckt von dem Mut, den die Frau gehabt hat. Ich habe sie gefragt, ob das denn stimme. Und sie hat mir bestätigt, dass die Pfarrer damals die Bäuerinnen gedrängt haben, jedes Jahr ein Poppele zu bekommen. Und die Aussegnung war damals üblich. Du hast als Frau gesündigt, weil du Sex gehabt hast, und brauchtest anschließend den Segen der Kirche. Dann konntest du erneut sündigen. Und welcher Pfarrer wo mit wem Kinder hatte, wussten die Leute auch. Nur hat niemand darüber geredet. Doppelmoral gab es schon damals, aber das hat niemand kritisiert. Darüber ist allenfalls hinter vorgehaltener Hand geredet worden. Meine Mutter meinte, was es in den einsamen Tälern alles gegeben haben wird, darüber wurde wenig nach außen getragen. Und Gerüchte sind Gerüchte. Man müsse vorsichtig sein.«

»Und niemand hat diese Frau gestoppt? Ich kann mir vorstellen, dass die Kirchgänger solche Reden nicht hören wollten, oder?«

»Ja, da gibt es noch mehr Geschichten. Meine Mutter hat auch gearbeitet. Sie konnte sich im Reichhalter ein wenig Geld verdienen. Dort haben sie immer mal eine Hilfe gebraucht. In der Küche, im Keller. Es gab an Markttagen viel zu tun, da hat sie gerne geholfen und brachte Geld mit nach Hause. Wir waren nicht so gut gestellt und der Vater war damit einverstanden, was damals nicht selbstverständlich war. Und aus ihrer Zeit als Serviererin im Reichhalter stammt folgende Geschichte: Eines Abends soll diese Frau vom Stein hereingekommen sein und sich ein Bier bestellt haben. Das war damals nicht üblich. Sie tat wie ein Mann. Und sie soll auch wie ein Mann ausgesehen haben. Am Tisch gegenüber der Theke hätten drei Männer gesessen und gekartet. Sie hätte die drei nicht weiter beachtet. Aber die drei seien wie von der Spinne gestochen aufgesprungen. Da habe die Frau gelacht und einen Hammer aus ihrer Tasche geholt und vor sich auf die Theke gelegt. ›Noch eine Runde tanzen?‹ hätte sie gesagt und die drei hätten daraufhin fluchtartig das Wirtshaus verlassen. Meine Mutter hat sie gefragt, was das bedeuten solle. Und die Frau habe geantwortet, dass die drei ihr bei der Wier aufgelauert hätten. Aber sie hätte ihnen ordentlich einen verpasst. Dabei habe sie auf den Hammer gezeigt. ›Der eine dürfte sich noch lange an mich erinnert haben‹, soll sie gesagt haben. ›Bei dem habe ich einen Knochen brechen hören.‹ Und dann habe sie gelacht und den Hammer eingesteckt.«

»Wenn das die Schmiedin war, die im Keller eingemauert worden ist, wie, meinst du, ist das gekommen? Haben die drei ihr aufgelauert? Aber wieso haben sie die Frau eingemauert?«

»Ich weiß, dass es die Schmiedin war. Nicht nur wegen des Hammers. Denn meine Mutter hat mir noch mehr erzählt. Und jetzt wird es interessant.«

*

Eduard hatte Karl gestern Abend nach Vilpian begleitet und wusste daher, dass der Freund, bei dem Karl unterkommen wollte, oberhalb der Pizzeria Central wohnte. Daniel Baur hieß er und Eduard hatte sich auch seine Telefonnummer notiert.

Eduard hatte erlebt, wie Karl freundlich und fürsorglich aufgenommen worden war. Eduard konnte im Anschluss einige

Worte mit Daniel Baur wechseln. Er wusste seither, dass die beiden Männer sich schon lange kannten und dass Karl jeden Mittag in der Pizzeria sein Mittagessen bekam. Auch gestern Mittag sei Karl hier gewesen. Etwas Besonderes sei ihm nicht aufgefallen, hatte Daniel Baur gesagt.

Heute Morgen ging Karl nicht an sein Telefon. Eduard vermutete, dass er noch schlafen würde, nach alle dem, was er erlebt hatte. So rief er Daniel Bauer an.

»Nein, Karl ist schon weg. Er hat doch die Erntehelfer. Karl wird sie aufs Feld fahren und die Ernte von gestern in die Genossenschaft bringen. Karl ist Bauer, da gibt es keine Pause. Kann sein, dass er das Handy nicht hört, wenn er auf dem Trecker sitzt.«

Eduard musste sich also gedulden. Aber das gefiel ihm nicht. Es fehlte die Aussage von Karl. Er war bisher der einzige Zeuge.

*

»Die Schmiedin war auch bei uns zu Hause.« Luisa machte ein wichtiges Gesicht. »Das hat mir meine Mutter berichtet.«

»Das hast du schon erzählt. Das schmiedeeiserne Tor«, warf Maria ein.

»Sie war nicht nur deswegen bei uns.«

»Jetzt machst du es aber spannend.«

»Glatte Absicht, meine Liebe. Jetzt komme ich zum Höhepunkt!«

Eugen und Maria sahen Luisa gebannt an. Sie war eine gute Geschichtenerzählerin.

»Meine Mutter glaubte zu wissen, dass diese Schmiedin Gefallen an der gnädigen Frau gefunden hatte.«

»Nein!«

»Doch!«

»Und?«

»Meine Mutter meinte, dass die gnädige Frau das Interesse der Schmiedin nicht abgelehnt habe.«

»Das ist ja ein tolles Ding! Eine Lesbe! Aber die gnädige Frau war doch verheiratet!«

»Thomas Mann war auch verheiratet und hatte Kinder. Also, was macht das? In der damaligen Zeit war das eben schwierig.«

»Ist das rausgekommen? Hat der gnädige Herr es spitzbekommen?«

»Meine Mutter hat erzählt, dass der gnädige Herr oft lange auf Reisen war. In der Zeit hatte die gnädige Frau viel am Haus machen lassen. Mein Vater war ständig gefordert und die Schmiedin kam wegen des Tors und kam auch noch, als das Tor längst fertig war. Mein Vater habe die beiden beobachtet, wie sie sich geküsst haben. Im Gartenpavillon. Das hat er meiner Mutter erzählt.«

Maria war beeindruckt. »Eine erste Suffragette in Lana, dann auch noch ein Verhältnis mit einer verheirateten Frau, sie verprügelt ganze Kerle und trinkt Bier in einem Gasthaus. Da gibt es einige, die einer solchen Frau an den Kragen wollten, möchte ich meinen.«

Luisa blickte betroffen. »Davon kann man ausgehen. Aber meine Mutter hat mir noch erzählt, dass der gnädige Herr hinter das Verhältnis gekommen war. Seine Ehefrau musste für mehrere Monate in eine Klinik in Wien. Ich kann mir vorstellen, was man mit ihr gemacht hat.«

»Erzähl«, kam es gleichzeitig aus den Mündern von Eugen und Maria.

»Manche glauben heute noch, dass Homosexualität heilbar ist. Die sogenannte Umpolung, Konversionstheraphie genannt, hat eine unrühmliche Geschichte. Ich habe das auch noch gelernt, weil es in mein Fachgebiet fällt. In Deutschland ist diese Therapie zum Beispiel erst seit 2020 verboten. Aber es gibt auch heute noch selbst ernannte Heiler, die sich daran versuchen. In den Jahren, über die wir hier sprechen, steckte das Ganze noch in den Kinderschuhen. Sie wendeten damals auch die Elektroschocktherapie an. Man glaubte, die falschen Hirnverbindungen verbrennen zu können. Das war Folter, schmerzhaft und sorgte dafür, dass die Menschen nach ihrer Entlassung eher selbstmordgefährdet waren, als dass sich ihre sexuelle Orientierung geändert hätte. Die gnädige Frau, hat mir die Mutter erzählt, wäre nach ihrem Aufenthalt in Wien im Wesen stark verändert gewesen. Die Schmiedin hätte man nicht mehr gesehen.«

»Dann gibt es da einen Zusammenhang?«

Luisa neigte den Kopf. »Ich weiß nicht, warum mir meine Mutter diese Geschichte erzählt hat. Sie wollte mir das Bild einer starken Frau zeigen, glaube ich, denn sie hat mir die Geschichte erst erzählt, als ich kurz vor der Matura stand. Ich vermute, dass meine Mutter mir sagen wollte, dass ich meine Talente nicht wegwerfen, sondern etwas daraus machen solle.«

»Das hast du doch auch. Du hast Medizin studiert.«

»Ich habe Medizin studiert. Das habe ich.«

Maria betrachtete ihre alte Freundin. »Du bist so nachdenklich.«

»Es gibt eine Frage, die mich seit Jahren umtreibt. Sowohl die Schule in Meran, bei den Englischen Fräulein, aber vor allem das Studium in Wien war für meine Eltern finanziell eigentlich nicht zu stemmen. Mein Vater verdiente das Essen mit seiner Arbeit. Wohnen konnten wir umsonst im Gesindehaus. Meine Mutter brachte Geld mit nach Hause, wenn sie am Markttag im Reichhalter ausgeholfen hat. Aber wir waren vier Geschwister und Willi, der Kostgänger. Da konnte nichts übrig bleiben. Und wenn ich an die Zeit von 1943 bis Kriegsende denke, da hatten wir gar nichts.«

Eugen fragte: »Was war da?«

»1943 fielen die Deutschen hier ein, wie du weißt. Es ging alles sehr schnell. Sie kamen mit drei Mannschaftswagen, Soldaten liefen in die Villa, holten die Herrschaften heraus und nahmen sie mit. Zu uns sind sie auch gekommen und haben die Papiere vom Vater sehen wollen. Sie haben uns in Ruhe gelassen. Aber noch in der Nacht sind wir auf den Berg zum Bruder des Vaters. Ein armer Bergbauer. Dort gab es keinen Platz für uns. Aber wir haben all die Jahre Willi genommen, Vaters Neffen. Wir haben ihn durchgefüttert. Deshalb hat uns der Bruder aufgenommen. Als der Krieg aus war, ist Vater mit allen anderen wieder in das Gesindehaus gezogen. Die Villa hatte in der Zeit der deutschen Besatzung ein Offizier bewohnt. Er muss die Villa Hals über Kopf verlassen haben, die Speisekammer war gut gefüllt. Daran kann ich mich noch erinnern.«

»Aber das ist doch toll, dass du weiter zur Schule gehen konntest.«

»Ich frage mich, wie meine Eltern das bezahlen konnten. Auch nach Kriegsende lebten wir in dem Gesindehaus.«

Eugen fragte: »Warum seid ihr auf den Berg? Hattet ihr Angst vor der deutschen Besatzung?«

»Mein Vater hatte nicht optiert. Das war damals nicht leicht, aber der gnädige Herr hat ihm geholfen. Ich glaube, dass mein Vater ihn um Rat gefragt hat und dass der Rat gelautet hat, nichts zu tun und sich unauffällig zu verhalten. Wir lebten auf dem Grundstück des Hausherrn und konnten uns so vom Dorf fernhalten. Dort wurde heftig diskutiert und gestritten.« Luisa sah Maria und Eugen an. »Ihr kennt das auch noch. Diese Zeit war schrecklich.«

Maria stimmte ihr zu. »Mein Vater war ein Dableiber. Das habe ich in der Schule zu spüren bekommen.«

Eugen schwieg und blickte betreten nach unten.

In die Stille sagte Luisa: »Mein Vater hatte Angst vor den Deutschen und vor den Leuten vom VKS[2]. Bis 1943 war es ihm mithilfe seines Dienstherrn gelungen, unter dem Radar der VKS und der AdO[3] zu bleiben. Weiß der Teufel, wie er das geschafft hat. Und 1943, als sein Dienstherr von heute auf morgen verschleppt worden ist, befürchtete er, aufzufliegen, und versteckte sich bei seinem Bruder. Noch ein Grund für seine Entscheidung wird Willi gewesen sein. Ihn haben meine Eltern aufgenommen, als sie selber noch keine Kinder hatten. Willi hätten die Deutschen mitgenommen, wie wir heute wissen.«

»Dann war der Berg eure Rettung?«

»Ich glaube schon. Aber was mich bis heute wundert, ist, dass mein Onkel und seine Familie arme Bergbauern waren und nicht genug zu essen hatten, um uns alle durchzufüttern. Ich weiß, dass meine Brüder dort im Wald gearbeitet haben, mein Vater

---

2 VKS: Völkischer Kampfring Südtirols (nationalsozialistische Organisation in Südtirol)

3 AdO: Arbeitsgemeinschaft der Optanten für Deutschland (NS-affine Vereinigung von Südtirolern)

das Bauernhaus auf Vordermann gebracht hat, meine Mutter ihre Schwägerin in Feld, Garten und Haus unterstützt hat. Und dass es funktioniert haben muss, denn verhungert ist keiner.«

»Vielleicht haben sie mehr angebaut?«

»Nein, das glaube ich nicht. Mein Schulgeld bei den Englischen Fräulein haben meine Eltern aufgebracht. Es war so: Meine Schwester und ich wurden nach ein paar Wochen oben auf dem Berg vom Vater nach Meran gebracht. Er hat uns eine Unterkunft besorgt und alles im Voraus bezahlt. Meine Schwester lernte bei einer Schneiderin, ich ging in die Schule. Wir sollten niemals auf den Berg kommen, hatte er uns eingeschärft. Er würde ab und zu nach uns schauen. Und das hat er auch getan. Gott sei Dank war der Spuk zwei Jahre später vorbei. Vater zog mit uns wieder in das Gesindehaus, als wäre nichts passiert, und ich konnte meine Schule abschließen.«

»Und du weißt nicht, wie deine Eltern das finanziell gestemmt haben?«

»Das weiß ich bis heute nicht. Aus dem geringen Verdienst haben sie es nicht sparen können.«

»Aber deine Eltern wollten, dass du die Schule besuchst und anschließend studierst.«

»Vor allem meine Mutter war dahinter her. Und ich glaube, das hat mit der Schmiedin zu tun. Sie hat diese Frau bewundert, wie sie sich mutig auf den Stein gestellt hat und allen die Meinung gesagt hat, alles offen ausgesprochen hat, was ohnehin jeder ahnte oder wusste, und dass sie diese Ungerechtigkeiten Frauen gegenüber angesprochen hatte.«

»Sie wollte, dass du auch so wirst?«

»Sie wollte, dass ich eigenständig werde, mich behaupten kann, dass ich selbstbewusst und selbstbestimmt leben konnte.«

»Und das wollte sie nur für dich und nicht auch für deine Schwester?«

Luisa schaute Maria hilflos an. »Ich weiß es nicht. Meine Schwester war anders als ich. Sie war mit allem zufrieden. Die Pflichtschule hat ihr gereicht, einen Wissenshunger hat sie nicht verspürt, glaube ich. Ihr Ziel war es, zu heiraten und Kinder zu bekommen. Und das hat sie auch umgesetzt. Sie schien damit glücklich. Auch die Brüder wollten es ihrem Vater nachmachen und Handwerker werden.«

»Hattest du mit ihnen viel Kontakt?«

Luisa verneinte. »Die Fäden wurden dünner und der Kontakt erstarb. Wir lebten in unterschiedlichen Welten. Mich haben sie nicht verstanden. Vielleicht war auch Neid dabei, dass ich raus bin und sie nicht.« Sie seufzte. »Fragen kann ich sie nicht mehr. Alle sind sie früher gegangen.«

Maria drückte ihre Handflächen gegeneinander. »Dann hattest du eine fortschrittliche, weit voraus denkende Mutter, die sich die Schmiedin für dich als Vorbild genommen hat. Das ist doch schön, finde ich.«

*

»Tut mir leid, dass ich mich nicht früher gemeldet habe. Ich habe Ihren Anruf erst jetzt gesehen. Aber ich musste ...«

»Ich weiß«, unterbrach ihn Eduard. »Die Arbeiter und die Äpfel. Ihr Freund hat es mir erzählt. Haben Sie jetzt Zeit? Wir brauchen dringend Ihre Zeugenaussage.«

»Hören Sie, ich verstehe Sie, aber ich stehe hier in einer langen Schlange von Treckern mit Anhängern voll beladen mit Äpfelkisten vor der Genossenschaft. Da kann ich jetzt nicht weg. Wenn es Ihnen nichts ausmacht, wäre es mir sehr recht, wenn wir uns heute Mittag gegen 12 Uhr in der Pizzeria Central treffen. Ich esse dort immer und wir können reden. Wenn Sie mich unbedingt in Bozen sehen wollen, muss ich das einrichten. Nur habe ich während der Ernte dazu keine Zeit. Ich hoffe, Sie können das nachvollziehen.«

»Da brauche ich nicht lange zu überlegen. Ich bin um 12 Uhr in Vilpian und dann reden wir. Vielleicht finden wir einen Tisch, an dem nicht alle mithören?«

»Sagen wir 11.30 Uhr, da ist noch nichts los. Voll wird es erst ab 12 Uhr. Was ich weiß, kann ich in wenigen Minuten erzählen.«

»Dann bis gleich.« Eduard legte auf.

*

»Was meint ihr? Sollen wir diese nette Commissaria anrufen? Was du erzählt hast, wird sie interessieren.«

Kurz darauf tippte Maria die Telefonnummer ein, die sie dem Zeitungsartikel entnahm.

*

Als Fabio im Büro eintraf, telefonierte sowohl Francesca als auch Eduard, und auch Fabios Telefon meldete sich. *Die Erinnerungen, die ich rief,* dachte er und ignorierte seinen Apparat. Er bedeutete Francesca und Eduard, dass sie nach dem Ende des aktuellen Gesprächs keinen Anruf mehr annehmen sollten. Nachdem sie aufgelegt hatten, sagte er: »Kommt mit in die Bar. Da ist Ruhe. Ich muss euch etwas erzählen.«

Drei Espressi später berichtete Fabio von seinem Gespräch mit Tommaso und Franziska. Eduard erzählte, dass er um 11.30 Uhr in Vilpian mit Karl Wallnöfer zusammentreffe.

»Und ich fahre in das Altenstift. Es gibt dort eine Dame, die sich an eine Geschichte über eine Schmiedin erinnern kann. Die Geschichte scheint mir plausibel, wir sollten ihr nachgehen.« Francesca schaute in erstaunte Männergesichter.

»Du meinst, der Aufruf in der Zeitung hat etwas gebracht?« Fabio freute sich.

»Wir werden es gleich wissen. Ich kenne die Dame bereits. Sie saß am selben Tisch wie der Juwelier, der den Ring erkannt hat.«

»Welch ein Zufall«, meinte Fabio. »Zuerst ein Juwelier, der den Ring erkennt, und jetzt eine alte Dame, die von der Schmiedin gehört haben will.«

»Das kann doch sein«, meinte Francesca. »Die drei machten auf mich einen fitten Eindruck.«

»Drei?«

»Ja, es gibt da zwei Damen und den Juwelier.«

»Bei mir zu Hause sind auch drei Hobbydetektive am Werk«, erzählte Fabio. »Laurin, Leonor und der kleine Pauli. Welche Rolle mein Sohn und Leonor gespielt haben, wisst ihr schon. Und Pauli ist niemand Geringerer als der Sohn unseres fleißigen Lokalreporters.«

Alle drei mussten lachen. »Dann viel Spaß mit deinen drei Informanten«, rief Fabio Francesca hinterher, als sie sich Richtung Ausgang verabschiedete.

»Und du hast bitte im Hinterkopf, dass Tommaso und Franziska der Auffassung waren, dass das Durcheinander im Haus inszeniert sein könnte. Wir müssen also recht schnell von Karl Wallnöfer wissen, ob etwas gestohlen worden ist. Wenn es kein Raubüberfall war, dann müssen wir in Erwägung ziehen, dass es ein anderes Motiv für die Tat gab.«

Eduard hatte verstanden.

*

»Karl kommt gleich«, hatte Daniel Baur Eduard gesagt, als er um 11:30 Uhr in der Pizzeria Central nach ihm fragte. »Er hat Stress wegen der Ernte. Ist eben Hochsaison.«

Einen Espresso später traf Karl ein und entschuldigte sich wegen der Verspätung. Eduard bot ihm einen Platz an.

»Sie haben recht gehabt. Es ist nicht viel los um diese Zeit«, begann er das Gespräch.

Karl blickte Richtung Daniel und fragte gleichzeitig Eduard: »Wollen Sie auch essen? Ich habe hier den Mittagstisch abonniert. Ich hoffe, es macht Ihnen nichts aus, wenn ich esse, während wir reden. Es ist wegen der knappen Zeit.«

Eduard nickte und Daniel fasste das so auf, dass er zwei Essen bringen sollte. Es gab Pfifferling-Risotto. Eduard war zufrieden.

»Sie wollen sicher wissen, was ich gestern erlebt habe«, sprach Karl mit vollem Mund, um gleich darauf fortzufahren: »Ich musste Werkzeuge holen für die Arbeiter und bin kurz rein in den Hof, der Mutter Bescheid geben. Und da habe ich das ganze Chaos gesehen, wie alles rausgerissen war. Ich habe die Mutter gerufen und keine Antwort bekommen. Und dann …« Hier stockte ihm die Stimme. Er ließ die Gabel sinken und lehnte sich zurück. Eduard sah, wie sich in den Augenwinkeln Tränen bildeten.

Eduard hatte Karl von seinem Eintreffen an beobachtet. *Sah einer so aus, wenn seine Mutter am Tag zuvor ermordet worden ist?* hatte sich Eduard gefragt. *So normal?*

Jetzt erkannte Eduard, dass das Normale nur Fassade war. Errichtet mithilfe des ganz normalen Alltagsstresses eines Apfelbauern in der Haupterntezeit.

»Sie haben dann die Polizia angerufen?«, fragte Eduard, um das Gespräch wieder in Gang zu bringen.

Karl nickte, nahm noch eine Gabel auf, ließ sie aber erneut sinken. Er blickte Eduard mit tieftraurigen Augen an.

»Den Rest kennen Sie«, sagte er.

Eduard beobachtete Karl. Der Mann war erschüttert. Zweifellos litt er. Aber viel erzählt hatte er bisher nicht. Gab es nichts zu erzählen?

»Welche Werkzeuge haben ihre Arbeiter denn gebraucht?«

Karl blickte Eduard entgeistert an.

»Sie haben gesagt, dass Sie auf den Hof gefahren sind, um Werkzeuge für die Arbeiter zu holen. Ich habe Sie bloß gefragt, welche Werkzeuge das sind.« Eduard schaute Karl freundlich an.

Karl murmelte: »Werkzeuge halt, Scheren und Spaten und so was.«

»Wie viele Arbeiter beschäftigen Sie zurzeit?«, fragte Eduard.

Karl antwortete schnell. »15 sind in den Feldern. Ein Vorarbeiter und 14 Pflücker.«

»Kennen Sie die Männer?«

»Sie kommen seit Jahren. Der Vorarbeiter spricht Deutsch, das macht es einfach.«

»Wo kommen die Männer her?«

»Alles Tschechen.«

»Kannte Ihre Mutter die Männer?«

Karls Augen bekamen wieder einen klaren Blick. »Früher haben sie bei uns auf dem Hof gewohnt. In dem Nebenhaus – und meine Mutter hat für sie gekocht. Aber seit einigen Jahren hat sie das nicht mehr geschafft. Sie war alt und herzkrank.« Er wischte sich eine Träne aus dem Auge. »Ich habe ein altes Haus in den Plantagen kaufen können, da schlafen sie seither und kochen selber.«

»Wenn diese Männer den Hof und Ihre Mutter kannten, wäre es vorstellbar, dass einige von ihnen diese Tat begangen haben?«

Karl schaute Eduard mit einem merkwürdigen Blick an. Er brauchte etwas Zeit für seine Antwort. Langsam sagte er: »Das kann ich mir nicht vorstellen.« Karls Blick ging nach unten auf den Teller mit dem Rest Risotto. »Aber ich kann anderen Menschen auch nur vor den Kopf schauen.«

»Wo waren die Männer zu der Zeit, als Sie auf den Hof gefahren sind?«

»Ich nehme an, auf den Feldern, auf denen ich sie am Vormittag abgesetzt habe.«

»Wie lief Ihr Tag ab, bevor Sie auf den Hof gefahren sind?«

Karl kratzte sich am Kinn, den Blick auf das Essen gerichtet.

»Ich habe die Männer zu den Feldern gebracht, die sie abernten sollten.«

»Ist das weit weg vom Hof?«

»Schon, ja, zwei Kilometer, schätze ich.«

»Und dann?«

»Ich habe sie abgesetzt und mit dem Vorarbeiter besprochen, was zu tun ist, welche Felder in welcher Reihenfolge dran sind. Ich habe dann die Apfelkisten an die Stellen gefahren, von denen ich die vollen Kisten abends abholen wollte, um sie in die Genossenschaft zu bringen.«

Eduard unterbrach Karl nicht. Er beobachtete sein Gesicht.

»Dann gab es noch ein Gespräch mit dem Vorarbeiter.«

»Worum ging es?«

»Ich hatte gestern bei der Genossenschaft einige Kisten mit beschädigten Äpfeln abgeliefert. Die waren in den Kisten mit den guten Äpfeln. Verstehen Sie? Die haben die fehlerhaften Äpfel statt in die Fallerkisten in die mit den guten getan. Das darf nicht sein. Jeder Apfel muss makellos sein. Wenn man beschädigte Äpfel findet, ist die ganze Kiste nichts wert.«

»Beschädigte Äpfel?«

»Hagelschlag oder Druckstellen. Das Pflücken ist nicht so leicht, wie es aussieht. Man muss den Apfel abdrehen und darf ihn nicht werfen. Wenn man den Apfel abreißt und in die Kisten wirft, kann er Druckstellen bekommen. Das wissen alle, aber wie es scheint, haben sich nicht alle daran gehalten. Und das habe ich mit dem Vorarbeiter besprochen. Dass er mehr darauf achtet und seine Leute unter Kontrolle hält. Andernfalls würde ich ihnen die wertlosen Kisten vom Lohn abziehen.«

»Und wie hat er reagiert?«

Karl schaute grimmig aus. »Nicht so, wie ich es mir wünsche. Er hat bestritten, dass seine Männer schlampig arbeiten und mir gedroht, dass sie alle die Arbeit niederlegen, wenn ich den Lohn kürze.«

»War das ernst zu nehmen?«

»Ich weiß nicht. Aber wenn die das machen, bleiben 25 Prozent der Äpfel auf den Bäumen. Ersatz findet man nicht so schnell. Und 25 Prozent Verlust kann ich mir nicht leisten.«

»Also gab es Streit?«

Karl wiegelte ab. »Streit würde ich das nicht nennen. Er hat sich wieder eingekriegt.«

»Und dann?«

»Ich fahre mittags hierher und esse, bevor der Rummel losgeht. So auch gestern. Und danach bin ich wieder ins Feld und später auf den Hof. Und dann sind Sie gekommen.«

Eduard nickte Karl freundlich zu. »Danke sehr. Es gibt noch etwas, was wir wissen müssen. Wir müssen wissen, was fehlt.«

»Wie? Was fehlt?«

»Wir gehen von einem Raubüberfall aus. Daher die Frage, was fehlt. Was haben die Diebe mitgenommen? Wir brauchen eine Liste des geraubten Gutes.«

Karl schaute Eduard zunächst erstaunt an. »Ja, eine Liste. Ich weiß nicht. Gestern war ich nicht ich selbst, wie Sie wissen. Ja, eine Liste. Muss ich dann ins Haus?«

»Ich denke, dass dies die einzige Möglichkeit ist, festzustellen, was fehlt. Ihre Mutter haben wir fortgebracht.«

Karl nickte. »Wie schnell?«

»Heute.«

»Gut. Ich muss erst die Kisten in die Genossenschaft bringen. Dann fahre ich zum Haus.«

»Ich würde gerne dabei sein, wenn es Ihnen recht ist. Ich habe noch weitere Fragen.«

Karl schaute erstaunt, nickte aber. »In zwei Stunden?«

*

»Ich erinnere mich, dass ich den Ring an einen jungen Mann verkauft habe, der blondes Wuschelhaar hatte und dicklich war. Er war sehr aufgeregt damals.« Eugen war stolz darauf, auf die Frage, wer den Ring gekauft hat, eine Antwort zu bieten.

»Erinnern Sie sich an noch etwas? Hat der Mann erzählt, für wen er den Ring gekauft hat? Oder erinnern Sie sich, wann Sie den Ring an ihn verkauft haben?« Francesca war freundlich zu den drei älteren Menschen, die sie diesmal im Zimmer von Luisa angetroffen hatte.

Eugen schaute in die Luft, so als fände er hier die Antwort. »Ich muss vor dem Einschlafen darüber nachdenken«, sagte er. »Heute weiß ich nichts mehr. Es tut mir leid.«

Luisa hatte ihre Geschichte erzählt und Francesca hatte sich Notizen gemacht.

»Meine Damen, mein Herr«, sagte Francesca, »das war alles interessant. Und es hilft uns. Eine Frage hätte ich noch an Sie.« Francesca wendete sich an Luisa. »Hat Ihre Mutter Ihnen erzählt, woher die Schmiedin stammte? Stammte sie aus Lana?«

Luisa überlegte. »Ich habe Ihnen doch von dem Stein erzählt, auf dem die Schmiedin gestanden haben soll. Das muss für meine Mutter sehr eindrucksvoll gewesen sein, dass sich eine Frau das traut. So war mein Eindruck. Denn sie hat mir gegenüber auch erwähnt, dass die Zuhörer zuerst getuschelt hätten, dass die Frau eine Evangelische sei, oder eine Jüdin, oder eine Serbin. Es habe auch laute Rufe gegeben, sie solle dahin gehen, wo sie hergekommen sei. Sie gehöre hier nicht hin. Und einer soll einen Pferdeapfel nach ihr geworfen haben.«

»Das wusste Ihre Mutter alles?«

»Sie hat sich die Reden gerne angehört, glaube ich. Aber sie hat sich nicht mit den anderen Frauen darüber unterhalten. Es wird ihr imponiert haben.«

»Hat es auch anderen Frauen imponiert?«

»Das kann ich Ihnen nicht sagen. Ich kann es mir vorstellen. Die Zeit um 1915 war nicht danach, solche Reden in die Öffentlichkeit zu tragen. Auf die Pfarrer schimpfen, das war unerhört.

Der Pfarrer war auch noch in meiner Jugend die Autorität im Dorf. Kirchengehen war selbstverständlich.«

»War es das?«

»Natürlich war es das. Es gab nicht viel Vergnügen damals. Andere vom Dorf am Sonntag nach der Kirche zu treffen, war für die Menschen die einzige Abwechslung in der Woche. Die Bauern ackerten von morgens bis abends und für alle anderen galt das auch. Der Sonntagvormittag war die einzige Pause, die sie sich gegönnt haben. Mittags ging es auf den Hof, das Vieh versorgen, den Garten pflegen, die Felder bearbeiten. Und was der Herr Pfarrer sagte, hatte Gewicht. Er kam bis auf die Höfe.«

»Was haben die Pfarrer dazu gesagt, dass eine junge Frau sie vom Stein herab so kritisiert hat?«

»Das weiß ich nicht. Dazu hat meine Mutter nichts erzählt. Aber wir können uns das denken, oder? Es wird ihnen nicht gefallen haben.«

Francesca klappte ihr Notizheft zu. »Dann fasse ich mal zusammen. Eine junge Schmiedin mit großen Kräften, die es mit drei Männern aufnehmen konnte, hat sich viele Feinde gemacht: die jungen Männer, die Pfarrer und andere, die ihre Reden nicht gut fanden. Es hat also viele gegeben, denen man hätte zutrauen können, dass sie die junge Frau umbringen.«

Alle drei nickten und sahen sie an.

»Und wir wissen, dass der Ring von einem jungen, leicht dicklichen Mann mit blondem Haarschopf gekauft worden ist.« Sie sah Eugen an. »Wie alt war der Mann damals? Können Sie das schätzen?«

Eugen überlegte nicht lange. »Ich würde sagen, so um die 25 Jahre alt.«

Francesca rechnete schnell. »Wenn er 2005 um die 25 Jahre alt gewesen war, ist er jetzt 42 Jahre alt. Meinen Sie, Sie würden ihn wiedererkennen können?«

Eugen zuckte mit den Schultern.

*

»Hast nicht aufgegessen. War es nicht recht?«, rief Daniel Karl hinterher, als dieser die Pizzeria verließ.

»Alles gut. Keine Zeit.« Und raus war er.

»Nicht einmal seinen Espresso hat er genommen«, meinte Daniel zu Eduard, als er Karls Teller abräumte. »Den vergisst er nie.« Er stutzte kurz. »Außer gestern, da hat er ihn stehen lassen.«

Eduard fragte spontan: »Warum?«

Daniel überlegte. »Ich weiß auch nicht. Gestern war er in Eile, wie immer. Es ist Erntezeit, da ist das so. Aber etwas hat mich irritiert. Als Karl ging, waren viele Leute gleichzeitig gekommen. Den Mittagstisch nehmen ganze Handwerkerkolonnen wahr. Da heißt es schnell das Essen auf den Tisch bringen. Karl war gestern noch schneller als üblich. Ich habe ihm seinen Espresso hingestellt und dann war er weg, ohne ihn getrunken zu haben. Er ist immer so gehetzt. Besonders in der Erntezeit.«

Laut begrüßte er jemanden, der zur Tür reinkam: »Hallo Joschi, komm nur, ich habe den Tisch schon rausgebracht. Du kannst also alles reintragen.« Und zu Eduard gewandt, fügte er erklärend hinzu: »Morgen Abend spielt hier die Band Tumulti. Sie können gerne kommen, wenn Sie Lust haben. Joschi ist einer der Gitarristen«, stellte Daniel Joschi kurz vor, als er an Eduard vorbeiging. Eduard grüßte freundlich. »Was spielt ihr denn?«

Joschi blieb stehen und sagte: »Nicht eindeutig zu beschreiben. Ich würde sagen, eine Art alternative moderne Volksmusik. Wir mixen unterschiedliche Musikstile. Alle Texte sind in Tiroler Mundart.«

»Der Herr ist von der Polizia«, warf Daniel ein. »Wegen Karls Mutter.«

Joschi stockte und fragte nach. »Das kann ich dir jetzt nicht erzählen. Gleich geht hier der Betrieb los. Aber es wird deshalb ermittelt. Entschuldige mich«, sagte Daniel, um sich um den Schwung Handwerker zu kümmern, die ihre Stammplätze eingenommen hatten.

»Kennen Sie Karl Wallnöfer?«, fragte Eduard.

Joschi nickte und Eduard bot ihm den Platz an, auf dem eben noch Karl gesessen hatte. »Woher kennen Sie sich?«

»Ist das ein Verhör? Was ist denn passiert?«

Eduard kam Joschi über den Tisch näher und sagte leise: »Gestern ist die Mutter von Herrn Wallnöfer ermordet worden. Wir ermitteln also in einem Mordfall. Und darum ist alles wichtig, was ich über die Familie in Erfahrung bringen kann. Das ist kein Verhör, aber Sie können mir helfen. Mich interessiert zum Beispiel, woher Sie Karl Wallnöfer kennen, ob Sie die Mutter gekannt haben, ob Sie vielleicht wissen, ob die Familie Wallnöfer Feinde hatte. So was zum Beispiel.«

Joschi war sichtlich berührt. »Das ist schrecklich. Ich fürchte, ich kann wenig helfen. Puh! Karl kenne ich schon lange. Wir sind im selben Alter. Daniel kennt ihn auch, weil Karl von hier ist.«

»Sie sind nicht von hier?«

»Ich komme aus dem Vinschgau. Laas, um genau zu sein. Ich war dort Jugendarbeiter. In der Südtiroler Musikszene war ich schon damals aktiv und habe bei der Organisation von Konzerten in der Gaulschlucht in Lana mitgewirkt. Spätestens seit dieser Zeit kenne ich Karl.«

»Wann war das?«

Joschi überlegte. »Das muss im Jahr 2005 gewesen sein.«

»Wie war Karl damals?«

»Wie war Karl, wie waren wir? Da waren wir alle noch 17 Jahre jünger, keiner fest gebunden, Freundinnen schon, viele Flausen im Kopf, Träume. Karl hat schon damals viel gearbeitet. Die Familie hat einen großen Betrieb. Und Karl war immer eingespannt. Wenn man jung ist, möchte man auch gerne einmal frei haben, aber das war für Karl schwierig. Die Eltern waren eher streng, schätze ich.«

»Und die Mutter? Was wissen Sie über die Mutter?«

»Da kann ich nicht so viel sagen. Karl hat mir vor Kurzem noch erzählt, dass seine Mutter das Familienvermögen verwaltet und ihm Ehekandidatinnen ausgesucht habe, die ihm aber nicht gefallen hätten. Ich würde sagen, das Verhältnis zwischen Mutter und Sohn war deshalb angespannt. Sein Vater ist wohl dement, hat er mir erzählt und lebt im Altenstift in Lana.«

»Hatte die Familie Feinde?«

»Das kann ich mir nicht vorstellen. Ich weiß davon nichts und Karl hat auch nie davon erzählt.«

»Sie kennen sich also nur flüchtig?«

»Nein, wir kennen uns gut, aber ich war lange weg und habe ihn erst vor ein paar Tagen hier wiedergetroffen. Zufall eben.«

*

Paula hatte Fabio angerufen und ihn in die Gerichtsmedizin gebeten. »Ich schreibe euch später einen ausführlichen Bericht zu Frau Wallnöfer, aber das solltest du dir ansehen«, hatte sie gesagt.

Die Leiche von Frau Wallnöfer lag mit einem Lacken bedeckt auf dem Tisch der Gerichtsmedizinerin. »Bevor ich dir die Wunden zeige, die uns Hinweise auf den Tathergang geben, möchte ich dir das hier zeigen.« Sie präsentierte Fabio die Zeitungsrolle, die man Frau Wallnöfer in den Rachen gesteckt hatte. »Die Zeitung ist zusammengerollt worden und dann wurde sie mit Wucht in den Rachen gestoßen. Das ist ein komplexer Vorgang, denn man muss den Kopf nach hinten überdehnen, um das erfolgreich zu machen. Und so erfolgreich war es nicht, denn die Zeitung hat sich an ihrem vorderen Ende gestaucht.«

»Dann ist die Frau daran erstickt?«, fragte Fabio.

»Abwarten, Fabio. Schauen wir uns die Zeitung an. Es ist eine Ausgabe von *24DerTag24* vom Dienstag dieser Woche. Die Ausgabe, in der der Ring abgebildet ist, den ich bei der jungen Frau gefunden habe, die unter dem Pflaster lag.«

»Warum diese Zeitung?«

»Das könnte man sich fragen. Aber jetzt kommen wir zur Todesursache. Die Frau ist nicht an der Zeitung erstickt. Ich vermute, dass sie bereits tot war, als man sie ihr in den Rachen gestoßen hat.«

»Das ist interessant. Warum stößt jemand der Frau die Zeitung in den Rachen, wenn es nicht mehr darum ging, sie stumm zu machen?«

»Eine wichtige Frage. Nun zur Leiche.« Paula zog das Tuch herunter. »Was siehst du?«

»Einstiche und Blutergüsse. Sie ist geschlagen und erstochen worden.«

»Danach sieht es aus. Die Todesursache sind aber weder die Schläge noch die Stiche.«

»Sondern?«

»Herztod.«

»Herzinfarkt?«

»Herzinfarkt oder ein plötzlicher Herztod, ausgelöst durch extremen Stress. Die Stiche müssen ihr nach ihrem Tod zugefügt worden sein. Schau mal hier.« Sie zeigte auf einen Stich oberhalb des linken Schlüsselbeins. »Das ist ein Halsstich, wie du unschwer erkennen kannst. Dieser Stich hat die Halsschlagader durchtrennt. Und was passiert, wenn eine Hauptschlagader durchtrennt wird?«

»Das Blut wird im Rhythmus des Herzschlags aus dem Körper gepumpt.«

»Richtig. Doch wir haben keine vier bis sechs Liter Blut rund um die Leiche gefunden, sondern nur Blut, das aus den Wunden ausgetreten war. Das hat mich gestern schon beschäftigt. Ich hätte bei den vielen Einstichen deutlich mehr Blut erwartet, als wir gesehen haben. Und jetzt weißt du auch, warum.«

»Das heißt, die Frau war tot, bevor auf sie eingestochen worden ist?«

»Ich habe mir das Herz angesehen. Starke Verkalkung in allen Gefäßen. Einen Gefäßverschluss habe ich auch feststellen können. Die Frau hatte also einen Herzinfarkt, ist daran verstorben und anschließend hat man ihr diese Verletzungen beigefügt.«

»Aber warum?«

»Jetzt kommen wir zu den Verletzungsmustern. Es gibt insgesamt 27 Einstiche. Die meisten in den Oberkörper. Und die Blutergüsse hat sie überwiegend im Gesicht. Die Stichführung verläuft von oben nach unten, das heißt, der Täter wird höher gestanden haben als das Opfer, hat von oben auf sie eingestochen.«

»Und wenn sie da schon gefesselt auf dem Stuhl gesessen hat …«

»… dann muss der Täter nicht groß gewesen sein, um ihr diese Verletzungen zuzufügen. Ich halte es auch für wahrscheinlich, dass sie gefesselt auf dem Stuhl gesessen hat und nicht erst nach der Attacke auf den Stuhl gefesselt worden ist.«

»Wie groß schätzt du den Täter?«

»Zwischen 1,60 und 1,70 Meter, größer nicht.«

»Und was siehst du noch?«

»Alle Stiche sind mit großer Wucht ausgeführt worden. Alle Stichkanäle sind gleich lang, nämlich 20 Zentimeter. Ich nehme deshalb an, dass der Täter ein Messer mit einer 20 Zentimeter langen Klinge bis ans Heft in den Körper gestoßen hat. Immer und immer wieder, bis er genug hatte oder seine Kraft erschöpft war.«

»Und die Blutergüsse?«

»Ich würde sagen, dass sie zuerst geschlagen wurde, entweder kurz nach dem Herztod, oder dass der Herztod durch die Aufregung ausgelöst wurde. Die Schläge müssen heftig gewesen sein, wie die Stiche.«

»Konnte der Täter erkennen, dass sie einen Herzinfarkt erlitten hatte?«

»Das ist möglich, aber es kann auch sein, dass sie von jetzt auf gleich gestorben ist. Das erkennst du nicht vorher. In dem Fall kommt jede Hilfe zu spät. Es helfen auch keine Wiederbelebungsmaßnahmen.«

Fabio trat einen Schritt zurück und schaute Paula an. »Wenn wir das jetzt auf uns wirken lassen, was sehen wir?«

»Was siehst du? Ich bin die Medizinerin, du bist der Kriminalist.«

»Versuchen wir es gemeinsam. Die Frau wurde von dem Täter bedrängt und an den Stuhl gefesselt. Er wollte sie gefügig machen, um sie zu zwingen, Verstecke von Wertsachen zu verraten.«

»Bis zur Fesselung bin ich bei dir. Welche Motive der Täter hatte, können wir nur vermuten.«

»Noch gehe ich von einem Raubüberfall aus. Der Täter wollte die Frau gefügig machen, fesselt sie an den Stuhl und schlägt sie.«

»Das wäre denkbar.«

»Dann erleidet sie einen Herzinfarkt.«

»Ihr wird schlecht, ihr bricht der Schweiß aus, ihr linker Arm schmerzt. Sie kollabiert, wenn nichts passiert. Oder, auch möglich, sie erleidet einen plötzlichen Herztod. In dem Fall sackt sie auf dem Stuhl zusammen und bringt kein Wort mehr raus.«

»Wenn es so gekommen ist, dann macht es keinen Sinn, auf die Frau weiter einzuschlagen und einzustechen. Dann durchwühle ich die Räume und raube Dinge, die ich verticken will.«

»Und schlage und steche nicht mit Wucht auf die tote Frau ein und stopfe ihr eine Zeitung in den Rachen.«

Fabio und Paula schauten sich an.

»Darum wollte ich, dass du das siehst. Das ist vielleicht kein Raubüberfall.«

»Sondern eine Beziehungstat.« Fabio lehnte sich an die Wand. »Jemand, der die Frau gehasst hat und die Tötung als Raubüberfall tarnen wollte.«

»Der Sohn hat die Frau gefunden?«

Fabio schaute Paula versonnen an. »Der Sohn hat uns gerufen. Eduard spricht mit ihm. Er müsste wissen, wer seine Mutter so gehasst haben könnte, dass er ihr so etwas antut.«

»Oder er war es selbst.«

»Und ruft dann die Polizia? Das ist schwer vorzustellen. Dann müsste er abgebrüht sein und den Eindruck macht er nicht. Er war richtig fertig.«

*

Eduard hatte noch Zeit. Erst in zwei Stunden wollte Wallnöfer auf dem Hof sein. Der Musiker Joschi hatte sich mit der Erklärung von ihm verabschiedet, dass er für das Konzert am Samstag noch einiges vorzubereiten hätte, und schleppte seither Bandequipment aus seinem Auto in die hintere linke Ecke der Pizzeria. Dabei wurde er von Gästen der Pizzeria angesprochen, die sich alle untereinander kannten und sich offensichtlich freuten, Joschi wiederzusehen. Eduard hörte Gesprächsfetzen, wie »… wie früher … damals die Gaul, geil war das … wie heißt die Band?«. Es wurde viel gelacht. Die Gäste waren Handwerker, überwiegend Einheimische. Andere stammten offensichtlich nicht von hier, weil sie sich eingehend mit ihren Wanderkarten beschäftigten, vor und nach dem Essen. Eduard beobachtete dieses muntere Treiben und freute sich über die Pause. *Nach Bozen fahren und nach einer halben Stunde wieder zurück, das lohnt nicht,* dachte er und genoss einen zweiten Espresso. *Was weiß ich über Karl Wallnöfer?*, fragte er sich. *Ein Mann, dem gestern seine Mutter auf brutale Weise ermordet worden ist. Der am nächsten Morgen nichts Besseres zu tun hat, als sich um die Ernte zu kümmern. Wäre ich auch so?* Eduard dachte an den elterlichen Hof. *Hätte ich den übernommen, wäre ich vielleicht auch so. Die Arbeit ging vor. So war das auch bei seinen Eltern. Komme da, was mag. Zuerst die Arbeit.* Sie hatten Getreide und Viehwirtschaft im Sarntal. Wenn das Korn reif war, gab es nichts anderes als die Ernte. Da schonte sich niemand. Das Wetter konnte die Ernte schnell zunichtemachen. *Mit den Äpfeln ist es ähnlich,* überlegte er.

Über seine Gedankenspiele verging die Zeit und die Pizzeria hatte sich schlagartig geleert. So plötzlich, wie die Mittagsgäste gekommen waren, waren sie wieder verschwunden. Nur die Touristen studierten noch ausgiebig ihre Wanderkarten. Einer von ihnen fragte, ob es einen Nachtisch gäbe und bestellte dann für alle das Tagesdessert, eine Sacherschnitte. Eduard überlegte, ob er sich auch eine gönnen sollte, ließ es aber sein. *Ich werde zu dick,* dachte er. *Lorena hat mir gestern in den Bauch gekniffen.* Auf morgen freute er sich. Lorena und er hatten sich erneut in Tramin verabredet und Francesca wollte mitkommen. ›Eine willkommene Abwechslung‹, hatte sie gesagt. *Ich bin gespannt,* dachte er, als ihn Daniel Baur ansprach.

»Kann ich noch etwas für Sie tun? Jetzt habe ich wieder Zeit.« Er machte eine ausladende Handbewegung, die das gesamte Restaurant umfasste, das jetzt menschenleer war.

»Sie kennen Karl Wallnöfer schon lange?«

Daniel nickte und setzte sich Eduard gegenüber. »Schon lange, nicht erst, seit er hier Stammgast ist.«

»Hier scheinen sich alle untereinander zu kennen, wenn ich die munteren Gespräche richtig deute. Der Musiker Joschi ist auch kein Unbekannter, oder?«

Daniel lehnte sich entspannt zurück und seine Augen suchten in der Vergangenheit, so sah es aus. Er geriet ins Schwärmen. »Wir waren auch mal jung, also richtig jung, meine ich, und das war die Zeit, in der wir zusammen viel unternommen haben. Musik war uns wichtig und Joschi und seine Freunde, die machten gerne Musik. Legendär waren die drei Konzerte auf der Gaulbühne. Das war unsere Zeit.« Er summte eine Melodie. Dann, als wäre ein Geistesblitz in ihn gefahren, sprang er auf. »Warten Sie. Ich habe ein Foto. Fast wie Woodstock, so sieht das aus.«

Nach kurzer Zeit kam er mit einem abgegriffenen Fotoalbum und hielt Eduard eine Seite hin, die er für ihn rausgesucht hatte. Es gab zwei Fotos, auf die Daniel hinwies. Überschrieben mit *Gaul 2005*.

»Das war der Hammer damals. Die Gaul 2005.«

Eduard sah junge Menschen, die, in der Tat ähnlich wie auf Fotos vom legendären Woodstock Festival, fröhlich und dicht gedrängt um eine Bühne tanzten.

»Ist Woodstock im Miniformat«, sagte Daniel und zeigte auf eine kleine Gruppe innerhalb der wogenden Masse.

»Das sind wir, hier!« Er zeigte auf zwei junge Figuren. »Das bin ich und das hier ist Karl. Joschi hat Musik gemacht, er ist hier.« Daniel zeigte auf eine kleine Figur, die mit anderen kleinen Figuren auf der Bühne stand. Weit im Hintergrund.

Eduard betrachtete das Bild. »Joschi ist nicht zu erkennen. Zu klein auf dem Foto. Aber ihr, also euch hätte ich nicht erkannt. Der Karl hat doch eine Glatze.«

»Die kam erst später. Damals hatte er noch Haare.«

»Und wer sind die Damen? Weißt du das noch?«

»Ja und nein.« Daniel lachte. »Das waren so Kurzzeitbeziehungen, würde ich sagen. Alles Vergangenheit. Der Karli hatte damals was mit einer seiner Pflückerinnen, glaube ich, aber wie die geheißen hat, das weiß ich nicht mehr.«

Eduard spürte, dass die Atmosphäre locker wurde. Daniel war gefühlsmäßig in den guten alten Zeiten angekommen.

»Wie war der Karli denn so drauf? Damals, meine ich?«

Daniel lehnte sich zurück und schaute Eduard mit einem ganz bestimmten Blick an.

So fragt man Leute aus, sollte der Blick bedeuten.

»Ist das interessant für Sie? Ich meine, Karlis Mutter ist ermordet worden. Was hat das mit Karli zu tun?«

»Das ist nicht so schwer zu verstehen. Wir ermitteln immer in alle Richtungen. Am Anfang sind Geschichten aus dem Umfeld der Opfer hilfreich. Das verschafft uns ein erstes Bild. Wir wissen nichts, wenn wir zu einem Tatort kommen. Wir fangen immer mit dem Opfer, seinem Umfeld, seiner Familie an. Also reine Routine. Tut mir leid, wenn Sie glauben, ich hätte etwas gegen Karl.«

»Sie stochern also ...«

»... vorerst im berühmten Nebel. Genauso ist es. Bis ich mich mit Karl treffe, habe ich noch ein wenig Zeit und nutze sie so, dass ich alle Geschichten aufsauge, die Sie oder Joschi rund um die Familie von Karl erzählen.«

»So funktioniert Polizeiarbeit?«

Eduard rückte über den Tisch und tat geheimnisvoll.

»Wir haben noch einige Tricks auf Lager. Aber das Stochern im Nebel ist die Hauptmethode.«

Daniel musste lachen und verfiel in das Südtiroler Du: »Du bist mir einer. Wo kommst du her?«

»Sarntal. Sonnenhang.«

»Vom Bauernhof?«

»Richtig, ein geborener Bauer. Und du bist ein geborener Gastronom?«

»Gelernter Barmann. Ich war viele Jahre Barkeeper in der Laurin Bar.«

»Spannend. Da lernt man viele Menschen kennen, nicht wahr?«

»Da lernt man viele Menschen kennen und man lernt, die Menschen zu kennen.«

»Nettes Wortspiel!«

»Kennst du den Unterschied zwischen einem Barmann und einem Beichtvater?«

Eduard amüsierte sich: »Nein, den kenne ich nicht.«

»Der Barmann darf beim Beichten Alkohol verkaufen.«

»Ach so, jetzt verstehe ich. Die Leute reden viel.«

»Sie erzählen alles. Aber nur, wenn sie davon ausgehen, dass es nicht weitererzählt wird.«

»Zuhören, wie ins Grab gesprochen.«

»Genau so.«

»Dann bist du doch für mich der ideale Fachmann für die Gemütslage von Karl. Wie muss ich mir die Familie vorstellen?

Wie wird Karl damit klarkommen, dass seine Mutter ermordet wurde? Wir wissen auch, dass sein Vater im Altenstift ist. Was macht das alles mit ihm?«

»Damit beschäftigt ihr euch?«

»Klar! Wir sind doch keine Unmenschen. Schicksale berühren uns auch. Und manchmal sind wir auch Beichtväter, das kannst du mir glauben. Wir unterliegen aber nicht dem Beichtgeheimnis. Und Alkohol gibt es bei uns ebenfalls keinen.«

»Na dann, wenn es der Wahrheitsfindung dient. Was willst du wissen?«

»Alles, das heißt nichts Konkretes. Erzähl einfach.«

»Karli ist der einzige Sohn, der Hoferbe. Die Eltern haben einen großen Hof. Viele Hektar Obstwiesen. Die Arbeit konnten sie schon früher nur mithilfe von Saisonkräften bewältigen. Als dann Karlis Vater über die Jahre dement wurde, hatte es Karli nicht leicht. Überschrieben ist der Hof nicht. Das hat er öfter beklagt. Er bekomme doch alles, wenn sie nicht mehr seien, habe ihm seine Mutter vorgehalten. Er möge sich nur kümmern.«

»Karl ist also sein eigener Knecht? Muss ich das so verstehen?«

»So würde ich das nicht ausdrücken. Er ist der Hoferbe, aber das Sagen haben die Alten.«

»Seit gestern nicht mehr, schätze ich. Oder kann der Vater ihm noch reinreden?«

»Karls Vater erkennt den eigenen Sohn nicht mehr. Karl hat sich beklagt, dass er nicht mit ihm spricht.«

»Hat Karl seine Eltern geliebt?«

Daniel zog sich ein wenig zurück.

»Das weiß ich nicht.«

Eduard nahm ihm das nicht ab. Denn auch er hatte Menschenkenntnis.

»Barkeeper können gut in den Menschen lesen.«

»Ja?«

»Wir Polizisten können das auch.«

»Und was liest du?«

»Dass du meine Frage, ob Karl seine Eltern geliebt hat, beantworten könntest, es aber nicht tust.«

Daniel musste schmunzeln.

»Schau, es ist doch zu intim. Ich habe da eine Meinung, aber ob die stimmt, weiß ich letztlich nicht. Also sage ich lieber nichts.«

»Ich kann das gut für mich behalten. Und ich kann es in Beziehung zu anderen Geschichten setzen, dir mir erzählt werden. Mein Ohr steht offen.«

Daniel druckste ein bisschen herum. »Karl hat sich ab und zu bei mir ausgeweint. Das machen die Menschen bei mir. Aber ich höre mir das nur an. Ich bewerte nicht, ich gebe keine Ratschläge. Karl ist, glaube ich, sehr einsam. Seine Eltern sind typische stolze Bauern. Sie gehören zu den großen Betrieben. Als der Vater noch fit war, da war er einer von denen, die bei der Fronleichnamsprozession den Baldachin vorne tragen durften. Die anderen Träger waren die anderen großen Bauern im Dorf. Das kennst du sicher auch.«

Eduard nickte. Die Hierarchie im Dorf folgte unsichtbaren Fäden aus Stahl.

»Hergeben wollten sie nichts, aber der Sohn sollte es erben. Kommt dir vielleicht bekannt vor. Bist ein weichender Erbe, oder?«

Eduard nickte wieder.

»Und jetzt ist Karli 40 Jahre alt und hat bis heute keine Frau gefunden. Warum ist das so, frage ich dich.«

»Weil den Eltern keine recht war?«

»Du kennst das doch. Es ist oft schwierig für den Erben. Karli hat mir leidgetan, weil er erstens keine Zeit hatte, auf Brautschau zu gehen und zweitens nicht anbringen konnte, wen er wollte, sondern nur genehme Partien infrage kamen. Da war die Mutter bestimmend. Und dann kam später die Demenz des Vaters hinzu. Er war nicht von heute auf morgen dement. Das war ein schleichender Prozess. Karli hat darunter gelitten, dass sein Alter immer schwieriger wurde. Anfangs haben sie noch nicht gewusst, dass es die Demenz war. Karli hat das alles auf sich bezogen. Eine schlimme Zeit war das.«

»Und jetzt?«

»Jetzt? Was soll sein? Der Vater lebt zwar noch, aber ist geistig woanders. Die Mutter hielt an allem fest. Nichts durfte sich verändern. Karli hatte zwar die ganze Arbeit und trug die

Verantwortung für den Betrieb, aber die Mutter saß auf dem Geld. Wenn Karli neue Maschinen anschaffen wollte, meinte sie, die alten täten es noch. Punkt. Sie klammerte, sie meckerte, sie hatte Angst.«

»Angst? Wovor hatte sie Angst?«

»Vor allem und vor jedem. Vor dem Alter, davor, dass sie auch dement würde, dass sie ein Pflegefall würde, dass sie die Herrschaft abgeben müsste.«

»Und wie ging Karl damit um?«

»Im Laufe der Jahre hat ihn das abgestumpft. Hier, sieh dir das Foto an. Da war er noch ein lustiger Kerl mit einer netten Freundin. In den Jahren darauf wurde es für ihn enger und enger. Die Arbeit nahm zu, der Vater wurde schwierig, die Mutter ließ ihn nicht selbstständig wirtschaften. Seit der Vater im Heim ist, steckt Karl in einer Dauerschleife. Aufstehen, arbeiten, mittags hier essen, arbeiten, schlafen gehen.«

»Und die Mutter?«

»So viel ich von Karl weiß, konnte er ihr nicht entgehen, sobald er den Kopf zur Tür reinstecke. Sie war herzkrank und konnte sich nicht mehr so viel zumuten. Vor Jahren hatte sie noch für die Erntehelfer gekocht. Aber das hat sie nicht mehr geschafft. Seither war Karl ihr einziger Lebensinhalt, Lebenszweck, Lebenssinn.«

»Das war schwierig für Karl.«

»Ganz sicher war das schwierig. Aber er hat es ertragen.«

»Hat er niemanden? Eine Freundin vielleicht?«

»Er ist nicht der Attraktivste. Wegen des Geldes würden sich einige interessieren, aber er hat keines. Er ist nur der Erbe. Ich glaube, er hat auch keine Lust mehr. Das Thema Frauen hat er abgeschrieben.«

»Aber damals, in der Gaul, da war das noch ein Thema?«

»Das war für uns alle das Thema schlechthin.«

*

Als Eduard zu Karls Hof fuhr, klingelte das Telefon.

»Wo bist du?«, fragte Fabio.

»Auf dem Weg zum Tatort. Ich will mit Karl Wallnöfer sprechen und er hat mir versprochen, eine Liste mit dem Diebesgut zu erstellen.«

»Das ist gut. Ich erzähle dir, was ich von Paula über den Tod der alten Dame erfahren habe. Das hilft dir, die Geschichten, die der Sohn erzählt, einzuschätzen.«

Eduard hörte aufmerksam zu.

»Sehr interessant«, sagte er, als Fabio mit seinem Bericht fertig war. »Ich hatte ein Gespräch mit dem Freund von Karl, der ihn vergangene Nacht bei sich aufgenommen hat. Demnach war das Verhältnis von Sohn und Mutter getrübt. Der Klassiker. Kenne ich von vielen Familien.« Und Eduard erzählte in Stichworten, was er von Daniel über die Familienverhältnisse wusste.

»Wenn es eine Beziehungstat war und kein Raubüberfall, dann müssen wir jetzt auch den Sohn als Täter in Betracht ziehen. Noch kann ich nicht glauben, dass er der Täter war, aber bei den von dir geschilderten Problemen kann ich das nicht mehr ausschließen. Denke an die Wucht der Stiche, von der Paula berichtet hat. Hier hat sich große Wut entladen. Denkbar sind auch andere Beziehungen. Es muss nicht die Familie sein.«

»Vielleicht ein Irrer.«

»Mit denen ist immer zu rechnen.«

»So, ich bin jetzt auf dem Hof. Das Auto vom Sohn ist auch da.«

»Bis gleich. Bin gespannt, was du uns bringst.«

Eduard betrat das Haus und traf gleich auf Karl, der nicht gut aussah.

»Lassen Sie uns draußen sprechen«, sagte er. »Ich halte es da drinnen nicht aus.« Er schnappte nach Luft.

Sie gingen einige Schritte und Karl atmete tief durch. Mitten auf dem Hof blieben sie stehen, warm beschienen von der Herbstsonne.

»Es ist so schrecklich«, begann Karl. »Ich kann das noch nicht glauben. Als ich hereinging, roch es so streng. All das getrocknete Blut in der Küche.« Karl würgte und Eduard hatte den Eindruck, Karl würde sich übergeben müssen. Aber er fing sich. »Ich kann da jetzt noch nicht reingehen«, brachte Karl hervor. »Es tut mir leid, aber ich kann das nicht. Eine Liste erstellen, meine ich. Mit dem, was gestohlen ist.«

Eduard betrachtete Karl. Was hatte Fabio gesagt? 160 bis 170 Zentimeter groß könnte der Täter sein. *Das könnte passen,* überlegte Eduard. *Aber wo war das Motiv? Der alte Konflikt zwischen Übermutter und Sohn? Er bestand seit vielen Jahren, was könnte eine solche Explosion von Gewalt gerade jetzt ausgelöst haben?*

»Das kann ich verstehen«, begann Eduard und ging ein paar Schritte. Karl folgte ihm. *Im Gehen lösen sich die Gedanken,* wusste Eduard. »Lassen Sie uns ein wenig spazieren gehen. Durch die Plantagen. Sind das alles Ihre Bäume?«

Karl schien dankbar für diese Idee. Sein Gesicht bekam Farbe, je weiter sie vom Hof weg waren.

»Wir haben zwölf Hektar Grund. Und die Felder hier«, er beschrieb einen Kreis mit seinem rechten Arm, »gehören alle dazu. Aber ansonsten ist der Besitz verstreut. Der Vater hat dazugekauft, sobald es Grundstücke zu kaufen gab. Darum habe ich zur Ernte auch so viel zu tun. Ich muss sehen, dass ich die Pflücker auf die Felder bringe, die abzuernten sind. Bei den Äpfeln gibt es frühe und späte Sorten. Die Pflücker wissen darüber nicht viel. Nur der Vorarbeiter versteht das und achtet darauf, dass sie mir nicht Äpfel vor ihrer Zeit runterklauben.«

»Den Vorarbeiter kennen Sie schon lange?«

»Er kommt seit 15 Jahren zu uns.«

»Und die Pflücker?«

»Es gibt eine Kerntruppe von zehn Mann. Die sind jedes Jahr hier. Aber die übrigen fünf sind Neulinge. Die kenne ich nicht.«

»Woher kommen die Pflücker?«

»Alles Tschechen. Kommen alle aus derselben Gegend. Der Vorarbeiter sucht sie aus und bringt sie mit. Untereinander kennen sie sich.«

»Haben Sie viel mit ihnen zu tun?«

»Täglich mehrmals. Die ganze Saison durch. Wenn ich nicht aufpasse, vermasseln sie es.«

»Sprechen die Pflücker Deutsch?«

»Nur der Vorarbeiter. Die anderen verstehen das ein oder

andere. Es gibt nicht so viel zu besprechen, wenn man Äpfel pflückt. Das, was ich ihnen sagen muss, das verstehen sie.«

»Sie sind den ganzen Tag auf den Beinen. Von morgens bis abends?«

»Anders geht das nicht. Die Äpfel pflücken sich nicht selbst und fahren in die Genossenschaft. Und wenn sie abgeerntet sind, geht es weiter. Rund um jeden Baum mehrmals im Jahr. Baumschnitt, Mahd, was halt rund um den Baum an Arbeit anfällt. Dafür habe ich die aus der Kerntruppe. Alle paar Monate wechseln sie sich ab. Aber ohne Saisonkräfte könnte ich die Menge an Arbeit nicht schaffen.«

»Sind Sie mit Ihren Erntehelfern befreundet?«

Karl verzog das Gesicht. »Nein. Befreundet würde ich das nicht nennen. Sie sind in Ordnung. Ich respektiere sie, sie respektieren mich.«

Eduard überlegte kurz.

»Haben Sie nur Männer als Pflücker oder kommen auch Frauen?«

Karls Gesicht zog sich zusammen. »Frauen gibt es da weniger. Ich habe keine dabei.«

Eduard musste das Thema wechseln. »Erzählen Sie mir doch bitte, wie der gestrige Tag bei Ihnen ablief. Von Anfang an.«

Karl brummte unmutig. »Was soll gewesen sein? So wie jeder Tag eben. Ich bin aufgestanden und bin zur Unterkunft der Pflücker gefahren.«

»Gab es kein Frühstück?«

Karl sah Eduard entgeistert an. »So genau wollen Sie das wissen? Von mir aus. Ich bin aufgestanden, dann aufs Klo, habe mich gewaschen und dann eine Tasse Kaffee getrunken und einen Wecken gegessen mit Honig. Reicht das?«

»Wo war Ihre Mutter da? Hat sie noch geschlafen oder haben Sie zusammen gefrühstückt?«

Karl wurde unruhig. »Sie hat den Kaffee gekocht, den Wecken aufgeschnitten und mir hingelegt, so wie sie es seit Hunderten von Jahren gemacht hat.«

»Haben Sie bitte Verständnis, dass ich das alles frage. Ich mache mir ein Bild. Es ist für mich Routine und Sie helfen mir damit, den Mord an Ihrer Mutter aufzuklären. Das wollen Sie doch auch?«

Karl atmete schwer, beruhigte sich. »Natürlich will ich das.« Er blieb stehen. »Nach dem Frühstück bin ich zur Gerätescheune, den Traktor holen ...«

»Haben Sie sich mit Ihrer Mutter unterhalten?«

»Ich weiß nicht, warum Sie das alles wissen wollen. Nein, wir haben uns nicht unterhalten.«

»Sie waren also beide stumm?«

Karl schaute Eduard intensiv an. »Es wird nicht geredet beim Essen. Nicht bei uns daheim.«

»Sie sind also auf den Hof, und dann?«

»Den Trecker angemacht und losgefahren.« Karl grinste jetzt. »Soll ich Ihnen genau sagen, wann ich wo abgebogen bin?«

»Wohin sind Sie gefahren?« Eduard ignorierte Karls herausfordernden letzten Satz.

»Zur Unterkunft der Pflücker.«

»Das ist wo?«

Karl nannte keine Adresse, sondern beschrieb ein Haus mitten in den Plantagen, das ihm gehörte und das er für die Pflücker als Unterkunft ausgebaut hatte. Eduard notierte alles.

»Und dann?«

»Dort habe ich einen Kleinbus, in den 15 Leute reinpassen. Mit dem fahren die Männer auf die Felder. Zuvor bespreche ich mit dem Vorarbeiter, auf was zu achten ist. Habe ich schon erzählt. Es gibt Felder mit unterschiedlichen Sorten. Nicht alle sollen zur selben Zeit runtergeklaubt werden.«

»Verstehe. Und dann?«

»Ich kalkuliere, wie viele von den großen Apfelkisten ich ihnen an die Felder stellen muss. Dann hole ich die Kisten mit dem Trecker und stelle sie an die passenden Stellen. Damit bin ich bis zum frühen Mittag gut beschäftigt. Wenn alle Kisten vor Ort sind, gehe ich schnell essen. Kennen Sie alles. Pizzeria Central in Vilpian.«

»Gestern auch?

»Ja, gestern auch. Wollen Sie wissen, was es zu essen gab?«

Eduard musste lachen. »Ja, klar will ich das wissen. Es könnte wichtig sein.«

Jetzt hatte er Karl zum Lachen gebracht. »Es gab einen Veggie-Burger mit Pommes.«

»Veggie? Also ohne Fleischklops? Schmeckt das denn?«

Karl schaute Eduard erstaunt an. *War das jetzt eine Vernehmung oder ein Geplauder?*

»Ich kenne die Speisekarte rauf und runter. Mir schmeckt es da. Aber es gibt auch Burger mit Fleisch, falls Sie das beruhigt.«

»Und anschließend einen Espresso«, stellte Fabio fest. »Wie immer. Stimmt's?«

Karl verstand nicht, was das sollte. Deshalb kam zögerlich: »Ja, einen Espresso. Den nehme ich immer.«

Bevor Karl fragen konnte, was diese Fragen sollten, sprach Eduard weiter.

»Und dann sind Sie wieder raus aufs Feld?«

Karl nickte, sagte aber nichts.

»Also auf welches Feld genau?«

Karl blickte auf, schaute dann in die Ferne. »Ich bin auf ein anderes Feld, das tags darauf abgeerntet werden sollte.«

»Wo liegt das genau?«

Karl schnaubte leise. »Sagen Sie, was soll das? Wieso ist das für Sie interessant?«

»Ganz ehrlich, mir macht die Befragung eines nahen Angehörigen eines Mordopfers auch keinen Spaß. Wir von der Polizia wissen, dass diese Situation für Sie extrem belastend ist. Am liebsten würden wir Sie in Ruhe lassen. Aber das wäre ein Pflichtversäumnis. Es ist so, dass wir zunächst das nahe Umfeld befragen. Und das ganz genau, damit wir den Tag des Mordes aus vielen Perspektiven erzählt bekommen. Eine Erzählung kann einen Hinweis enthalten, der uns weiterhilft. Oft wissen die Befragten nicht, dass sie etwas bemerkt haben, was uns dann auf die Spur bringt. Darum frage ich Sie so genau. Ich muss das machen und ich muss es heute machen.«

»Na gut, wo waren wir?«

»Zu welchem Feld sind Sie gefahren?«

Karl zog sein Handy aus der Tasche und öffnete eine Karten-App. Er vergrößerte das Feld und zeigte Eduard das Display. »Das Feld hat keine Adresse. Ich kann es Ihnen zeigen, oder Sie nehmen das Bild auf dem Handy. Ich brauche von Vilpian aus 20 Minuten mit dem Trecker. Dort habe ich kalkuliert, wie viele Kisten ich dort am nächsten Tag brauche, und bin danach zu den Feldern gefahren, auf denen die Pflücker waren, um zu sehen, wie weit sie gekommen sind und ob ich schon volle Kisten in die Genossenschaft fahren kann. Aber sie waren noch nicht so weit. Dann habe ich noch ein weiteres Feld abgefahren, um dort zu schauen, wie weit die Äpfel sind, um einzuschätzen, wann ich dieses Feld abernten lasse.«

»Sie waren also nach dem Essen in Vilpian wie lange unterwegs?«

»Einige Zeit schon. Ich schaue nicht auf die Uhr. Ich weiß nicht.«

»Und dann sind Sie auf den Hof gefahren?«

»Ja, ich bin dann auf den Hof gefahren, habe meine Mutter gefunden und dann die Polizia gerufen.«

»Danke. Dann habe ich das also.« Eduard klappte seinen Block zu.

Karl schien erleichtert.

»Jetzt noch eine Frage - und ich bitte Sie, genau zu überlegen. Hatte Ihre Mutter Feinde? Oder die Familie? Kennen Sie jemanden, dem Sie diese Tat zutrauen?«

Karl schüttelte seinen Kopf. »Da muss ich nicht lange überlegen. Da gibt es niemanden. Wir sind eine kleine Familie gewesen.« Dabei schossen Karl Tränen in die Augen. »Mein Vater ist schwer dement. Er erkennt mich nicht mehr. Und meine Mutter ist jetzt tot. Geschwister habe ich keine.«

»Onkel und Tanten?«

»Da gibt es zwei Onkel. Mit denen haben wir keinen Kontakt.«

»Warum?«

»Alte Geschichten. Der Hof stammt aus der Linie des Vaters. Er war der Älteste, die anderen mussten weichen. Es gab deswegen Streit. Und sie sind im Streit auseinander. Deshalb kein Kontakt.«

Karl gab Eduard noch die Adressen der Onkel, die er in seinem Notizbuch notierte.

»Was meinen Sie, könnten wir jetzt gemeinsam im Haus nachschauen, was fehlt?«

Karl willigte zwar ein, schaffte es aber nicht, die Schwelle der Haustür zu überschreiten.

»Ich weiß nicht, ob ich das schon kann«, stieß er hervor. Sein Atem ging schnell.

Eduard versuchte ihn zu beruhigen. »Tief atmen. Das hilft. Und ich bin bei Ihnen. Sie sind nicht allein.«

Karl lächelte Eduard verlegen an. Ihm war es peinlich.

»Ich gehe voraus. Ist das in Ordnung für Sie?«

Karl nickte.

Eduard betrachtete das Chaos auf dem Boden. Es sah noch genauso aus wie gestern. Eduard bückte sich und hob einen Ballen Stoff auf, der vermutlich in der großen Truhe gelegen hatte. Hinter sich hörte er Karl sagen: »Familienleinen. Stammt noch von den Großeltern.«

Eduard kannte das von zu Hause. »Damals haben sie noch selber gewebt. Das sind noch Stoffe.«

»Sie kennen sich aus?«

»Ich stamme auch von einem Hof. Sarntal, Sonnenseite.« Eduard lachte. »Ich bin ein weichender Erbe. Deshalb konnte ich Polizist werden.«

»Und der ältere Bruder hat den Hof übernommen?«, fragte Karl.

»Noch ist er nicht übertragen. Er muss sich gedulden.«

Karl nickte. »Es ist überall so.«

»Bei Ihnen auch?«

»Was denken Sie? Da geht leichter eine dicke Kuh durchs Nadelöhr, bevor die Alten loslassen.« Karl schnaubte jetzt. »Der Vater ist ein Totalausfall, die Mutter war wegen ihrer Herzschwäche schon lange nicht mehr einsatzfähig, aber mich, den einzigen Sohn, den sie haben, mit der Verantwortung für zwölf Hektar zu betrauen, das kam nicht infrage. Dennoch hatte ich die ganze Verantwortung.« Er brach ab. »Sie verstehen das, wenn Sie auch von einem Hof kommen.«

»Und wie ich das verstehe. Mein Bruder ist in einer ähnlichen Situation wie Sie. Aber er kommt ganz gut mit den Eltern aus.«

»Das ist bei mir auch so!«, rief Karl. *Ein wenig zu laut und zu schnell*, dachte Eduard.

Schwierig war es für Karl, als Eduard in die Küche ging, in den Raum, in dem Karls Mutter zu Tode kam. Eduard hörte, wie Karl schwer atmete, und sah, dass sein Gesicht die Farbe verloren hatte. *Schnell ablenken*, dachte Eduard.

»Was für ein schöner alter Kachelofen!«, rief er. »Ein Kachelofen schmückt jeden Raum. Wir haben zu Hause auch so einen.« Eduard blickte auf die Holzscheite und vermisste einen Stapel alter Tageszeitungen, so wie es bei ihm zu Hause üblich war. Papier zum Anfeuern. »Wie feuert ihr denn an? Nehmt ihr keine Zeitungen?«, fragte Eduard, um ein Thema zu finden, das Karl aus seiner Stimmung holen sollte.

»Was? Wie? Zeitungen? Nein, die Mutter hat keine Zeitung.«

»Ihr lest nicht das Tageblatt? Dann wisst ihr gar nicht, was gestern los war in unserem kleinen Südtirol! Wie das? Die Zeitung liest doch jeder.« Eduard ging ins Südtiroler Du über und sein Tonfall klang amüsiert.

Karl fand das offensichtlich nicht lustig. »Die Mutter hat sie eben nicht gewollt.« Das war seine knappe Antwort.

Eduard kam ein Gedanke. »Hat ihr die Zeitung nicht gefallen, oder ...«

»Sie war ihr zu teuer«, stieß Karl hervor. »Als der Vater ins Heim ist, hat sie gesagt, ab jetzt müssen wir sparen.« Karls Gesicht wurde finster, seine Augenbrauen zogen sich zusammen.

»Verstehe«, sagte Eduard. »Geht mich auch nichts an«, fügte er hinzu. »Dann lassen Sie uns jetzt bitte durch die Stube gehen und nachsehen, was fehlt. Schaffen Sie das, wenn ich dabei bin?«

Karl nickte.

*

Am Abend trugen Fabio, Francesca und Eduard nach einem langen Tag ihre Erkenntnisse zusammen, um sich auf einen gemeinsamen Stand zu bringen.

»Ich war anschließend bei den Saisonarbeitern von Karl Wallnöfer«, berichtete Eduard. »Sie konnten bestätigen, dass er sie morgens auf die Felder verteilt hatte. Dass er gegen Mittag vorbeigeschaut hat, will niemand bemerkt haben.«

»Kann das bedeuten, dass er für die Zeit nach dem Mittagessen keine nachvollziehbaren Angaben gemacht hat?«, fragte Francesca.

»Ich würde sagen, ja. Das kann bedeuten, dass er mich angelogen hat. Mir ist außerdem aufgefallen, dass er mir zunächst erzählt hat, dass er auf den Hof gefahren sei, um Werkzeuge für die Arbeiter zu holen. Da habe ich mich gefragt, welche Werkzeuge Pflücker wohl brauchen. Später hat er nicht mehr davon gesprochen, dass er Werkzeuge habe holen wollen, sondern er hat mir einen nach meinem Eindruck sehr umständlichen Weg durch die Felder beschrieben, den er genommen haben will, um den Reifegrad bestimmter Apfelsorten festzustellen. Mir kam es so vor, als hätte er improvisiert, um die Zeit von seinem Aufbruch von der Pizzeria bis zum Notruf bei uns zu füllen. Im weiteren Verlauf des Gesprächs hat er keinen Grund mehr angegeben, warum er auf den Hof gefahren ist. Wollt ihr meine Einschätzung hören?«

Fabio und Francesca nickten ihm aufmunternd zu.

»Wallnöfer hat die Aufenthaltsorte und seine Tätigkeiten in dem Zeitraum zwischen Pizzeria und Notruf erfunden, um die Zeit zwischen 12 Uhr und 18 Uhr zu erklären. Ich frage mich: Was hat er in diesen sechs Stunden gemacht? Und jetzt habe ich noch etwas für euch.« Eduard machte es spannend.

»Nachdem ich bei den Erntehelfern war, bin ich noch einmal in die Pizzeria. Ihr fragt euch, warum. Ich erzähle es. Mir gingen zwei Tatsachen nicht aus dem Kopf. Die eine war die Zeitung, die man der Toten in den Rachen geschoben hat. Und die andere, dass es im Haushalt der Familie Wallnöfer keine Zeitungen gibt. Sie hatten kein Abo von *24DerTag24*. Geiz der Mutter war der Grund. Also muss der Täter die Zeitung mitgebracht haben. Darum bin ich nochmals in die Pizzeria. Nur dort kann Karl Wallnöfer einen Blick in die Tageszeitung werfen. Dort liegt sie aus. Und ich habe den Stapel der alten Zeitungen, die dort ausliegen, durchgesehen. Eine fehlte. Die Ausgabe vom Dienstag. Und Fabio hat erzählt, dass es die Dienstagsausgabe war, die im Schlund der Toten gesteckt hat.«

Alle drei schauten sich an. »Heute noch oder am Montag?«, fragte Francesca. Fabio zögerte.

»Für den Fall, dass der Sohn die Mutter umgebracht hat, fehlt uns das Motiv. Die Tatsache, dass er den Hof noch nicht übertragen bekommen hat, reicht mir als Motiv nicht aus. Wenn das ein Motiv wäre, dann würden wir in Südtirol jeden Tag einen Mord aufzuklären haben. Nein, nein, das scheidet für mich als Motiv aus. Die Erben warten und meist arrangieren sich die Generationen auch, ohne dass die Söhne den Erbfall herbeiführen. Wenn es Karl Wallnöfer war, dann braucht es ein anderes Motiv. Lasst mich mal ins Blaue reden. Wallnöfer nimmt die Dienstagszeitung aus der Pizzeria mit. Der Mord war am Donnerstag. Er nimmt also eine alte Zeitung mit. Gibt es einen Inhalt, der ihn interessiert haben könnte? Für uns war die Dienstagszeitung interessant, weil wir dort das Bild des Ringes platzieren konnten, den wir bei der Frauenleiche von 2005 gefunden haben.«

Eduard wurde munter. »Das könnte es sein!«, rief er. »2005 gab es ein Konzert in der Gaulschlucht, bei dem Karl Wallnöfer war. Zusammen mit seinen Freunden. Damals noch mit vollem Haar. Ich habe ein Foto gesehen. Daniel Baur aus der Pizzeria kam ins Schwärmen über die guten alten Zeiten.«

»Volles Haar?« flocht sich Francesca ein. »Wie alt ist Wallnöfer? Wir haben das Geburtsdatum.« Sie schaute in der Akte nach. »Er ist 40, das heißt, 2005 war er 23. Der Juwelier hat mir gesagt, dass er den Ring an einen jungen Mann verkauft hätte. Klein, blondes Wuschelhaar, dicklich – so hat er ihn beschrieben.«

»Du meinst, Wallnöfer könnte es gewesen sein, der den Ring gekauft hat?«

»Eine denkbare Möglichkeit. Wenn das stimmt, dann wird er die junge Frau gekannt haben.«

»Aber warum bringt er seine Mutter um? Wir brauchen ein Motiv. Das fehlt mir noch. Aber ich habe eine Idee.« Fabio schaute in die Runde.

Samstag

Es war ein Herbsttag wie aus dem Prospekt der Fremdenverkehrsvereine. Irmgard Windegger organisierte die Weinwanderungen schon einige Jahre und sie erfreuten sich steigender Beliebtheit bei Einheimischen und Gästen. Heute waren die Einheimischen in der Überzahl. Ein munteres Häuflein von 15 Leuten machte sich auf den Weg, spazierte durch das Tisner Mittelgebirge von Tisens und Prissian und kehrte bei zwei örtlichen Winzern ein. Nach Verkostung der Weine ging es fröhlich und leicht erheitert weiter zu Irmgards Gemüseplantage inmitten der Apfelwiesen in Prissian. Dort waren unter freiem Himmel Tische eingedeckt und eine Feldküche hatte Köstlichkeiten aus Gemüse, Käse, Speck und frisch gebackenem Brot zu bieten. Dazu gab es Sekt und Weine aus eigener Produktion, dem Zollweghof in Lana.

»Als Erstes probieren wir den *Swing*«, eröffnete Irmgard ihre Weinansprache, nachdem allen Gästen der rote Sekt eingeschenkt worden war. »Der biologische Rosésekt *Swing* ist frisch und fruchtig, ein wunderbarer Aperitif, erfrischend im Sommer. Begleitet gut kalte Vorspeisen und selbstverständlich jede tolle Feier! Er ist sicherlich der natürlichste Sekt Südtirols. Seine Trauben werden nur zweimal im Jahr mit Schwefel gespritzt und ansonsten mit nichts. Und dazu haben wir Brot, das kommt aus der Feldbäckerei einige Meter von hier und ist heute Morgen frisch gebacken worden, mit einer Käsecreme aus Frischkäse mit Kräutern und selbst gezogenen Paprika.«

Fabio und Elisabeth hatten den Ausflug in ihre direkte Umgebung genossen. »Ich bin beschwipst«, meinte Fabio. »Der Prissianer Wein hat es in sich. Der Blauburgunder war mein Favorit – und deiner?« Elisabeth lehnte sich an Fabios Schulter.

»Alle, der Erste und der Letzte und die dazwischen auch.«

Ihnen gegenüber saßen Tommaso und Anna, ebenfalls dicht beisammen, und stimmten Elisabeths Bewertung zu.

»Den Priscus fand ich frisch, so spritzig.« Anna kicherte.

Über die Betrachtungen der bereits genossenen Weine und den roten *Swing* im Glas, gerieten sie mit den anderen am Tisch in ein munteres Gespräch. Mit am Tisch saßen Silvia Prader, Marion von der Hand, Evi Mittersteiner und ihre Freundin Sissi Prader. Evi und Sissi waren, wie sich im Gespräch herausstellte, Freundinnen von Irmgard. Mit allen vier Frauen hatte sich Elisabeth bereits auf dem Spaziergang bekannt gemacht. Evis Mann Luis saß neben Fabio.

»Was macht mein Tisch der starken Frauen?«, hörten sie Irmgard fragen. Fabio schaute Luis an. »Wir sind anscheinend nicht gemeint.« Irmgard hielt ihr Glas hoch: »Schmeckt es euch? Ich erwartete euren Zuspruch!« Da gingen auch an den übrigen Tischen die Gläser hoch und mit der Zeit wurde es überall lustiger. Das Essen aus Irmgards Feldküche war köstlich, die Weine schmeckten vorzüglich, die lauwarme Herbstluft enthielt erste Gerüche der Jahreszeit.

Luis und Fabio unterhielten sich angeregt über das Ultental. Luis stammte von dort und kannte auch Elisabeths Eltern. Lehrer sei er, in der Mittelschule Lana unterrichte er, erzählte Luis.

»Ach, an der Mittelschule? Da geht unser Sohn Laurin jetzt hin. Kennst du ihn zufällig?«

»Laurin? Und ob ich ihn kenne, ich bin sein Klassenlehrer.«

»Dann bist du der Professor Spath, von dem er immer erzählt.«

»Ich hoffe, nur Gutes. Ja, der bin ich. Und dein Sohn Laurin ist ein Pfiffikus.«

»Wieso? Hat er was angestellt?«

»Ich habe mitbekommen, dass er und seine Freundin Leonor eine Detektivbande gegründet haben und in der Sache mit der Kellerleiche im Reichhalter ermittelt haben. Das habe ich bei der Pausenaufsicht so ganz nebenbei mitbekommen. Kinder in diesem Alter sind noch unbedarft und unterhalten sich laut, denken vielleicht, Lehrer in meinem Alter hören schlecht. Oder sie blenden meine Anwesenheit einfach aus, wenn sie in ihren Fantasiewelten unterwegs sind. Jedenfalls habe ich gehört, dass sie in der Bibliothek ein wichtiges Buch gefunden haben, das dem Commissario, das bist du, nehme ich jetzt an, mächtig geholfen hat. Eigentlich hätten sie den Fall gelöst, so hat es sich angehört. Und dann habe ich mitbekommen, dass sie sich jetzt um andere Fälle kümmern wollen.«

»Das ist ja interessant. Ich wüsste dann schon gerne, in welche Fälle die Bande sich als Nächstes einmischen will. Mir ist das nämlich gar nicht so recht.«

»Verstehe ich schon. Aber keine Sorge. Ich habe ihnen eine Aufgabe gestellt.«

Luis sah Fabio verschmitzt an. »Keine Angst, Commissario, ich denke mir halt, dass Kinder in echten Kriminalfällen nichts zu suchen haben.«

»Das denke ich wohl auch«, sagte Fabio, ohne zu wissen, worauf Luis hinauswollte.

»Kinder mit Talenten, Kinder mit Fantasie, mit Mumm, mit Energie, muss man fordern. Wenn ich schon einmal echte Detektive in der Klasse habe, dann muss ich ihren Forscherdrang fördern. Also habe ich ihnen eine Aufgabe gestellt. Und an der knacken sie jetzt.«

»Du machst es spannend. Erzähl!«

Luis lächelte fein. »Es gibt einige Sagen rund um Lana. Darin kommen auch Hexenmeister und mythische Wesen vor. Ich habe die Detektivbande auf den Moaser Studenten angesetzt. Ihre Aufgabe lautet, ›Findet heraus, was es mit dem Moaser Studenten auf sich hat, ermittelt, wann er gelebt haben könnte und was über ihn erzählt wird‹. Und da ich weiß, dass die Detektivbande den Weg in die Bibliothek nicht mehr scheut, habe ich Marlene, das ist die Bibliothekarin, informiert. Es gibt ein altes Buch, das heißt *Lana – Vergangenheit und Gegenwart*. Darin finden sich auch Geschichten rund um den Moaser Studenten. Bis sie diese in dem dicken Buch finden, müssen die Detektive viel lesen und forschen. So erhoffe ich mir als Lehrer vordergründig einen netten Vortrag der Bande vor der Klasse, sodass ich Vorbilder habe, denen andere nacheifern, und hintergründig möchte ich die Lust am Lesen fördern und das Interesse an der Geschichte ihrer Heimat.«

Fabio schmunzelte. »Das gefällt mir. Dann brauche ich ja jetzt keine Angst mehr zu haben, dass mir die jungen Detektive in meine Fälle eingreifen. Obwohl, das muss ich anerkennen: Sie haben mir mit der Broschüre aus der Bibliothek der Schule wirklich sehr geholfen.«

Am Tisch brach bei der Damenwelt Jubel aus, was Fabios und Luis' Aufmerksamkeit forderte.

Zuvor hatte es offensichtlich ein von Fabio sogenanntes *Bsssst-Gespräch* gegeben. *Bsssst* war Fabios lautmalerische Beschreibung für ein sehr kurzes Gespräch unter Frauen, in dem sie sich über das, was sie gerade bewegt, austauschen. Und das in einer Geschwindigkeit, die an einen vorbeifahrenden Zug erinnert. *Bsssst,* so als rase ein Zug an einem vorbei, *Bsssst.*

Fabio hatte so etwas bislang nur bei Frauen beobachtet und er mutmaßte hier eine weibliche Besonderheit. Es kam ihm vor, dass das, was zum Ausdruck gebracht wurde, beiden Gesprächspartnerinnen, lange bevor sie aufeinandertrafen, fest umrissen im Gehirn gespeichert war und sich eruptionsartig entlud, wenn Frauen auf einer Wellenlänge funkten.

Während er sich mit Luis unterhalten hatte, hatte Fabio mit einem Ohr Worte wie *Netzwerk, Frauen, Hofstätterhof, Katakombenschule, Frauengruppe Lana, müssen was tun, katholische Kirche, Frauenbild* gehört und als die Gegenseite daraufhin Worte einstreute wie *Frauenmuseum, Projektarbeit, Coaching, Sexualpädagogik, Öffentlichkeitsarbeit,* wusste er aufgrund seiner Erfahrung, dass jetzt eine dieser explosionsartigen Entladungen weiblicher Gedankenwelten stattgefunden hatte. Auch Luis schaute wissend.

»Deine Frau ist auch engagiert?«, fragte Fabio.

Luis nickte. »Und wie!«

*

Müde und glücklich sank Elisabeth in ihr Bett. Das war ein gelungener Samstag. »Weißt du, wer das war?«

Fabio war müde, aber er wusste, dass er jetzt nicht einschlafen durfte. Es gab Redebedarf.

»Das war die Leiterin des Frauenmuseums in Meran, die Sissi. Und die Präsidentin von der Frauengruppe Lana, die Silvia, und die Vizepräsidentin, die Marion. Stell dir das vor. So ein toller Zufall. Alle an unserem Tisch! Als ich sagte, davon hätte ich schon gehört und dass ich wüsste, dass man im Frauenmuseum nicht nur die Frauenmode der Jahrhunderte ausstelle, erfuhr ich von vielfältigen Aktivitäten des Museums und der Frauengruppe, die sich mit meinen Gedanken treffen. Ihr Engagement gilt Frauenfragen und sie kämpfen für eine bessere Stellung der Frau in der Gesellschaft Südtirols. Und das schon seit dreißig Jahren. Meine Ideen passen gut dazu, haben sie gesagt. Sissi und Silvia meinten, wir sollten uns zusammentun und die Evi, die ist auch eine ganz engagierte Frau. Was sie nicht schon alles gemacht hat! Unglaublich! Jetzt arbeitet sie freiberuflich. Macht Supervision und Coaching und sie hat unglaublich viele Kontakte. Was ich mir vorgestellt habe, gibt es teilweise schon, aber wir können alles miteinander vernetzen und der Hofstätterhof wäre ein toller Ort, um sich zu treffen. Und alle sind mit Irmgard befreundet, der Winzerin, und die hat auch eine interessante Biografie. Alles Frauen, die Vorbilder sein können.«

Fabio dachte: *Nein, es gibt keinen Redebedarf. Ich muss nur zuhören*. Und langsam wurde er schläfrig.

Sonntag

Luisa weinte. Sie konnte es nicht fassen, aber jetzt verstand sie plötzlich alles. Es kam wie ein Lichtblitz über sie. Alles, was sie erreicht hatte, verdankte sie diesem Schicksal. Nur so konnte es gewesen sein. Das erklärte alles. Sie ließ die Zeichnungen sinken, die sie intensiv betrachtet hatte. Zeichnungen von Willi, präzise wie Fotos. Alle Personen waren zu erkennen, alles, was sie taten. Jeder Handgriff, jede Bewegung. Dokumente aus der Vergangenheit.

*

Francesca hatte tolle Kollegen. Fabio und Eduard hatten sich seit der Trennung von Julia größte Mühe gegeben, sie von ihren trüben Gedanken abzulenken. Aber ihr Entschluss stand fest. Sie musste hier weg. Raus aus den Dörfern, rein in die Stadt. Dort, wo viele sind, nicht jeder jeden kennt. Hier konnte sie nicht glücklich werden. Sie fragte sich nur noch, wann sie es Fabio und Eduard sagen sollte. Es gab Stellenausschreibungen in Rom, Neapel und Mailand, die für sie passend schienen. Doch seit gestern war das alles Makulatur, war wie weggewischt. Die abtrünnige Julia war in weite Ferne gerückt, so als sei sie nicht mehr da, nur noch ein Schatten. Sie hatte jetzt wieder eine Zukunft. Durch Francescas Bauch tobten die berühmten Schmetterlinge. *So heftig, so intensiv, so wahr, so unglaublich, so schön, so,* ach, es fehlten die Worte. Sie hatte noch überlegt, ob sie mitkommen sollte. Aber dann hatte sie Eduard nicht absagen wollen. Es war so nett von ihm, dass er sie aufheitern wollte. Und dann ... *So unverhofft, so plötzlich, so intensiv.*

Nur noch zwei Stunden bis zum Treffen. *Was ziehe ich nur an?*

*

Maria ließ sich alles der Reihe nach erzählen. Wie aufgeregt Luisa am Telefon gewesen war. So hatte sie Luisa noch nie erlebt. Sofort solle sie kommen, hatte sie gedrängt. Maria hatte sich auf den Weg gemacht und, als sie bei Sader vorbeikam, schnell zwei Sacherschnitten einpacken lassen. Und jetzt saßen die beiden bei Kaffee und Kuchen und auf dem Tisch stand die Kiste, die Hanspeter unter den Bodenbrettern im Gesindehaus gefunden hatte.

»Ich habe die Kiste gestern hervorgeholt«, hatte Luisa begonnen. »Bevor ich dir zeige, was ich darin gefunden habe, muss ich dir von Willi erzählen.«

»Das war doch dieser Neffe von deinem Vater, der Autist? Von dem hast du uns schon erzählt.«

»Aber nicht alles.« Luisa holte Luft. »Willi war ein erwachsener Mann, als ich Kind war. Ich weiß nicht genau, wie alt er war. Aber seine Eltern waren deutlich älter als meine Eltern. Er war Autist, das weiß ich heute. Damals war er nur ein Depp, ein Nichtsnutz, ein Kostgänger. Seine Eltern konnten ihn auf dem ärmlichen Bergbauernhof nicht durchfüttern und meine Eltern haben ihn bei sich aufgenommen. Vielleicht, weil sie glaubten, keine eigenen Kinder haben zu können. Ich weiß es nicht. Sie bekamen noch vier. Willi war also vor uns Kindern da und aus meiner Perspektive war er nicht ein Bruder, sondern ein Onkel. Aber das ist jetzt nicht wichtig. Willi konnte nicht für die Arbeit eingesetzt werden, die mein Vater tat. Handwerklich war er nicht geschickt. Er hatte aber eine Verbindung zum Mesner der Pfarrkirche gegenüber der Villa aufgebaut. Die beiden hatten einen Draht zueinander. Willi ging morgens nach dem Frühstück in die Kirche und fegte zum Beispiel das Mittelschiff oder wechselte die Kerzenstumpen. Solche Arbeiten machte er gerne. Es musste ruhig sein, lieber dunkel als zu hell. Kirchenräume mit ihrer speziellen Atmosphäre beruhigten seinen Geist. Heute kann ich das gut nachvollziehen. Damals war das für uns komisch. Willi liebte es, stundenlang oben auf dem Turm der Kirche zu sitzen und auf das Dorf zu schauen. Dort war er für sich und die laute Welt um ihn herum wurde klein und leise. Und hier hat er seine Inselbegabung gezeigt.«

Luisa schwieg. Legte ihre Hände in den Schoß. »Weißt du, was das ist, eine Inselbegabung?«

»Wie das Wort sagt, eine besondere Begabung für einen bestimmten Bereich?«

»In einem bestimmten Bereich. Es handelt sich um eine ganz erstaunliche Gehirnleistung. In vergangenen Jahrhunderten wäre er damit eine Jahrmarktattraktion gewesen. Heute würde er ein großes Vermögen damit verdienen können, wenn diese Begabung geschickt vermarktet würde. Aber du musst wissen, dass Willi ansonsten sozial inkompatibel war. Er sprach nicht, er nahm auch nonverbal ungern Kontakt auf. Er wirkte wie eingeschlossen. Kein Zeitgenosse, den man gerne um sich hat, glaube mir. Wir kannten ihn nicht anders und er war für uns wie ein Esel, der schon immer im Stall gestanden hat. Wir mochten ihn, aber gekümmert haben wir uns nicht. Ganz ehrlich, mir war er manchmal etwas unheimlich.«

»Und was war das für eine besondere Begabung?«

»Willi konnte gut zeichnen. So gut, dass du alles bis ins kleinste Detail erkennen konntest. Besser als ein Foto, würde ich sagen, weil er ganze Abläufe im Bild festhalten konnte. Das Besondere an diesem Talent war, dass er nur kurz hinblicken musste, um alle Details zu erfassen. Verstehst du? Alle Details, wirklich alle. Das schafft kein Mensch. Wir fokussieren, wenn wir schauen. Willi nahm alles wahr, den kleinsten Schnörkel, das kleinste Muster. Heute weiß ich, dass sich bei ihm das sogenannte Savant-Syndrom zeigte, so nennt man das. Eine Sonderform des Autismus. Willi hatte ein Gehirn, das arbeitete wie eine lebende Kamera. Und Willi brauchte nur eine kurze Verschlusszeit, um alles einzufangen, verstehst du?«

Maria nickte. »Wie zeigte sich das denn, ich meine, wie bist du jetzt darauf gekommen?«

Luisa öffnete die Kiste. Sie war bis zum Deckel mit Zeichnungen gefüllt. Luisa griff vorsichtig hinein und legte einige Blätter vor sich auf den Tisch.

»Ich habe noch nicht alle Zeichnungen durchgesehen, aber die, die ich kenne, möchte ich dir zeigen und du sagst mir, was du darauf siehst. Machst du das?«

Maria wunderte sich, willigte aber ein.

Dann legte ihr Luisa das erste Blatt vor.

Maria erkannte die Villa, den Garten, im Hintergrund das Gesindehaus, weiter hinten Gebäude, die früher zum Schwarzschmied gehörten, andere Gebäude, von denen sie wusste, dass es Handwerksbetriebe gewesen waren. Es war eine detailreiche Zeichnung von hoher Qualität, die wie ein Blick in die Vergangenheit wirkte. Die Perspektive war eine Sicht von oben, von der Kirchturmspitze aus gesehen. Das passte dazu, dass Willi gerne dort oben gesessen haben soll. Sie schaute genauer hin. Da waren auch Menschen zu erkennen. Im Garten der Villa Leopold. Einen gezeichneten Mann konnte sie eindeutig identifizieren.

»Das gibt es doch nicht, das ist doch der Dienstherr deines Vaters! Ich kann ihn noch heute erkennen. Das ist toll. Willi hatte ein unglaubliches Talent. So winzig und doch so deutlich. Und wer ist das?«

Maria zeigte auf einen Mann mit einem Hut, der einen Hammer in der Hand hielt und sich offensichtlich mit dem Herrn der Villa unterhielt.

»Ich vermute, dass es sich um die Schmiedin handelt.«

»Aber das hier auf der Zeichnung ist doch ein Mann, oder nicht?«

»Angezogen wie ein Mann, würde ich sagen. Aber das Geschlecht können wir nicht sicher bestimmen. Und was machen die beiden?«

»Sie unterhalten sich.«

Luisa nahm das nächste Blatt. »Ich habe versucht, die Zeichnungen in eine Reihenfolge zu bringen. Wie man das mit Fotos machen würde, wenn man eine Bildergeschichte verfolgt. Ob mir das gelungen ist, weiß ich nicht. Ich bin zu aufgeregt. Deshalb bin ich froh, dass du sofort gekommen bist. Du kannst das objektiv betrachten. Ich nicht.«

Sie legte das zweite Bild vor Maria aus.

»Ach du meine Güte! Was macht der Herr da?«

»Was siehst du?«, fragte Luisa und schloss die Augen.

»Der Herr schlägt mit einem Hammer auf den Hinterkopf der vor ihm knienden Person. Das ist doch unmöglich. Das gibt es doch nicht!«

Luisa griff nach dem dritten Blatt und präsentierte es Maria.

»Das ist dein Vater, eindeutig, ich erkenne ihn ohne Zweifel. Er steht zusammen mit dem Herrn vor der Person, die jetzt lang ausgestreckt auf dem Boden liegt.«

»Und was machen die beiden?«

»Ich würde sagen, sie reden miteinander.«

»Und die Schmiedin?«

»Du meinst, das ist die Schmiedin, die sie im Reichhalter gefunden haben?«

»Das glaube ich. Wissen tue ich es nicht, aber es passt alles zusammen. Warte, es gibt noch mehr Bilder. Das Folgende ist wichtig für die Geschichte. Willi hat auf diesem Bild viele Handlungen zusammengefasst.«

Das vierte Bild lag vor Maria. Zu sehen war, wie der Herr und Luisas Vater den Körper der Schmiedin in ein Fass steckten. Maria sah, wie Luisas Vater eine Handkarre zum Fass zog, und in einer dritten Sequenz luden der Herr und Luisas Vater das Fass auf die Handkarre. Im Hintergrund war eine Szene gezeichnet, in der Luisas Vater in Begleitung seiner Frau das Fass mit der Handkarre Richtung Schmiede zog. Hinter der Schmiede erkannte Maria die beiden mit ihrem Fuhrwerk erneut, wie sie Richtung Kapuzinerkloster zogen.

»Was sagt dir das?«, fragte Luisa ihre Freundin fiebrig.

»Es ist wie eine Bildergeschichte, richtig?«

Luisa stimmte ihr zu. »Ja, wie eine Bildergeschichte, in der Handlungen gezeichnet sind, die nacheinander stattgefunden haben müssen. Aber alle Handlungen hat Willi auf diesem einen Blatt untergebracht.«

Maria nahm daraufhin alle Blätter erneut in Augenschein. »Da hat der Herr die Schmiedin erschlagen, hier auf Blatt Nummer zwei, dann hat er mit deinem Vater gesprochen, wie Blatt Nummer drei zeigt und auf Blatt Nummer vier hat dieser die Leiche mit dem Herrn in ein Fass gesteckt und sie dann zusammen mit deiner Mutter fortgebracht, und zwar an der Schmiede vorbei Richtung Kapuzinerkloster. Ah! Und wenn man dann weiter den Gries hinaufgeht, dann steht man vor dem Reichhalter! So könnte es gewesen sein. Aber wieso geht dein Vater zum Reichhalter und wieso ist deine Mutter dabei? Und warum soll der Herr die Schmiedin erschlagen haben? Ich finde, das sind Fragen, die wichtig sind, oder?«

Luisa hatte Maria aufmerksam zugehört. »Diese Fragen habe

ich mir auch gestellt und Antworten gefunden. Hier«, sie legte eine weitere Zeichnung vor Maria auf den Tisch.

»Ach so! Das ist ein Ding! Jetzt verstehe ich!«

*

»So ein spätes Sonntagsfrühstück hat doch was. Keine Kinder, die um uns herumtoben, niemand, der uns aus dem Bett holt, weil ihm langweilig ist. Wir sollten die Kinder öfter bei deinen Eltern abgeben, was meinst du? Dann haben wir das ganze Wochenende für uns, so wie früher.«

Elisabeth musterte Fabio neugierig. »So wie früher?«

Fabio lachte sie an. »So wie früher. Frühstücken können wir später.«

*

»Lust auf ein spätes Frühstück?« Margit hatte den Tisch draußen vor dem Hof eingedeckt. Sonnenschein, warme Luft und ein Dach aus Blätterwerk und Trauben umrahmten das idyllische Bild. Francesca war aufgeregt. Margit auch.

»Das war schön gestern«, begann Francesca. Margit lächelte sie an und nahm sie in den Arm.

*

Auf der Zeichnung, die Maria in den Händen hielt, sah man von oben in das kreisrunde Rosenspalier, das einen intimen Platz in der Gartengestaltung der Villa einnahm. Die Herrin hatte ihre Vorstellung von einer Dornröschenhecke derart in Szene setzen lassen, dass sich eine schön geschnörkelte Bank inmitten von dichten Rosenhecken in einem Duftraum befand. Es gab einen Eingang in diesen Bereich, aber ansonsten war er blickdicht und mannshoch von prächtigen Rosen umstanden. Von oben ließ sich hineinschauen, wenn man wie Willi auf dem Kirchturm der Stiftskirche saß. Die Zeichnung zeigte zwei Frauen in inniger Umarmung, sich küssend inmitten der Rosenheckenlandschaft.

Sie lagen mehr auf der Bank, als dass sie saßen. Maria schaute auf. Ihr Blick traf den Blick von Luisa.

Luisa gab ihr das nächste Blatt.

Maria erkannte jetzt zwei nackte Frauen, die sich auf dem Boden vor der Bank befanden und offensichtlich miteinander Sex hatten. So sah es aus. Und Maria konnte deutlich das Gesicht der gnädigen Frau erkennen. Das Gesicht der anderen Frau kannte sie nicht. Aber dass es eine Frau war, daran bestand kein Zweifel. Sie ließ das Blatt sinken.

»Meinst du, das ist die Schmiedin zusammen mit der Frau eures Dienstherrn?«

Luisa deutete auf einen Hut, der neben der Bank auf dem Boden lag. »Vergleiche den Hut mit dem Hut der Person auf dem ersten Blatt, das ich dir gegeben habe. Ich bin sicher, es ist derselbe. Diese Frau, die im Rosengarten mit unserer Herrin intim war, ist dieselbe Person, die unter dem Hut steckte und sich mit dem Dienstherrn unterhielt.«

Maria atmete tief durch. »Du hast mir erzählt, dass deine Eltern von dem Verhältnis zwischen der gnädigen Frau und der Schmiedin gewusst haben und dass der gnädige Herr dahintergekommen war und daraufhin seine Frau nach Wien geschickt hat.«

»Das habe ich dir erzählt, so wie es mir erzählt worden war. Was meine Mutter nicht erzählt hat, war, was aus der Schmiedin geworden war. Das wissen wir nun aufgrund von Willis Bildern. Jetzt können wir rekonstruieren, was geschehen ist. Der gnädige Herr hat die Schmiedin zur Rede gestellt. Dann hat er sie erschlagen und mein Vater und auch meine Mutter haben bei der Beseitigung der Leiche geholfen. Das Fass macht auch Sinn, denn der Reichhalter wurde früher über eine Luke, die in den Keller führte, beliefert. So kamen die Fässer in den Keller. Ein Fass zu verwenden, um unerkannt eine Leiche in den Keller zu bringen, machte also Sinn.« Luisa hielt einen Moment inne, so als müsse sie Kraft sammeln, um weitersprechen zu können. Dann fuhr sie fort:

»Meine Mutter hatte, als ich Kind war, im Reichhalter ausgeholfen. Mir scheint es plausibel, dass sie das auch schon früher getan hat, auch im Jahr 1915. Und mein Vater war Handwerker.

Mauern setzen oder Türen zumauern, das konnte er. Vielleicht war es so, dass er zu der Zeit, als der gnädige Herr die Schmiedin erschlagen hat, den Auftrag hatte, den Gang im Reichhalter zuzumauern. Die Idee, dass er hinter der Wand die Leiche verschwinden lassen könnte, lag dann nahe. Ich könnte mir vorstellen, dass es so gewesen ist.«

»Du bist wie Miss Marple!«

»Lass mal. Mir ist ganz schlecht.«

»Aber dein Vater war doch nicht der Mörder.«

»Nein, er war der Gehilfe. Und was bekommt ein Gehilfe, wenn er seinem Herrn einen dicken Gefallen tut?«

»Geld?«

Luisa nickte. »Ich vermute, dass meine Eltern das Geld für meine Ausbildung aus der Verdeckung dieser Bluttat hatten. Schweigegeld würde ich es nennen wollen. Das heißt, mein Schicksal ist mit dem gewaltsamen Tod der jungen Schmiedin verbunden. Ohne ihren Tod hätte ich niemals studieren können.«

Maria stand auf und nahm ihre Freundin in den Arm.

»Jetzt verstehe ich auch, warum mir meine Mutter die Geschichten über die Schmiedin erzählt hat. Sie hat sie nicht nur für ihren Mut bewundert. Sie fühlte sich auch schuldig ihr gegenüber. Auch weil ich nur mit dem Schweigegeld, das sie wegen ihrer Hilfe bei der Beseitigung der Toten erhalten haben, studieren konnte. Das ergibt jetzt alles einen Sinn.«

Montag

In der Questura herrschte eine andere Stimmung. Eduard und Francesca plauderten fröhlich miteinander, als Fabio zu ihnen stieß. Es war, als hätte jemand frisch durchgelüftet. Auch Fabio war guter Stimmung.

»Hattet ihr auch ein schönes Wochenende?«, fragte er. Die beiden bekamen ihr Grinsen nicht aus dem Gesicht.

»Und du? Wie war die Weinwanderung?«, fragte Francesca zurück.

»Mehr Wein als Wanderung und Elisabeth hat ein paar gleichgesinnte Frauen getroffen. Ihre Idee scheint nicht neu. Es gibt einige Aktionen in diese Richtung und jetzt ist sie mit Netzwerkerinnen zusammengeraten.«

»Das passt doch«, meinte Francesca. »Alleine ist das auch gar nicht zu stemmen, was sich Elisabeth vorstellt. Da müssen viele ran.«

Eduard war nicht informiert, fragte nach und wurde ins Bild gesetzt.

»Ich verstehe. Lorena ist bekanntlich Erzieherin. Ihrer Meinung nach kann man nicht früh genug ansetzen, Rollenbilder zu hinterfragen. Schon im Kindergartenalter könnte man damit anfangen.«

»Da habe ich lauter Experten um mich«, sagte Fabio. »Ich gebe das gerne an Elisabeth weiter.«

»Sag ihr bitte auch, dass ich mit Margit einen Termin in Tramin festgemacht habe. Samstag in drei Wochen könnten wir alle dort zum Törggelen sein. Unterkünfte gäbe es, sodass niemand nach Hause fahren muss. Wen sollen wir einladen?«

*

Maria hatte mit Luisa verabredet, dass sie nach dem Frühstück ins Altenstift kommen wolle. Gemeinsam würden sie die nette Commissaria anrufen, um sie einzuladen, die Bilder zu betrachten. Möge die Polizia einschätzen, ob Willis Zeichnungen hinreichend beschrieben, was damals geschehen war. Luisa hatte schlecht geschlafen. Das Gesehene und das, was damit zum Ausdruck kam, berührte sie zutiefst. So einen tiefen Blick in ein Familiengeheimnis hatte sie nicht nehmen wollen. Ihre Expertise sagte ihr, dass Willi präzise wie eine Kamera alles abspeichern konnte, bis auf den kleinsten Knopf an einer Jacke, und dass sein Gehirn alles Gesehene abrufen konnte. Nichts ging verloren. Die Rechenleistung von Willis Gehirn war insoweit unglaublich groß. Für den Rest des Lebens war kein Raum gewesen.

Die ganze Geschichte wurde ihr immer schlüssiger, je länger sie darüber nachdachte. Auch dass sich damals offensichtlich niemand um das Verschwinden eines Menschen Gedanken gemacht hatte, schien ihr glaubhaft. Es war 1915, der Erste Weltkrieg hatte begonnen, in Südtirol wurden die Standschützen eingezogen. Alle Dörfer waren betroffen. Und die freche Schmiedin, die hielt man, wie Luisas Mutter erzählt hatte, mal für eine Evangelische, eine Jüdin, eine Serbin, eine Fremde jedenfalls, nicht von hier. Sie tauchte auf und verschwand. Niemand fragte nach.

*

»Wenn wir Karl Wallnöfer als Täter in den Blick nehmen, fehlt uns das Motiv. Auch wenn er in einer typischen Familienposition war, die belastet, reicht mir das als Motiv nicht aus. Diese Situation hat er viele Jahre ertragen und in vergleichbaren Fällen warten die Erben ab. Wenn er es gewesen ist, dann brauchen wir eine Idee, was bei ihm diese Reaktion ausgelöst haben könnte«, sagte Fabio.

»Mir kommt es wie eine Kurzschlussreaktion vor. Wut, die sich explosionsartig entlädt. Es muss etwas gewesen sein, das ihn stark aufgeregt hat, das aus ihm herausbrach, das seit Langem in ihm angestaut war. Und da blicke ich auf die Zeitung, die er möglicherweise aus der Pizzeria mitgenommen hat. Ich habe diese Ausgabe von vorn bis hinten durchgesehen, aber ich finde nichts, was ich mit Karl Wallnöfer in Verbindung bringen kann. Außer«, Eduard machte es spannend, »außer es wäre die Abbildung des Ringes. Ich weiß, dass Karl im Jahr 2005 volles Haar hatte. Dicklich war er schon damals. Der Goldschmied erinnert sich an einen zirka 25 Jahre alten, blonden, leicht dicklichen Mann. Er soll den Ring gekauft haben. Auf dem Foto vom Konzert in der Gaul 2005 hatte Karl ein blondes Mädchen im Arm. Das alles könnte zusammenpassen. Das Jahr, die Beschreibung, die Annahme, dass Karl genau diese Ausgabe der Zeitung aus der Pizzeria mitgenommen hat. Es könnte ein Zusammenhang bestehen.«

»Sehr gut, aber warum kommt dann die Mutter zu Tode? Was hat sie damit zu tun? Nehmen wir an, Karl hätte den Ring gekauft und der jungen Dame geschenkt, die er 2005 in der Gaul im Arm gehalten hat. Wir finden 17 Jahre später ihre Leiche. Wenn wir ihm den Ring zuordnen, dann kommt er doch in Verdacht. Wieso nimmt er dann die Zeitung mit nach Hause und seine Mutter kommt zu Tode?« Francesca schaute Eduard und Fabio an. »Habt ihr eine Erklärung?«

Fabio überlegte. »Ich habe da eine Idee. Wir haben Karl ein Wochenende lang in Ruhe gelassen. Er hat doch die Aufgabe, eine Liste mit den abhandengekommenen Wertgegenständen aufzustellen, richtig?«

Eduard bejahte.

»Dann fragst du ihn bitte danach. Und ab jetzt lassen wir ihn nicht mehr in Ruhe. Wir machen Druck.« Fabio wendete sich an Francesca. »Weißt du zufällig, wie oft oder wann er seinen Vater im Altenstift besucht?«

»Das weiß ich nicht. Kann ich aber bei den Schwestern erfragen.«

Fabio nickte. »Wir können ihn direkt konfrontieren oder wir suchen nach einem emotionalen Auslöser. Wenn wir behaupten würden, der Goldschmied könne sich erinnern, dass er der Kunde gewesen war, der den Ring gekauft hat, dann müsste das etwas bei ihm auslösen. Wenn es denn stimmt, dass er es war.«

»Selbst, wenn er es war, was beweist das?«

»Zunächst nur, dass wir die Leiche der Frau gefunden haben, der er einen Ring geschenkt hat. Francesca, wenn ein Mann einer Frau einen Ring schenkt, was bedeutet das?«

Francesca schaute amüsiert. »Keine Ahnung, mir hat noch nie ein Mann einen Ring geschenkt.« Sie lachte. »Klar, ich weiß, was das bedeutet. Große Liebe, Verlobung, Hochzeitsglocken und so was. Der ganze Zauber eben.«

»Und dann ist sie tot. Liegt mit kaputtem Schädeldach unter dem Pflaster. Eingewickelt in eine Plane. Eduard, schau doch mal in die Nebengebäude des Hofes. Vielleicht verwenden die Wallnöfers Planen dieser Art. Wenn du Planen sehen solltest, lass sie sicherstellen. Das erhöht den Druck auf Karl. Welche Verbindung könnte die tote Frau zum Hof haben?«

Eduard hob die Hand. »Daniel hat gesagt, dass diese junge Frau eine Pflückerin gewesen sei. Das passt doch. Pflücker haben die Wallnöfers seit Jahren angestellt. Warum nicht im Jahr 2005 auch eine Pflückerin? Eine Pflückerin, die bei den Wallnöfers angestellt war. Karl verliebt sich, schwängert die Dame und bringt sie um, weil er keine Alimente zahlen will. Der Klassiker!« Eduard war zufrieden.

»Durch die Zeitung wird er daran erinnert. Deshalb nimmt er auch diese Ausgabe der Zeitung mit. Zu Hause findet seine Mutter die Zeitung, denn eine eigene hat sie nicht, sieht den Ring, erkennt ihn und stellt den Sohn zur Rede.« Francesca sah das vor ihrem inneren Auge. »Er wird wütend, schreit seine Mutter an, schlägt sie. Sie stirbt und er bekommt es mit der Angst zu tun.«

Fabio schüttelte den Kopf. »Das passt noch nicht. Wenn es so gewesen ist, warum täuscht er dann einen Raubüberfall vor? Ich bin noch nicht überzeugt. Eure Spekulationen kann ich zwar nachvollziehen, aber für mich hat Wallnöfer kein Motiv. Ich sehe es nicht. Auch wenn einige Details, die ihr herausgefunden habt, auf Wallnöfer weisen, so geschieht eine solche Tat nicht ohne Motiv.«

Er schaute in die Runde. »Wir werden ihn damit konfrontieren, dass der Goldschmied ihn als Käufer des Ringes wiedererkannt haben will. Und dann sehen wir, wie er reagiert. Francesca, meinst du, der Goldschmied würde mitspielen?«

»Das kann ich nicht einschätzen. Aber er muss nicht mitspielen. Es reicht doch, wenn Karl glaubt, dass wir das wissen. Darauf würde ich setzen.«

In diesem Moment klingelte Francescas Telefon.

*

Man traf sich in Luisas Zimmer. Maria und Francesca blickten auf Willis Bilder, die Luisa vor ihnen auf dem Tisch ausgebreitet hatte.

»Damit dürften wir das Rätsel um die Kellerleiche gelöst haben«, sagte Francesca. Sie lehnte sich zurück und blickte in die Augen der beiden Damen. Luisas Geschichte, diese verwobene Geschichte, bewegte alle im Raum. Auch Francesca war ergriffen. Aber nicht nur von Luisas Familiengeschichte.

»Wissen Sie, wie die Schmiedin hieß?«

»Das tut mir leid, ich weiß es nicht. Meine Mutter hat ihren Namen nicht erwähnt. Aber sie muss damals nicht nur für Aufsehen gesorgt haben. Sie hat mit ihrer Art, die Dinge beim Namen zu nennen, mit ihrer Wehrhaftigkeit gegenüber den Männern in den Köpfen der Frauen sicherlich viel ausgelöst. Ich möchte annehmen, dass sich dadurch auch die Einstellung meiner Mutter geändert hat. Die Möglichkeiten, die man mir eröffnete, dass ich die Schule und später die Universität besuchen durfte, haben nicht allein damit zu tun, dass meine Eltern die Kosten mit dem Schweigegeld begleichen konnten. Meine Eltern - und hier vor allem meine Mutter - hatten begriffen, dass Frauen alles können. Ich denke heute, das war es, was diese junge Schmiedin erreicht hat.«

»Für 1915 war das sehr viel, wenn ich auf die Geschichte schaue. Geradezu revolutionär. Das Kaiserreich hatte klare Vorstellungen von den Aufgaben der Geschlechter. Figuren wie die Schmiedin fielen auf und durch jedes Raster. Und dann noch lesbisch, um Himmels willen. Gott sei Dank ist das heute kein Problem mehr«, meinte Maria.

Francesca schaute sie interessiert an. »Meinen Sie das wirklich?«

Maria nickte heftig. »Ich glaube, wenn Männer und Frauen sich trauen, ihre Homosexualität zu leben, und sie auch zu zeigen, gewöhnen sich die Menschen daran. Der Anblick von Händchen haltenden Frauenpaaren und Männerpaaren wird mit der Zeit normal. Denken Sie an die Hosenanzüge für Frauen! Als Hosenanzüge aufkamen, war das ein Skandal. Und heute ist niemand mehr irritiert, eine Frau im Hosenanzug zu sehen. Sie werden es erleben, das kommt auch genauso mit der Homosexualität. Wenn der Riese Kirche Homosexualität nicht mehr als Problem begreift, sondern als Tatsache, die niemandem wehtut, dann wird sich der Prozess beschleunigen. Ich erlebe das nicht mehr, aber Sie schon«, zwinkerte Maria Francesca zu. »Und dann müssten sich die vielen homosexuell orientierten Kirchenmenschen nicht mehr verstecken. Sie werden sehen, das kommt.«

Francesca überlegte, ob sie das Thema vertiefen sollte. Schließlich hatte sie hier eigene Erfahrungen gemacht und war nicht so optimistisch wie Maria. Aber sie beließ es dabei.

»Darf ich diese Zeichnungen mitnehmen? Wir kopieren sie und die Originale bringe ich zurück.«

Luisa gab ihr Einverständnis. »Was werden Sie damit machen? Der Täter dürfte nicht mehr leben.«

»Das sehe ich genauso wie Sie. Wir machen das, was Polizeibeamte immer machen. Wir schreiben Papier voll, füllen damit eine Akte, legen den Vorgang dem Chef vor. In diesem Fall legen wir die Sache zu den Akten. Das bedeutet, dass der Vorgang abgeschlossen ist.«

Francesca schaute die Damen an. »Sie haben uns nicht nur geholfen. Sie haben den Fall alleine gelöst. Mein Chef wird sich freuen. Es war seine Idee, die Erinnerung der älteren Generation zu nutzen.«

»Ja, ja, wir Alten, sagen Sie es ruhig. Für uns war es interessant und brachte richtig Schwung in den Alltag, oder, Luisa?«

Luisa schaute fröhlicher als kurz zuvor. »Das stimmt. Spaß gemacht hat das. Aber für mich war es auch sehr bewegend.«

»Mit dem zweiten Fall, der Frau unter dem Pflaster, die mit dem Ring, haben Sie und der Herr Eugen uns auch geholfen«, fuhr Francesca fort. »Hat der Herr Eugen sich inzwischen noch an mehr erinnert, als er mir erzählt hat? Traut er sich unter Umständen zu, den Käufer des Rings wiederzuerkennen? Was meinen Sie?«

*

Eduard verabredete sich mit Karl Wallnöfer für 11 Uhr in der Pizzeria. »Die Liste habe ich fertig«, hatte Wallnöfer ihm am Telefon mitgeteilt. »Ich schaffe es schlecht bis Bozen raus, Sie wissen ja, die Ernte. Und jetzt sind mir noch zwei Pflücker abgesprungen. Sie müssen nach Hause. Familienprobleme, hat es geheißen.«

Also wartete Eduard um 11 Uhr in Vilpian auf ihn. Wallnöfer kam kurz darauf. »Tut mir leid, aber heute ist einfach zu viel los. Ich weiß nicht, wo mir der Kopf steht. Ersatz ist nicht zu bekommen. Pflücker, meine ich. Aber wir sind auch bald fertig. Noch zwei Wochen, schätze ich, dann ist alles runter.«

Er überreichte Eduard ein Blatt. Die kurze Liste war mit der Hand geschrieben.

»Das fehlt. Die Räuber haben die Geldkassette mitgenommen, das Silber und einige Münzen. Mein Vater hatte Goldmünzen gesammelt. Ich weiß aber nicht, wie die heißen, wie die ausgesehen haben, wie viele es waren. Es gab eine schöne Schachtel dafür. Darin hat er sie aufgehoben. Jede einzeln in einer Plastikhülle, damit nichts verkratzt. Das war ihm wichtig. Diese Schachtel ist weg. Dann die Geldkassette von der Mutter. Wie viel drin war, kann ich nicht sagen. Es wird einiges gewesen sein, denn die Mutter liebte Bares. Das Tafelsilber von den Großeltern haben sie auch mitgenommen. Mehr konnte ich nicht finden. Das wird es gewesen sein, denke ich.«

Wallnöfer wirkt nicht bestürzt über den Verlust, dachte Eduard.

»Dann gibt es auch keine Fotos von den gestohlenen Gegenständen?«

Karl schüttelte den Kopf, blickte auffordernd Richtung Daniel und bekam kurz darauf sein Essen vorgesetzt.

»Tut mir leid, aber mehr habe ich nicht für Sie. Haben Sie neue Erkenntnisse?« Während er das fragte, schob er sich den ersten Bissen in den Mund.

»Nein. Nicht wirklich. Deshalb würde ich mich gerne noch einmal auf Ihrem Hof umschauen. Wenn Sie es mir gestatten?«

»Was wollen Sie denn noch sehen? Sie haben doch alles gesehen.«

»Ist eine Angewohnheit von mir. Ich gehe gerne an den Tatort und lasse alles auf mich wirken, auch die Umgebung. Sie erzählt mir eine Geschichte.«

Karl schaute auf. Eduard erkannte, dass Karl das nicht nachvollziehen konnte.

»Von mir aus, fahren Sie hin. Muss ich dabei sein? Ich müsste nämlich gleich wieder auf die Felder.«

»Das mache ich sogar lieber allein. Danke, dann fahre ich jetzt noch einmal, vielleicht das letzte Mal, auf Ihren Hof. Danke für die Liste. Sie hören von mir.«

Damit verabschiedete sich Eduard von Karl, der mit dem Mittagessen fertig war. Eduard fing Daniel ab, der alle Hände voll zu tun hatte.

»Ich brauche bitte das Foto. Gaul 2005. Aber leider sofort. Bekommst es zurück.«

Daniel fragte nicht, griff unter die Theke, gab Eduard das Album und sagte: »Wiedersehen macht Freude.«

Dann schnappte er sich die nächsten Teller und lief damit zu einem Tisch mit hungrigen Handwerkern.

Mit dem Album unterm Arm winkte Eduard Karl zu, als er die Pizzeria verließ. Karls Gesichtsausdruck hatte sich leicht verändert, meinte Eduard. Da war ein Erstaunen zu sehen.

*

Am Nachmittag kamen alle drei in der Questura zusammen. Eduard berichtete, dass er im Gerätehaus des Hofes Planen gesehen habe, wie sie zum Einwickeln der zweiten Frauenleiche verwendet worden waren.

»Mit diesen Planen kann man Anhänger abdecken, damit nichts während der Fahrt hinunterfällt. Nicht ungewöhnlich für einen Hof. Planen dieser Art haben meine Eltern auch. Die Liste der entwendeten Gegenstände ist recht kurz. Das macht mich stutzig, denn es sind doch alle Schubladen und alle Schränke durchwühlt worden. Und dann haben die Täter nur zwei Kästchen und das Tafelsilber mitgenommen? Ich glaube das nicht.« Als Nächstes präsentierte Eduard das Fotoalbum und zeigte auf die Fotos.

»Das hier ist Karl in jungen Jahren. Mit Haaren und einer blonden Frau im Arm. Daneben ist Daniel, ebenfalls mit einer blonden Frau im Arm. Daniel wusste nicht mehr, wer die Damen waren, meinte aber, dass Karl damals eine Pflückerin angehimmelt hätte.«

»Und du, Francesca? Was haben dir die Damen erzählt?«, fragte Fabio.

Francesca zeigte Willis Bilder, während sie die Familiengeschichte von Luisa und das auf den Zeichnungen zu sehende Drama um die Schmiedin wiedergab. »Deshalb, meine ich, können wir den Fall der Kellerleiche gut erklären. Ein interessantes Mosaiksteinchen in der Geschichte von Frauen, insbesondere lesbischer Frauen.«

Francesca sah Fabio an. »Was hast du den ganzen Vormittag gemacht?«

Fabio lehnte sich gemütlich in seinem Bürosessel zurück, blickte Francesca an und danach Eduard. »Ich hatte ein langes Gespräch mit dem Vicequestore. Anschließend sind wir essen gegangen. Er hat mich eingeladen und sich über den Stand der Dinge informieren lassen.« Fabio grinste.

»Aha! Einfach so?« Eduard wusste nicht, was er von Fabios Grinsen halten sollte.

»Einfach so. Ich habe ihm von unserem Törggeleabend erzählt und ich hatte den Eindruck, dass er gerne mitkommen würde. Ich habe ihn eingeladen. Das war hoffentlich in eurem Interesse? Er bringt die Gräfin mit.«

Francesca und Eduard sahen sich an. »Das hat er noch nie gemacht«, entfuhr es Eduard.

»Altersmilde«, sagte Fabio und nickte mit dem Kopf. Dreimal.

Komisches Schauspiel, dachte Francesca.

Fabio reckte sein Kinn nach vorn. »Was machen wir jetzt?«

Die beiden sahen ihn an.

»Wir fahren jetzt zu Karl Wallnöfer und reden mit ihm. Dabei hat jeder von uns eine bestimmte Rolle. Ich gehe davon aus, dass Karl Wallnöfer uns nicht die Wahrheit gesagt hat. Aber was ist die Wahrheit? Wie war es wirklich? Wir konfrontieren ihn mit dem, was wir haben, mit dem, was wir wissen, und mit dem, was wir vermuten. Und das kommt mal aus deiner Ecke«, er schaute Francesca an, »mal aus deiner«, er schaute Eduard an, »und mir bleibt die Rolle des Beobachters. Ich greife dann ein, wenn ich meine, dass es uns nützt oder wenn mich ein Geistesblitz trifft. Wir sollten das Gespräch in der Küche führen, dort, wo wir die Tote gefunden haben. Wenn er für den Tod verantwortlich war oder sich verantwortlich fühlt, wird ihn das unter Druck setzen. Rufst du ihn an?«, fragte Fabio Eduard.

*

Karl Wallnöfer war zunächst nicht bereit, sich mit der Polizia zu treffen.

»Ich muss zur Genossenschaft. Was glauben Sie, wie das hier läuft? Ich bin erst spät zurück, das kann auch nach 22 Uhr sein. Das hängt davon ab, wann ich abladen kann. Also, das passt mir überhaupt nicht.«

»Das verstehe ich schon«, sagte Eduard. »Aber es gibt Fragen, denen müssen wir nachgehen. Ich wollte es Ihnen leicht machen und deshalb kommen wir zu Ihnen. Ansonsten muss ich Sie bitten, heute noch in die Questura nach Bozen zu kommen.«

»Schikane ist das!«, ereiferte sich Karl Wallnöfer. »Wie soll ich das denn schaffen?«

»Das ist keine Schikane, sondern ganz normale Ermittlungsarbeit, die keinen Aufschub verträgt. Sie hat höhere Priorität als Ihre Ernte. Und weil wir um Ihre Situation wissen, kommen wir zu Ihnen raus. Das ist ein Entgegenkommen.«

Wallnöfer schnaubte. »Na gut. Dann kommen Sie jetzt sofort. Ich fahre dann später zur Genossenschaft. Kann ja nicht so lange dauern. Sie waren jetzt so oft bei mir und haben mich alles gefragt. Was gibt es denn noch?«

»Vielen Dank. Wir sind dann in einer knappen Stunde bei Ihnen.«

Eduard legte auf. Die drei schauten sich an.

»Dann machen wir uns auf den Weg«, sagte Fabio und Francesca ging voraus.

*

»Ich verstehe nicht, was Sie von mir wollen!« Karl war irritiert. *Wieso kamen sie zu dritt? Warum hatten sie darauf bestanden, sich mit mir in der Küche zu unterhalten?*

»Wir wollen nur eines, nämlich verstehen, was sich hier abgespielt hat, in diesem Zimmer. Das wollen wir mit Ihnen besprechen.« Eduards Stimme blieb ruhig.

Karl beruhigte sich. »Aber ich habe alles erzählt. Mehr weiß ich nicht.«

»Wir stellen uns vor, dass es anders war«, sagte Francesca. »Wir fragen uns, was Sie in der Zeit gemacht haben, nachdem Sie die Pizzeria verlassen und uns angerufen haben.«

Karl schaute Eduard an. »Das habe ich Ihnen doch alles schon gesagt. Reden Sie denn nicht untereinander?«

»Doch, das tun wir, aber ich habe meine Zweifel.« Francesca stand auf und ging im Raum umher. »Wir konnten manches nicht nachprüfen, was Sie uns gesagt haben. Das macht uns immer stutzig.«

»Ich war in den Feldern unterwegs, das habe ich doch gesagt. Ich weiß nicht, ob mich da einer gesehen hat. Woher soll ich das wissen?«

»Sie haben gesagt, dass Sie Werkzeuge holen wollten. Welche denn?«

Karl fasste sich an den Kopf. »Habe ich das gesagt? Ja, kann sein. Ich weiß nicht mehr. Ja, Scheren wollte ich holen.«

»Scheren also. Für die Pflücker?«

»Für wen denn sonst?«

»Wozu brauchen Pflücker Scheren?«

»Ich war eben der Meinung, dass sie Scheren brauchen. Bin ich der Bauer oder Sie?«

»Und als Sie auf den Hof kamen, was passierte dann?« Francesca nahm Karl in ihren Blick.

»Das habe ich doch alles schon erzählt.«

»Erzählen Sie es mir noch einmal, bitte.«

»Ich bin ins Haus, habe das Chaos gesehen, meine Mutter gefunden und dann die Polizia gerufen.«

Eduard stand jetzt auch auf und ging durch den Raum. »Ihr Vorarbeiter hat mir erzählt, dass er Sie seit dem frühen Vormittag nicht mehr gesehen hat. Und Werkzeuge brauchen sie auch keine, hat er mir gesagt. Alles, was sie fürs Pflücken brauchen, hätten sie dabei. Er hat Sie auch nicht gebeten, Werkzeuge zu holen.«

Karl schaute Eduard von unten an. Er wurde nervös. »Ach, was weiß ich, was Ihnen der Mann erzählt hat. Kann kaum Deutsch und versteht nicht alles. Und dass er mich nicht gesehen hat, heißt nicht, dass ich nicht da gewesen bin. Die Leute stecken in der Plantage und ich habe die Apfelkisten kontrollieren wollen. Herrje, ich kann mir die Zeugen nicht backen. Was hätte ich denn früher hier gesollt?«

»Das fragen wir uns auch«, sagte Francesca.

»Und was Sie mit der Zeitung wollten, dieser Ausgabe vom Dienstag, die Sie aus der Pizzeria mitgenommen haben«, sagte Eduard.

Karl begann zu schwitzen. Seine Glatze glänzte.

»Die Zeitung? Ach so, die habe ich weggeworfen. Ich habe sie durchgeblättert. Es stand nichts drin, was mich interessierte. Dann habe ich sie weggeworfen.«

»Wo genau?« Francesca hakte schnell nach.

»Das weiß ich doch nicht mehr. In eines der Felder.«

»Machen Sie das öfter? Müll in die Felder schmeißen?«

»Was soll das. Ja, das ist nicht fein. Aber Papier zersetzt sich doch. Ist doch kein Plastik.«

»Das meine ich nicht.« Francesca machte eine Pause. »Ich meine, kommt es öfter vor, dass Sie eine Zeitung aus der Pizzeria mitnehmen, lesen und dann wegschmeißen?«

Karl schwitzte immer mehr.

»Daniel hat mir erzählt, dass Sie das bisher nicht gemacht haben«, warf Eduard ein. »Und da haben wir uns gefragt, was denn an dieser Ausgabe der Zeitung so besonders war.«

»Da war nichts Besonderes, das habe ich doch gesagt. Es kam aus einer Laune raus. Ich habe mir nichts dabei gedacht.«

»Daniel meinte, dass Sie an diesem Tag aufgeregt gewesen wären. Sie hätten Ihren Espresso stehen lassen. Das hätten Sie noch nie gemacht.« Eduard umkreiste Karl.

Von dessen Glatze tropfte eine Schweißperle auf den Hemdkragen und verursachte dort einen Fleck, der langsam größer wurde.

»Wissen Sie, in der Zeitung war ein Ring abgebildet. Den trug eine junge Frau, deren Leiche wir in Lana gefunden haben. Nach unseren Ermittlungen ist sie im Jahr 2005 ums Leben gekommen und wurde dann unter Pflastersteinen verscharrt. Die Baustellensituation im Jahr 2005 im Ortsteil Gries wurde dafür genutzt, die Leiche unbemerkt verschwinden zu lassen.«

Francescas Worte lösten eine weitere Schweißperle auf Karls Glatze aus.

»Was soll das alles? Was hat das mit mir zu tun? Wir sprechen doch über meine Mutter, oder? Sie ist umgebracht worden, oder?«

»Wir haben den Juwelier gefunden, der den Ring gemacht hat. Er lebt noch - und was glauben Sie? Er konnte sich an den Mann erinnern, der den Ring damals bei ihm gekauft hat.« Eduards Ton wurde schärfer.

Karl drehte seinen Kopf hektisch zu Eduard. Der holte das Album, das er sich von Daniel geliehen hatte, hervor und schlug die Seite *Gaul 2005* auf. Er hielt das Foto Karl hin.

»Das sind Sie mit einer blonden Frau. Wer ist die Frau?«

Karl schluckte. Er röchelte.

»Ein Glas Wasser?« Es war Fabio, der zum Spülstein ging, ein Glas Wasser zapfte und es Karl hinhielt. Karl trank gierig.

»Das ist lange her«, antwortete Karl mit leiser Stimme.

»Steht ja drüber. Gaul 2005. 17 Jahre ist es her. Und im Jahr 2005 wurde die Leiche der jungen Frau verscharrt. 2005 hat ein eher kleiner, leicht dicklicher Mann mit blondem Wuschelkopf den Ring gekauft, den wir bei der Leiche gefunden haben. Das hat der Juwelier uns berichtet. Und raten Sie, was er gesagt hat, als wir ihm dieses Foto gezeigt haben?« Eduard hielt Karl das Foto dicht vor die Augen.

Karl blickte weg, schloss seine Augen. Verstummte.

Fabio räusperte sich. »Herr Wallnöfer, es ist doch merkwürdig, dass genau die Zeitung, in der der Ring abgebildet war, Ihrer Mutter in den Schlund geschoben wurde. Und es ist doch merkwürdig, dass Sie ausgerechnet diese Ausgabe der Zeitung aus der

Pizzeria mitgenommen haben. Es war die Ausgabe vom Dienstag. Nicht die aktuelle Ausgabe. Es wird Sie berührt haben, als Sie den Ring erkannt haben. War diese junge Frau auf dem Foto damals Ihre Freundin und haben Sie ihr diesen Ring geschenkt?«

Fabio lehnte sich zurück und studierte Karls Gesicht. In Karls Mimik tobten seine Gedanken einen wilden Tanz, den er nicht steuern konnte. Muskeln zuckten, der ganze Kopf schüttelte sich. Schweißperlen liefen von der Glatze auf den Hemdkragen, auf dem sich jetzt feuchte Felder zeigten.

Karl nahm noch einen Schluck aus dem Glas, wischte mit dem Handrücken über seine Augen. Sie waren voll von Tränen.

»Ich wäre jetzt Vater. Aber sie haben es zerstört.« Diese Worte presste er aus sich heraus. Sie waren schwer zu verstehen. Aber er wiederholte sie. »Verstehen Sie?« Er schaute Fabio flehentlich an. »Ich wäre jetzt Vater, ich hätte Vater sein können.« Er schluchzte. »Ich wusste nicht, dass sie schwanger war. Das hat in der Zeitung gestanden. Stellen Sie sich das vor. Sie erfahren nach 17 Jahren, dass Ihre Liebe nicht einfach so auf und davon war, sondern dass sie tot gemacht worden war.« Er brach in lautes Weinen aus, er schluchzte, schrie, hämmerte mit seinen Fäusten auf den Tisch.

Schließlich beruhigte er sich. Er wirkte erschöpft. »Ich sage Ihnen, wie es war.«

Alle drei saßen vor Karl Wallnöfer und blickten ihn erwartungsvoll an. Man hätte eine Stecknadel fallen hören können.

Leise begann er.

»Es war wie ein Blitzschlag für mich, als ich die Zeitung gesehen habe. Ich habe es zuerst nicht glauben können. Aber es war der Ring, den ich Dara geschenkt hatte.« Er wischte sich durch sein Gesicht. »Es ist so, wie Sie das herausgefunden haben. Ich habe den Ring in Lana gekauft. Wir waren ein Paar. Sie kam als Pflückerin. Damals hatten wir Pflücker aus Bulgarien, Tschechien und Rumänien. Dara kam aus Bulgarien. Sie verstand ein wenig Deutsch.« Es schüttelte ihn, ein Weinkrampf erstickte seine Stimme. »Ich war glücklich mit ihr. Ich hätte mir sie als meine Frau vorstellen können. Aber dann war sie weg. Von heute auf morgen. Ohne eine Nachricht zu hinterlassen. Meine Mutter hat mir damals erzählt, dass sie zurück zu ihrem Mann und ihrem Kind nach Hause gemusst hätte. Mir hat Dara nicht erzählt, dass sie einen Mann und ein Kind gehabt hat. Ich war verzweifelt, enttäuscht und sehr traurig.«

Fabio räusperte sich. »Wusste Ihre Mutter von Ihrem Verhältnis?«

Karl zuckte mit den Schultern. »Ich habe ihr nichts davon erzählt. Es hätte ihr nicht gepasst. Pflückerinnen haben es auf die jungen Bauern abgesehen, war so ein Vorurteil damals. Meine Mutter hätte eine Heirat zu verhindern versucht. Dara hatte nichts. Kein Geld, keinen Grund. Aber so weit ist es nicht gekommen. Dara war plötzlich weg.«

Karl schaute in die Runde der Ermittler.

»Und dann lese ich in der Zeitung, dass sie tot ist. In Lana verscharrt. Seit 2005, dem Jahr, in dem sie verschwunden war. Und ich lese, dass sie schwanger gewesen war. Nur ich konnte der Vater sein. Mir kam ein Verdacht. Ich bin also nach Hause und habe meine Mutter zur Rede gestellt.«

Karl verstummte, knetete seine Hände. Sein Kopf wurde rot. Seine Augen verengten sich.

»Sie ist weggelaufen, als ich ihr die Zeitung vor das Gesicht gehalten habe. Einfach weggelaufen. Ich hinterher. Habe sie angebrüllt, warum sie weglaufe, ob sie was zu verbergen habe, dass ich wissen will, was passiert war. Es nützte nichts, sie lief davon, benahm sich, als höre sie mich nicht. Sie ist in die Küche und tat so, als wolle sie spülen oder etwas tun, was sie in der Küche so tut. Mich hat sie ignoriert. Da bin ich ausgerastet.«

Karls Händekneten wurde heftiger, die rote Farbe des Kopfes wurde intensiver. Er spuckte den nächsten Satz aus.

»Ich habe sie gepackt, auf den Stuhl geworfen und festgebunden. Dann habe ich gebrüllt und ich habe ihr eine Ohrfeige gegeben, dann noch eine. ›Rede!‹ Habe ich gebrüllt. ›Rede!‹«

Er machte eine Pause, atmete schwer.

»Sie sagte, dass es gut war, dass die Schlampe weg ist. Sie hätte mich nur ausnützen wollen. Ich wollte wissen, wie sie das meinte, und sie hat mich angesehen, als wäre ich nicht bei Trost. Ein Kind hätte sie mir andrehen wollen, hat meine Mutter gesagt. Dass sie Dara eines Abends erwischt hätte, wie sie hoch zu meinem

Zimmer geschlichen wäre. Was sie da wolle, habe sie Dara gefragt. Dann hätte ein Wort das andere gegeben, Dara sei unverschämt geworden, hätte sie angeschrien, dass sie von mir schwanger sei und dass sie die Dinge regeln wolle. Sie hätten gestritten, gezankt. Dara hätte sie angegriffen und dann hätte meine Mutter sich nicht zu helfen gewusst und sie weggestoßen. Dabei sei Dara die Stiegen runtergefallen und unten liegen geblieben.«

Karl schnaubte vor Zorn. »Ich war an dem Abend nicht zu Hause, wahrscheinlich stand ich bis spät abends mit den anderen Bauern vor der Genossenschaft, die Äpfel abliefern. Das geht oft bis in die Nacht. Als ich am nächsten Morgen aufwachte, war Dara nicht mehr da. Kein Wort zu mir darüber, was passiert war. Nur die Lüge, dass sie abgehauen sei. Danach ist nie mehr ein Wort über Dara gesprochen worden.«

Es hatte den Anschein, als wolle Karl hier aufhören zu erzählen. Sein Blick ging ins Unendliche, seine Körperspannung ließ nach.

»Als Ihre Mutter Ihnen das erzählt hat, was haben Sie dann gemacht?« Fabios Stimme war mild. Er wollte Karl helfen, fortzufahren.

»Ich weiß nicht mehr genau. Ich schätze, ich habe sie umgebracht.« Er richtete sich auf, sah Fabio an. »Ehrlich, ich weiß es nicht mehr. Ich war außer mir, rasend vor Wut, ja, das war ich. Ich habe sie gefragt, was sie mit Dara gemacht haben. Meine Mutter hat gelacht und gesagt, dass sie unglücklich gefallen und sofort tot war. Der Vater hätte sich um alles gekümmert. Ich solle froh sein, dass ich das Flittchen los bin. Ab da weiß ich nichts mehr. Ich habe sie geschlagen, glaube ich.«

Karl stand auf und ging zu dem Ofen, öffnete die Klappe zum Aschkasten, griff hinein und holte ein Messer mit einer langen Klinge hervor.

Francesca und Eduard sprangen auf und griffen zu ihren Gürteln. Karl wirkte erstaunt.

»Nein, nein«, sagte er, nahm das Messer an der Klinge und reichte es Francesca mit dem Griff zuerst.

»Damit habe ich sie erstochen.«

Dann setzte er sich auf seinen Stuhl und verstummte.

Francesca und Eduard sahen sich an. Im Aschkasten hatte niemand nachgesehen. Fabio beobachtete Karl.

»Sagen Sie, Karl, erinnern Sie sich daran, ob Ihre Mutter vor Schmerzen geschrien hat, als Sie sie geschlagen haben?«

Karl schaute auf. Er versuchte sich zu erinnern. »Zuerst schon, aber mehr aus Überraschung, nehme ich an. Später hat sie nicht geschrien, sondern mich nur böse angesehen. Oh ja, das konnte sie gut. Böse schauen, das war ihre Spezialität. Damit hat sie mich immer am Haken gehabt.«

»Als Sie auf die Mutter eingestochen haben, wie ist das genau vor sich gegangen? Können Sie uns das bitte zeigen?«

Karl verstand nicht, warum das noch interessierte, er hatte doch alles gestanden. Aber er stand auf, stellte einen Stuhl so in der Küche auf, wie er von der Polizia vorgefunden worden war.

»Ich habe das Messer gegriffen«, sagte er und deutete auf eine Schublade.

»Aus der Schublade?«, vergewisserte sich Fabio.

Karl ging zur Schublade, öffnete sie und zeigte auf den Inhalt. In der Schublade lagen vier Messer.

»Ich habe eines genommen, das da«, er zeigte auf das Messer, das Francesca in der Hand hielt, »und auf sie eingestochen. Ich habe sie umgebracht.«

»Versuchen Sie sich zu erinnern. Hat Ihre Mutter geschrien, als Sie auf sie eingestochen haben? Bitte denken Sie genau nach.«

Karl schaute auf den Stuhl, als säße seine Mutter noch darauf. Er hob die Hand, darin ein Messer, jedenfalls in seiner Vorstellung. Er stach zu, dann noch mal, dann noch mal.

»Nein«, sagte er. »Sie hat nicht geschrien. Sie war ein harter Brocken, ihr ganzes Leben lang.«

Karl stand im Raum, sagte nichts mehr. Seine Geschichte war erzählt. Er hatte gestanden. Sollten die doch mit ihm machen, was sie wollten. Er war fertig.

Fabio erhob sich und nahm Karl bei den Schultern.

»Hören Sie, Karl, wir erwarten Sie morgen Nachmittag um drei auf der Questura. Wir müssen Ihre Aussage zu Protokoll nehmen. Ich empfehle Ihnen, sich zuvor einem Anwalt anzuvertrauen, den Sie am besten morgen mitbringen.«

Karl schaute Fabio ungläubig an.

»Aber ich habe sie doch umgebracht. Warum nehmen Sie mich nicht fest und sperren mich ein?«

»Nach unseren Erkenntnissen ist Ihre Mutter an einem plötzlichen Herztod gestorben. Ihre Stiche trafen eine tote Frau. Sie haben sie also nicht mit dem Messer umgebracht. Inwieweit die Aufregung den Herztod ausgelöst hat, kann ich nicht sagen. Sollte die Staatsanwaltschaft über eine Anklage nachdenken, dann wegen Körperverletzung mit Todesfolge oder unterlassener Hilfeleistung. Das hängt von Ihrer Aussage ab. Deshalb rate ich Ihnen, sich mit einem Anwalt zu beraten.«

Fabio betrachtete Karl.

»Wir gehen jetzt. Aber vorher muss ich wissen, ob wir Sie alleine lassen können. Wenn Sie sich nicht wohlfühlen, können wir Sie auch zu Ihrem Freund in Vilpian bringen.«

Karl wusste nicht, wie ihm geschah. Ihm war nicht gut, aber er fühlte sich auch befreit. Er hat die Mutter nicht umgebracht, welche Wendung. Er ahnte, was der Commissario meinte.

»Ich werde mir nichts antun. Versprochen. Und danke.«

*

Drei Wochen später auf dem Weinhof von Margit in Tramin

Die Weinkrüge wurden aufgefüllt, die Gläser gerne nachgeschenkt. Fleischplatten, Kraut, Knödel und geröstete Kastanien legten eine gute Grundlage in die Mägen. Silvano Pallua und seine Freundin, Gräfin Victoria von Emeri, hatten große Freude, dabei zu sein. Eduard und seine Frau Lorena waren glücklich, weil sie die Idee zu diesem Törggeleabend gehabt hatten. Elisabeth und Fabio, Anna und Tommaso, Paula und Carlotta komplettierten die Gästeschar. Francesca hatte eine neue Rolle eingenommen. Sie kam zwar als Gast, so wie die anderen, aber es zeigte sich schnell, dass sie neben Margit als Gastgeberin auftrat. Sie half Margit bei allen Handgriffen. Nicht zu übersehen war, dass die beiden ein frischverliebtes Paar waren. Sie konnten die Hände nicht voneinander lassen.

In einem Moment, in dem Francesca Eduard allein für sich hatte, knuffte sie ihn freundlich in die Seite. »Alter Verkuppler. Danke. Aber du hättest mir sagen können, dass du was mit Margit hattest.«

Eduard lächelte. »Das ist lange her. Ich hatte damals Angst vor zu viel Nähe, mir wurde es zu eng und außerdem hätte es auf Dauer nicht gepasst. Das wusste ich allerdings damals nicht. Margit wusste es auch nicht, glaube ich. Ich war so was wie ihr letzter Versuch, ob es mit den Männern klappt.«

»Dann bin ich aber froh, dass es mit den Männern nicht geklappt hat.« Francesca strahlte.

Da erhob sich Silvano Pallua und ergriff das Wort.

»Liebe Kolleginnen und Kollegen. Wissen Sie, was eine Änderung im System ist?«

Alle schauten ihn an, aber niemand verstand, was er meinte.

»Nun, eine Gruppe bildet ein System. Also auch wir. Und wenn sich einer aus der Gruppe ändert oder verändert, ändert sich das ganze System.« Er machte eine Pause und schaute, ob man ihm noch folgen konnte. Es war reichlich Wein getrunken worden.

»Ich verlasse das System, das heißt, ich gehe in Pension. Damit verändert sich das System. Diese Änderung habe ich versucht zu gestalten. Ob das Früchte trägt, wird sich zeigen, wenn das neue System gebildet ist und sich die Gruppenmitglieder in ihren neuen Positionen eingerichtet haben. Also, ich beginne mit Fabio. Sie werden mein Nachfolger, das ist jetzt geregelt und für die Aushändigung der Ernennungsurkunde gibt es bereits einen Termin. Carlotta war schon früher eingeweiht und meinte, dass sie mit Ihnen gut klarkommen werde. Das denke ich auch.«

Alle applaudierten.

»Damit Sie sich, liebe Francesca, nicht an einen neuen Commissario gewöhnen müssen, habe ich durchsetzen können, dass Sie auf den Sessel von Fabio wechseln, also aufsteigen.«

Francesca konnte es nicht fassen. Damit hatte sie nicht gerechnet. Vor lauter Freude fiel sie Margit um den Hals.

»Eduard, Sie rücken in die Position von Francesca auf.«

Eduard schaute Lorena an, beide freuten sich.

»Damit ist der Wechsel im System verkündet. Sie, Fabio, werden jetzt die Niederungen der Verwaltung kennenlernen, Sie, Francesca, sind Südtirols neue Commissaria Capo, Sie, Eduard, neuer Commissario.« Er lächelte – gütig – wie sie später sagen würden. »Kinder, macht das Beste draus. Ich bin raus.«

Ein Nachwort nicht nur an die Leserinnen und Leser, die seit Band 1 dabei sind

Die Stammleserschaft weiß, dass Commissario Fabio Fameo im ersten Band *Rache ist honigsüß* in Aussicht gestellt wurde, dass er Vicequestore werden könnte, nachdem man ihn aus dem quirligen Rom in das ruhige Bozen versetzt hatte. In diesem Band ist der Commissario nach zwölf Jahren Wartezeit befördert worden. Sie alle konnten die Entwicklung des Commissario von 2010 bis heute verfolgen. Er ist jetzt zwölf Jahre älter, hat geheiratet, ist Vater von drei Kindern. Der Vice geht in Pension. Auch Fabios Freund Tommaso geht in Pension. Warum? Weil beide das Pensionsalter erreicht haben. Diese Krimireihe spielt in Echtzeit, die Figuren altern mit den Jahren und verändern sich. Das ganze System ändert sich fortlaufend. Der Vicequestore hat es beschrieben.

Ist die Serie damit zu Ende? Müssen Sie sich von lieb gewonnenen Figuren verabschieden? Nein, die Serie ist nicht zu Ende. Und nein, die vertrauten Figuren spielen in anderen Rollen weiter mit.

Ab jetzt ermittelt Francesca Giardi, und Eduard ist ihr Partner. Und die »Alten« mischen gemäß ihren neuen Aufgaben mit.

Bei dem Stichwort »Partner« fällt mir ein, dass ich bereits in Band 7, *Wut kommt selten allein*, die Figur Margit angelegt habe. Wer die Serie kennt, weiß, dass alle Figuren, die kurz durchs Bild huschen, später auftauchen und ihre Rolle einnehmen. Jetzt dürfen Sie mutmaßen, wer Tommaso beerben könnte.

Die Fabio-Fameo-Reihe geht über in die Francesca-Giardi-Reihe. Lassen Sie sich überraschen.

Bevor Sie grübeln, ob es in Italien üblich ist, dass ein Vicequestore gottgleich Beförderungen vornehmen kann, vergegenwärtigen Sie sich, dass es Geschichten sind, die hier erzählt werden. Sie lehnen sich an das richtige Leben an, aber in den Geschichten darf es anders zugehen als im richtigen Leben. Das ist das Schöne am Krimischreiben. Ich kann mir die Welt machen, wie ich sie mag.

Ich danke Ihnen für Ihre Lesertreue.

Ralph Neubauer
Juli 2022

Danksagungen

Alles hängt mit allem zusammen. Hätten die Kinder nicht den Zeh der Kellerleiche ausgegraben, hätte man Leiche Nummer 2 nicht gefunden und eine alte herzkranke Frau würde noch leben. Hätte Fabio nicht das Dorfgedächtnis um Hilfe gebeten, wäre ein Familiengeheimnis weiterhin verborgen geblieben. Auch in diesem Band spielen echte Südtirolerinnen und Südtiroler mit. Sie übernehmen eine „Rolle", wie in einem Theaterstück. Sie tauchen zwar mit ihrem echten Namen und ihrer echten Profession auf, bleiben aber bewusst eindimensional. Verwechseln Sie bitte nicht die echten Menschen, denen Sie begegnen können, mit den Rollen, die sie im Krimi übernehmen. Der echte Mensch hat mehr Facetten als die Figur in der Rolle.
Die Kinder machten den Anfang. Sie sollen auch an den Anfang der Danksagungen.
Ich danke **Leonor** und ihrem Bruder **Laurenz,** dass sie mit den fiktiven Kindern von Fabio und Elisabeth Abenteuer unternehmen oder spielen. Leonor und Laurenz sind die Kinder von **Martina und Andreas Heinisch,** Inhaber des **Restaurants 1477 Reichhalter in Lana,** in dessen Keller Leonor und Laurin die Geschichte in Gang setzen. Danke dafür, dass ich den Keller und das Restaurant als Handlungsort nutzen durfte.

Dieser Keller und auch noch andere interessante Keller sind in der Broschüre *Downstairs. Das unterirdische Lana* beschrieben. Autor ist der Historiker Mag. **Simon Peter Terzer** aus Lana, der mir nicht nur diese Broschüre zur Verfügung gestellt hat, sondern mir auch viel über das Gebäude Reichhalter erzählt hat. Übrigens steht in der Broschüre nicht, dass der Kellerdurchgang kurz vor dem Ersten Weltkrieg zugemauert wurde. Das habe ich erfunden, damit die Geschichte passt.

Viel Material habe ich von **Christoph Gufler** erhalten, dem früheren Bürgermeister von Lana. Er hat 2005 den Ausbau der Fußgängerzone verantwortet. Seinem Buch *Lana und Umgebung* können Sie entnehmen, dass die neue Pfarrkirche, auf dessen Turm Willi gesessen hat, erst im Jahr 1950 eingeweiht worden ist. Ich habe also geflunkert, als ich Willi im Jahr 1915 auf die

Turmspitze gesetzt habe. Die Villa Leopold ist auch erfunden. An ihrem Standort ist eine Apfelplantage. Im Hintergrund der imaginierten Villa sehen Sie das Hotel Schwarzschmied und erkennen so die Lage der früher existierenden Schmiede Schwarzschmied.

Danke auch an **Evi und Oskar Gasseber,** die Inhaber des **Buschenschanks Hofstätterhof in Naraun,** dass ich den Ort verwenden durfte. Die Räume der alten Katakombenschule können Sie besichtigen, wenn Sie freundlich fragen.

Geholfen haben mir **Sissi Prader,** Leiterin des **Frauenmuseums in Meran,** und **Evi Mittersteiner,** Supervisorin, Tausendsassarin und mir seit Jahren eine große Hilfe bei der Recherche. Das gilt auch für Evis Mann **Luis Spath.** Sie huschen gemeinsam mit Winzerin **Irmgard Windegger** vom **Weingut Zollweghof in Lana** in einer kleinen Szene durchs Bild. Die Weinwanderungen in Prissian gibt es jedes Jahr und sind so wie beschrieben. In dieser Szene tauchen auch die Präsidentin der **Frauengruppe Lana**, **Silvia Prader**, und die Vizepräsidentin **Marion von der Hand** auf. Ich danke für Gespräche und Informationen über die Arbeit der Frauengruppe Lana. Diese Gruppe engagiert sich seit dreißig Jahren in Frauenfragen. Elisabeths Ideen fallen in Lana auf vorbereiteten Boden.

Netzwerk war ein Thema für Elisabeth in diesem Krimi. Ohne Netzwerk könnte ich diese Krimis nicht schreiben. Meine Themenfindung startet oft bei **Paul Valtiner** im **Buchladen Lana.** Ich erzähle, welche Ideen und Themen mich bewegen, und Paul Valtiner hat dann für mich entweder ein Buch oder einen Kontakt. So geriet ich an **Reinhold Staffler,** dem ich herzlich für seine Zeit und sein Wissen danke, das ich großzügig nutzen darf. Folgen Sie Francesca bei ihrem Gang mit Reinhold Staffler durch Lana. Dann wissen Sie, was ich meine.

Wie komme ich an die **Pizzeria Central in Vilpian** und an **Daniel Baur?** Daniel Baur war Barkeeper in der Laurin Bar im Hotel Laurin in Bozen und hat mir in Band 5 verraten, wie er die Margarita mixt. Er spielt also zum zweiten Mal mit und ich danke, dass ich einen Handlungsstrang in der Pizzeria in Vilpian spielen lassen darf.

Heiner Feuer ist nicht nur Chef von **Südtirol 1 und Radio Tirol,** sondern auch Präsident des Vereins **Südtirol hilft.** Die größten Hilfsorganisationen und Medien des Landes haben sich zusammengetan und sammeln zur Vorweihnachtszeit gemeinsam als übergreifender Hilfsverein Spenden für karitative Zwecke, zum Beispiel für in Not geratene Familien in Südtirol. Dabei gibt es jedes Jahr zu Weihnachten eine große Aktion mit pfiffigen Ideen, zu denen auch besondere Versteigerungen gehören. Bei der Versteigerung im Winter 2021 hat Heiner Feuer eine Rolle in diesem Krimi für den guten Zweck versteigert. Diese Rolle hat **Janosch Untersteiner, genannt Joschi,** zu seinem 40. Geburtstag geschenkt bekommen. Ersteigert hat die Rolle eine Person, die ihm nahesteht, aber anonym bleiben möchte. Das war für mich eine interessante Aufgabe. Den Krimi hatte ich zu der Zeit bereits im Kopf und nach der Versteigerung musste ich einen mir bis dahin Unbekannten in die Krimihandlung schlüssig einbauen. Ich danke Joschi und seiner Familie für die gute Unterstützung. Die Idee, eine Rolle im Krimi für den guten Zweck zu versteigern, hat mir gut gefallen und ich habe gerne mitgemacht. Ein großes Kompliment an die Initiatoren von Südtirol hilft.

Der rasende Reporter **Florian Mair** aus Tisens hat bereits in Band 8 mitgespielt und wir beide fanden das so gut, dass er auch in Band 9 dem Commissario in die Quere kommen darf. Seinen Sohn Pauli habe ich dazuerfunden.

Astrid Kofler, Journalistin und Buchautorin, hat mir mit Buchtipps gut geholfen.

Erstleserin und erfolgreiche Fehlerfinderin war die Linguistin **Stephanie Trapp** aus Wuppertal. Ein Freund aus Schulzeiten, ein Mann des Wortes, seit Jahrzehnten als Kabarettist erfolgreich, **Frank Küster,** hat wertvolle Tipps gegeben (www.frankkuester.de). Das Lektorat hatte **Kristina Raub** aus Düsseldorf. Das Buchprojekt wird im Athesia Verlag von **Elke Wasmund** betreut, die diesen Band bis zur Konzeption begleitet hat. Alles Weitere haben **Stephan Leitner** und **das bewährte Team** übernommen. Stephan Leitner ist studierter Archäologe und hat mich beraten, als ich die Freilegung der Kellerleiche konstruiert habe. Vielen Dank dafür! Dass ich unterschlagen habe, dass sich

Neuzeitarchäologen sehr wohl für Leichenfunde interessieren, die 100 Jahre alt sind, bitte ich die Fachwelt zu entschuldigen. Manches mache ich passend, damit die Krimi-Geschichte funktioniert. Siehe Kirchturmspitze.

Die Schlusskorrektur verantwortete **Theresia Riegler.**

Kleine Literaturliste
(für Interessierte zum Nachlesen)

Das 20. Jahrhundert in Südtirol
Abschied vom Vaterland (Band 1: 1900–1919)
Faschistenbeil und Hakenkreuz (Band 2: 1920–1939)
Edition Raetia, Bozen, 1999, Gottfried Solderer (Hrsg.)

Lana – Vergangenheit und Gegenwart
Heimatbuch (24 Mitarbeiter, darunter auch Reinhold Staffler) 1981, Druck: H. Gruber K.G. Lana

100 Jahre Lana
Festschrift der Gemeinde Lana 990–1990 (viele Autorinnen und Autoren, darunter Christoph Gufler, Reinhold Staffler)

Lana und Umgebung
Kunst – Kultur – Geschichte, Christoph Gufler, Athesia, 2016

Downstairs
Das unterirdische Lana, Simon P. Terzer (Texte), Flyle (Fotos), Lana 2020. Entstanden im Rahmen des Projekts „LanaLive – Underground“ in Zusammenarbeit mit dem Verein Südtirol Kultur und dem Bildungsausschuss Lana

Alles gut – Gespräche mit 90-Jährigen (Band 1 – 2019)
Alles wird gut – Gespräche mit 90-Jährigen (Band 2 – 2021)
Raetia Verlag, Interviews und Text Astrid Kofler, Fotos Thomas Wiedenhofer

begegnungen IN TSCHERMS
Kinder und Jugendliche im Gespräch mit Zeitzeugen; Herausgeber: Bildungsausschuss Tscherms, 2015; Redaktion und Projektleitung: Roswitha Huber und Dr. Christa Ladurner

zurückgeschaut ...
Erinnerungen aus alten Tagen, Familien- und Seniorendienst Sozialgenossenschaft Lana, verschiedene Autoren, Lana, 2010

Meraner Geschichte_n
Eine Stadtführung mal ganz anders, Autorinnen Frauenmuseum Meran Astrid Schönweger, EDIZIONE ALPHA BETA VERLAG, 2017

Die ver-kleidete Frau
Mode als Spiegel der Zeit. Eine kleine Kulturgeschichte der jüngsten 200 Jahre, Herausgeber: Frauenmuseum Meran, 2017

Hure oder Heilige
Frau sein in Italien, Barbara Bachmann/Franziska Gilli, Edition Raetia, 2021

Wie wir begehren
Carolin Emcke, S. Fischer, 2012

Der blockierte Riese
Psycho-Analyse der katholischen Kirche, Manfred Lütz, Knaur, 2001

Wie die Schwalben fliegen sie aus
Südtirolerinnen als Dienstmädchen in italienischen Städten 1920–1960, Ursula Lüfter/Martha Verdorfer/Adelina Wallnöfer, Edition Raetia, Bozen, 2011

Harte Jahre – starke Frauen
Südtirolerinnen erzählen, Sigrid Mahlknecht Ebner/Katharina Weiss, Athesia, 2015

Unter der neunten Ecke
Ein armseliges Leben in Südtirol, Anton Gögele, Athesia, 2017

Reihe Südtirol-Krimi – auch als E-Book erhältlich

Rache ist honigsüß – Band 1
Liebe macht zornesblind – Band 2
Wie du mir so er dir – Band 3
Der Schein betrügt – Band 4
Kommt Zeit kommt Tat – Band 5
Der Tod zahlt alte Schulden – Band 6
Wut kommt selten allein – Band 7
Neid kennt kein Gebot – Band 8
Tote Frauen schweigen nicht – Band 9

Leseproben zu allen Bänden finden Sie auf
www.athesia-tappeiner.com

Der Grundriss der Kellergebäude vom Reichhalter

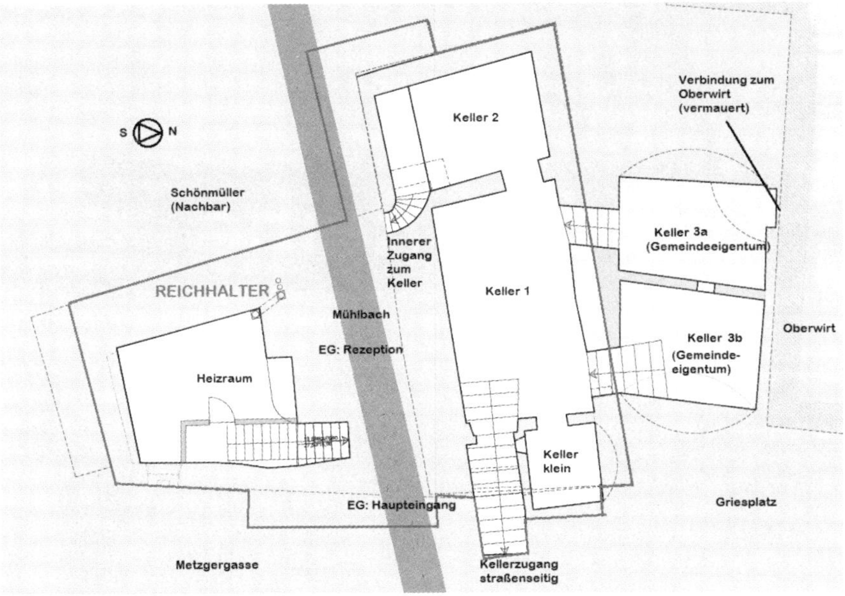

© Arch. Zeno Bampi, bearbeitet von Simon Terzer

Liebe Leserinnen und Leser,

der Keller im 1877 erbauten Reichhalter ist nicht allgemein zugänglich. Wir haben Ihnen deshalb einen Kellerplan abgedruckt, den Sie neben guten Fotos in der Broschüre „Downstairs" finden.

Das unterirdische Lana ist ohnehin sehr spannend, und ich könnte mir noch mehr Geschichten dazu ausdenken. Vielleicht besuchen Sie auch den „Stein der Verkündung" direkt vor dem Kloster oder folgen Francesca auf ihrem Weg durch Lana.

Viel Spaß beim Entdecken!

Ralph Neubauer